BESTSELLER

Ken Follett nació en Cardiff (Gales), pero cuando tenía diez años su familia se trasladó a Londres. Se licenció en filosofía en la Universidad de Londres y posteriormente trabajó como reportero del *South Wales Echo*, el periódico de su ciudad natal. Más tarde consiguió trabajo en el *Evening News* de la capital inglesa y durante esta época publicó, sin mucho éxito, su primera novela. Dejó el periodismo para incorporarse a una editorial pequeña, Everest Books, y mientras tanto continuó escribiendo. Fue su undécima novela la que se convirtió en su primer gran éxito literario.

Ken Follett es uno de los autores más queridos y admirados por los lectores en el mundo entero y la venta total de sus libros supera los ciento cincuenta millones de ejemplares.

Está casado con Barbara Follett, activista política que fue representante parlamentaria del Partido Laborista durante trece años. Viven en Stevenage, al norte de Londres. Para relajarse, asiste al teatro y toca la guitarra con una banda llamada Damn Right I Got the Blues.

En 2010 fue galardonado con el Premio Qué Leer de los lectores por *La caída de los gigantes*.

Para más información, visite la página web del autor: www.kenfollett.es.

Biblioteca

KEN FOLLETT

El escándalo Modigliani

Traducción de
Edith Zilli

DEBOLS!LLO

El escándalo Modigliani

Título original: *The Modigliani Scandal*

Primera edición en esta presentación en España: septiembre, 2016
Primera edición en Debolsillo en México: mayo, 2018

D. R. © 1976, Zachary Stone

D. R. © 1988, Penguin Random House Grupo Editorial, S. A. U.
Travessera de Gràcia, 47-49. 08021 Barcelona

D. R. © 2018, derechos de edición mundiales en lengua castellana:
Penguin Random House Grupo Editorial, S. A. de C. V.
Blvd. Miguel de Cervantes Saavedra núm. 301, 1er piso,
colonia Granada, delegación Miguel Hidalgo, C. P. 11520,
Ciudad de México

www.megustaleer.mx

© Edith Zilli, por la traducción

ISBN: 978-607-316-441-2

Impreso en México – *Printed in Mexico*

El papel utilizado para la impresión de este libro ha sido fabricado a partir de madera procedente
de bosques y plantaciones gestionadas con los más altos estándares ambientales, garantizando
una explotación de los recursos sostenible con el medio ambiente y beneficiosa para las personas.

Penguin
Random House
Grupo Editorial

INTRODUCCIÓN

En la novela de intriga moderna, el héroe suele salvar al mundo. Los relatos tradicionales son más modestos: el personaje principal se limita a salvar su propia vida y, tal vez, la de un amigo leal o una muchacha bonita. En las novelas menos sensacionales, con una narrativa medianamente culta y bien relatada que ha sido la dieta principal de los lectores durante más de un siglo, lo que está en juego es algo menor; aun así, los esfuerzos del personaje, sus luchas y sus elecciones, son los que deciden su destino de una manera dramática.

En realidad, no creo que la vida sea así. En la vida real, circunstancias ajenas a nuestro control son las que suelen decidir nuestra vida o nuestra muerte, que seamos felices o desdichados, que hagamos fortuna o lo perdamos todo. Por ejemplo: la mayoría de los ricos lo son por herencia. Casi todas las personas bien alimentadas tuvieron la suerte de vivir en un país desarrollado. Una inmensa mayoría de los seres felices nació en el seno de familias amantes; sin embargo, los desdichados fueron hijos de padres locos.

No me considero fatalista ni creo que todo en la vida sea debido al azar. No podemos controlar nuestra vida como el jugador de ajedrez controla sus piezas, pero la vida tampoco es una ruleta. Como de costumbre, la verdad es complicada. Hay mecanismos ajenos a nuestro manejo (y a veces a nuestro entendimiento) que determinan el destino de una persona. Sin embargo, sus elecciones pueden tener consecuencias, aunque no sean las esperadas.

En *El escándalo Modigliani*, traté de elaborar un nuevo tipo de novela que refleja la sutil subordinación de la libertad individual a una maquinaria más poderosa. Este proyecto tan poco modesto cayó en el fracaso. Tal vez semejante obra es imposible de escribir: aunque la vida no se base en la elección individual, quizá la literatura sí.

Lo que escribí, a fin de cuentas, fue una novela de intriga, de argumento ligero, en la que varias personas diferentes, casi todas jóvenes, se meten en distintas aventuras, ninguna de las cuales resulta como se esperaba. Los críticos la alabaron por animada, efervescente, liviana, brillante, alegre, liviana (otra vez) y movida. Para mí, fue una desilusión que no repararan en mis intenciones serias.

Ahora, el libro ha dejado de parecerme un fracaso. Es efervescente, sí, y no pierde nada con ello. No debería sorprenderme el hecho de que haya resultado tan diferente de la obra que yo quería escribir. Después de todo, eso viene a demostrar que yo estaba en lo cierto.

KEN FOLLETT, 1985

Primera parte

PREPARACIÓN DE LA TELA

Uno no se casa con el arte: lo viola.

EDGAR DEGAS, pintor impresionista.

1

El panadero se rascó su negro bigote con un dedo enharinado, agrisando los pelos del mismo, con lo que se echó, sin ninguna intención por su parte, diez años encima. A su alrededor, los estantes y mostradores estaban llenos de largas hogazas de pan tierno, crujiente; el aroma familiar le llenaba la nariz y le henchía el pecho de orgullosa satisfacción. El pan era de una nueva hornada, la segunda de la mañana; el negocio andaba bien porque hacía buen tiempo. Él sabía con certeza que bastaba un poquito de sol para que las amas de casa parisinas salieran a la calle en busca de pan reciente.

Miró por la vidriera, entornando los ojos por el resplandor exterior. Una bonita muchacha se aproximaba cruzando la calle. El panadero prestó atención; desde atrás le llegó la voz de su mujer, que discutía a gritos con un empleado. La pelea duraría varios minutos, como siempre. Seguro de que no había peligro, el panadero se permitió mirar a la muchacha con lascivia.

La joven llevaba un vestido de verano, ligero y sin mangas, que al hombre le pareció bastante caro, aunque no era un experto en esas cosas. La falda acampanada, que giraba graciosamente a medio muslo, destacaba las esbeltas piernas desnudas y prometía, sin cumplir del todo, un delicioso vistazo a la ropa interior femenina.

Era demasiado delgada para su gusto, según decidió al verla más cerca. Los pechos eran demasiados pequeños; ni siquiera se estremecían con aquel paso largo y confiado. Veinte años de matrimonio con Jeanne-Marie no lo habían cansado de los pechos grandes y bamboleantes.

La chica entró en el local, y el panadero pudo observar entonces que no era ninguna belleza. Tenía el rostro largo y flaco, boca pequeña, nada generosa, y dientes superiores algo sobresalientes. Su cabello era castaño bajo, una primera capa rubia descolorida por el sol.

Eligió una hogaza del mostrador y, después de probar la corteza con manos largas, hizo un gesto de satisfacción. No sería una belleza, pero sí una personita muy deseable, se dijo el panadero.

Tenía cutis rojo y blanco, de piel aparentemente suave, mas era su porte lo que atraía las miradas: lleno de seguridad y confianza. Decía al mundo que esa muchacha hacía su voluntad y nada más. El panadero decidió que ya era hora de abandonar los juegos de palabras: la chica era *sexy*, nada más.

Flexionó los hombros para aflojar la camisa, que se le estaba pegando a la espalda sudada.

–*Chaud, hein?* –comentó.

La chica sacó unas monedas de su cartera y pagó el pan. Recibió el comentario con una sonrisa, y, de pronto, se la vio muy hermosa.

–*Le soleil? Je l'aime* –respondió. Cerró la cartera y abrió la puerta del local–. *Merci!* –le arrojó por encima del hombro al retirarse.

Había un leve acento en su francés; al panadero le pareció que sonaba a inglés. Pero tal vez se tratara de su imaginación, porque era lo que correspondía a ese cutis. Mientras ella cruzaba la calle, le miró el trasero, hipnotizado por el movimiento de los músculos bajo el algodón. Quizá volvía al apartamento de algún músico joven y peludo, que aún estaría en la cama tras una noche de jolgorio.

La aguda voz de Jeanne-Marie se aproximó, haciéndole añicos la fantasía. El panadero suspiró y arrojó las monedas de la muchacha a la caja registradora.

Dee Sleign sonrió para sí mientras caminaba por la acera, alejándose de la panadería. El mito se cumplía: los franceses eran más sensuales que los ingleses. La mirada del panadero había sido francamente lasciva, centrada en su pelvis sin vacilación. Un panadero inglés le habría mirado los pechos por detrás de sus anteojos con aire furtivo.

Inclinó la cabeza hacia atrás y se pasó el cabello por detrás de las orejas, para que el cálido sol le diera en la cara. Era maravilloso: esa vida, ese verano en París. Sin trabajo, sin exámenes, sin ensayos, sin conferencias. Dormir con Mike, levantarse tarde, desayunar con pan tierno y buen café; días enteros pasados con los libros que siempre había querido leer y con los cuadros que siempre había deseado ver; veladas con gente interesante y excéntrica.

Pronto acabaría todo. Antes de que pasara mucho tiempo, debería decidir qué hacer con el resto de su vida. Por ahora, se hallaba en un limbo particular, limitándose a disfrutar de las cosas que le gustaban, sin metas rígidas que dictaminaran su modo de emplear cada minuto.

Giró en una esquina y entró en un edificio de apartamentos, pequeño y sin pretensiones. Al pasar junto a la cabina de diminuta ventana, oyó un agudo grito de la *concierge*.

–*Mademoiselle!*

La mujer canosa pronunció el vocablo sílaba por sílaba y logró darle una inflexión acusadora, enfatizando el escandaloso hecho de que Dee no estuviera casada con el inquilino del apartamento. Dee volvió a sonreír; ningún amorío en París habría estado completo sin una *concierge* desaprobadora.

–*Télégramme* –dijo la mujer. Puso el sobre sobre el antepecho y se retiró a la penumbra de la cabina, que olía a gato, como para desentenderse por completo de la poca moral de las muchachas y sus telegramas.

Dee lo recogió y corrió escaleras arriba. Iba dirigido a ella. Sabía bien de qué se trataba.

Entró en el apartamento y dejó el pan, junto con el telegrama, en la mesa de la cocinita. Luego, puso algunos granos de café en el molinillo y oprimió el botón. La máquina gruñó con aspereza, mientras pulverizaba los pardos granos.

La afeitadora eléctrica de Mike relinchó a modo de respuesta. A veces, sólo la promesa del café lo sacaba de la cama. Dee preparó una cafetera llena y cortó el pan en rebanadas.

El pequeño apartamento de Mike estaba amueblado con piezas viejas, de gusto indefinido. Él hubiera querido algo más grandioso; por cierto, podía pagar un alojamiento mejor. Pero Dee había insistido en que no se acercaran a los hoteles ni a distritos elegantes. Quería pasar el verano con los franceses, no con la *jet set* internacional. Y se había salido con la suya.

El zumbido de la afeitadora se detuvo. Dee sirvió dos tazas de café.

Él entró en el momento en que ella ponía las tazas en la mesa redonda. Lucía sus «Levi's» descoloridos y remendados, una camisa de algodón azul abierta en el cuello, por donde asomaban un mechón de vello negro y un medallón que colgaba de su breve cadena de plata.

–Buenos días, cariño –dijo.

Dio la vuelta a la mesa para darle un beso. Ella lo

enlazó por la cintura y lo estrechó contra sí, besándolo con apasionamiento.

–¡Vaya! Esto es un poco fuerte para estas horas de la mañana –comentó él, con una amplia sonrisa californiana. Y se sentó.

Dee lo contempló mientras él sorbía su café, agradecido, preguntándose si en verdad deseaba pasar el resto de su vida con él. La relación entre ambos duraba ya un año y comenzaba a acostumbrarse. Le gustaban el cinismo de Mike, su sentido del humor y su estilo de bucanero. A ambos les interesaba el arte hasta la obsesión, aunque el interés de Mike se basaba en el dinero que se podía ganar, mientras que ella estaba absorta en los porqués y los cómos del proceso creativo. Se estimulaban mutuamente, en la cama y fuera de ella. Formaban un buen equipo.

Él se levantó, se sirvió más café y encendió sendos cigarrillos.

–Estás silenciosa –dijo, con su acento norteamericano, grave y carrasposo–. ¿Sigues pensando en esos resultados? Ya sería hora de que llegaran.

–Han llegado hoy –replicó ella–. Todavía no me he decidido a abrir el telegrama.

–¿Qué? Vamos. Quiero saber cómo te fue.

–Bueno.

Dee tomó el sobre y volvió a sentarse antes de abrirlo con el pulgar. Desplegó una sola hoja de papel fino, le echó un vistazo y luego lo miró con una amplia sonrisa.

–Dios mío, saqué un sobresaliente –dijo.

Él se levantó de un salto, excitado.

–¡Yupii! –gritó–. ¡Ya lo sabía! ¡Eres un genio!

Y rompió en una veloz imitación de las danzas populares del Oeste, con sus gritos de «Yi-jaa» y los sonidos de una guitarra, dando saltitos por la cocina con una compañera imaginaria.

Dee reía, incontenible.

–Para tener treinta y nueve años, eres el tipo más juvenil que he conocido en mi vida –exclamó.

Mike hizo una reverencia, como para agradecer imaginarios aplausos, y volvió a sentarse.

–Bueno, ¿y qué significa esto en tu futuro? –preguntó.

–Significa que debo hacer el doctorado.

–¿Qué? ¿Más títulos? Ahora eres licenciada en Historia del Arte, además de estar diplomada en Bellas Artes. ¿No sería hora de que dejaras de ser estudiante profesional?

–¿Por qué? Aprender es lo que más me entusiasma. Si ellos están dispuestos a pagarme para que estudie el resto de mi vida, ¿por qué no hacerlo?

–No te pagarán mucho.

–Es cierto –repuso Dee pensativa–. Y me gustaría hacer fortuna, de algún modo. Aun así, cuento con tiempo de sobra. Sólo tengo veinticinco años.

Mike alargó la mano por encima de la mesa para coger la de ella.

–¿Por qué no vienes a trabajar conmigo? Te pagaría una fortuna. Lo vales.

Ella sacudió la cabeza.

–No quiero aprovecharme de ti. Deseo hacerlo sola.

–Puedes aprovecharte de mí todo cuanto gustes –sonrió él.

Ella hizo un gesto libidinoso.

–¿Qué te parece? –repuso, imitando su acento norteamericano. Pero retiró la mano–. No, voy a escribir la tesis. Si sale publicada, tal vez gane algo.

–¿Cuál será el tema?

–Bueno, he estado jugando con un par de cosas. El más prometedor es la relación entre arte y drogas.

–Moderno.

–Y original. Creo poder demostrar que el abuso de

drogas tiende a ser bueno para el arte y malo para los artistas.

—Linda paradoja, ¿por dónde vas a comenzar?

—Por aquí. En París. La comunidad artística solía fumar marihuana en los primeros veinte años del siglo. Sólo que la llamaban hachís.

Mike asintió.

—¿Aceptarías una pequeña ayuda, para comenzar?

Dee tomó un cigarrillo.

—Claro —dijo.

Él le ofreció el encendedor.

—Hay un viejo con el que deberías hablar. Fue amigo de cinco o seis maestros de la pintura, antes de la Primera Guerra Mundial. Un par de veces me puso en el rastro de algún cuadro.

»Era una especie de delincuente marginado, pero solía conseguir prostitutas para que sirvieran de modelos (y para otras cosas, a veces) para los pintores jóvenes. Ahora es viejo; debe de estar cerca de los noventa años. Pero aún se acuerda.

El diminuto piso de una sola dependencia olía mal. El olor de la pescadería de abajo lo invadía todo, y se filtraba por las tablas del piso para posarse en los muebles desencolados, en las sábanas de la estrecha cama del rincón, en las cortinas desteñidas de la única ventana. El humo de la pipa no llegaba a disimular ese hedor. Por debajo de todo eso, existía la atmósfera de un cuarto rara vez limpiado a fondo.

Y de las paredes colgaba una fortuna en pinturas post-impresionistas.

—Todas me las regalaron los artistas —explicó el viejo, indiferente.

Dee tuvo que concentrarse para entender su fuerte francés parisino.

–Es que no podían pagar sus deudas –continuó él–. Yo aceptaba los cuadros porque sabía que ellos jamás tendrían dinero. En aquel entonces, estos cuadros no me agradaban. Ahora comprendo por qué pintaban así y me gusta.

El hombre era calvo por completo, con la piel del rostro floja y pálida. De baja estatura, caminaba con dificultad, mas sus ojillos negros soltaban destellos ocasionales de entusiasmo. Le rejuvenecía esa linda inglesa, que hablaba el francés tan bien y le sonreía como si él siguiera siendo joven.

–¿No lo importuna la gente que quiere comprarlos? –preguntó Dee.

–Ya no. Siempre estoy dispuesto a prestarlos, a cambio de algún dinero. –Los ojos le chisporroteaban–. Con eso pago el tabaco –agregó, levantando la pipa como para un brindis.

En ese momento, Dee notó cuál era el elemento sobrante del olor: el tabaco de la pipa estaba mezclado con hachís. Hizo un gesto de entendimiento.

–¿Quiere un poco? Tengo papel de fumar –ofreció él.

–Gracias.

El viejo le pasó una lata de tabaco, algunos papeles y un pequeño bloque de hachís. Ella comenzó a liar un cigarrillo.

–Ah, las jovencitas –musitó el hombre–. En realidad, las drogas les hacen daño. Yo no debería corromper a la juventud. Pero me he pasado la vida haciéndolo y ya soy demasiado viejo para cambiar.

–Y de ese modo ha vivido largo tiempo –observó Dee.

–Cierto, cierto. Este año cumpliré los ochenta y nueve, creo. Desde hace setenta fumo mi tabaco especial todos los días, salvo cuando estaba en prisión, por supuesto.

Dee pasó la lengua por el engomado del papel y

acabó el cigarrillo. Lo encendió con un diminuto encendedor de oro e inhaló el humo.

–¿Los pintores consumían mucho hachís? –preguntó.

–Oh, sí. Hice una fortuna con eso. Algunos se gastaban en él todo lo que ganaban. –Miró un dibujo a lápiz que pendía de la pared: un bosquejo apresurado de una cabeza femenina, de rostro oval y nariz larga y fina–. El peor era *Dedó* –agregó, con una sonrisa lejana.

Dee buscó la firma en el dibujo.

–¿Modigliani?

–Sí. –Ahora, los ojos del hombre sólo veían el pasado. Hablaba como para sí.

–Siempre usaba una chaqueta de piel de cordero y un sombrero de fieltro, grande y flojo. Solía decir que el arte debía ser como el hachís, que muestra la belleza de las cosas a la gente, esa belleza que normalmente no se puede ver. También bebía, para ver la fealdad. Pero el hachís le encantaba.

»Era una pena que tuviera tanta conciencia de eso. Creo que lo criaron con excesiva rigidez. Además, como era algo delicado de salud, las drogas le hacían daño. De cualquier modo, él seguía consumiéndolas.

El viejo sonrió, entre gestos afirmativos, como si estuviera de acuerdo con sus remembranzas, y continuó:

–Vivía en la Impasse Falguière. Era muy pobre. Se puso demacrado. Me acuerdo de una vez que fue a la sección egipcia del Louvre. Volvió diciendo que era la única parte digna de verse. –Rió con alegría–. Melancólico, el hombre, eso sí –prosiguió, dando a su voz un tono más serio–. Siempre llevaba en el bolsillo *Les Chants du Maldoror*; sabía recitar muchos poemas franceses. El cubismo llegó hacia el final de su vida; para él era extraño. Tal vez eso lo mató.

Dee habló con suavidad, para guiar los recuerdos del anciano sin descarrilar el tren de sus pensamientos.

–¿*Dedó* pintó alguna vez mientras estaba drogado?

El hombre rió con ligereza.

–Oh, sí –dijo–. Cuando estaba drogado pintaba muy rápido, gritando siempre que ésa sería su obra maestra, su *chef-d'œuvre*, que todo París entendería su pintura a partir de ese momento. Elegía los colores más intensos y los arrojaba sobre la tela. Los amigos le decían que su obra era inútil, horrible, y él les respondía que se fueran, que eran demasiado ignorantes y no comprendían que ése era el verdadero cuadro del siglo XX. Después, cuando se le pasaba, reconocía que ellos tenían razón y arrojaba la tela a un rincón.

Chupó su pipa y, al notar que se había apagado, buscó los fósforos. El hechizo se había roto.

Dee se inclinó hacia delante, abandonando el duro y recto respaldo de su silla, olvidado el cigarrillo.

–¿Qué fue de esas pinturas?

Él chupó hasta dar vida a su pipa y se reclinó en el asiento, aspirando rítmicamente. Ese regular soc-puf, soc-puf lo impulsó poco a poco a sus remembranzas.

–Pobre *Dedó* –dijo–. No podía pagar el alquiler. No tenía adónde ir. El propietario le concedió veinticuatro horas para que marchara. Él trató de vender algunas pinturas, pero los pocos capaces de comprender lo buenas que eran tenían casi menos que él.

»Tuvo que mudarse al alojamiento de uno de sus amigos, ya no recuerdo cuál. Había apenas lugar para él; ni hablar de sus cuadros. Prestó a sus amigos íntimos los que más le gustaban. En cuanto al resto... –El viejo gruñó, como si el recuerdo le hubiera causado una punzada de dolor–. Me parece verlo: con la carretilla cargada de cuadros, llevándolos por la calle. Llegó a un solar, los amontonó en el centro y les prendió fuego. «¿Qué voy a hacer?», repetía, una y otra vez. Yo podría haberle prestado dinero, supongo, pero ya me debía demasiado. Aun así, cuando vi cómo miraba el incendio de sus pinturas me arrepentí de no haberlo hecho. Es que nunca fui un santo; ni en mi juventud ni en mi vejez.

–¿Todos los cuadros del hachís estaban en esa fogata?

–Sí –dijo el anciano–. Prácticamente todos.

–¿Cómo prácticamente? ¿Se quedó con alguno?

–No, no se quedó con ninguno. Pero había dado algunos a cierta persona... Lo había olvidado, pero ahora lo recuerdo, ahora que hablo con usted. En su ciudad natal, había un sacerdote que estaba interesado en las drogas orientales. No recuerdo si era por su valor medicinal, sus propiedades espirituales..., algo así. *Dedó* confesó sus hábitos al sacerdote y él le dio la absolución. Después, el sacerdote quiso ver las obras que había pintado bajo la influencia del hachís. Dedó le envió un cuadro. Sólo uno; ahora lo recuerdo.

El cigarrillo quemó los dedos a Dee, que lo dejó caer en un cenicero. El viejo volvió a encender la pipa. Dee se levantó.

–Muchísimas gracias por haberme recibido –le dijo.

–Humm... –La mente del hombre aún estaba a medias en el pasado–. Espero que eso le sirva para su tesis.

–Ya lo creo –afirmó ella. Siguiendo un impulso, se inclinó hacia el anciano y le besó la calva–. Ha sido muy amable.

Los ojos del viejo se encendieron en un chisporroteo.

–Hacía mucho tiempo que no recibía el beso de una chica bonita –dijo.

–De todo lo que usted me ha dicho, eso es lo único que no le creo –respondió Dee. Volvió a sonreírle y cruzó la puerta.

Tuvo que dominar su júbilo mientras caminaba por la calle. ¡Qué descubrimiento! ¡Y antes de haber iniciado siquiera el nuevo período lectivo! Ardía por contar a alguien lo que estaba pasando. Entonces, recordó que Mike se había ido a Londres por un par de días. ¿Con quién podía hablar?

Por impulso, compró una postal en un café y se sentó a escribirla, frente a un vaso de vino. La fotografía mostraba el mismo café y parte de la calle en donde aquél estaba.

Mientras sorbía su *vin ordinaire* se preguntó a quién enviarla. Debía comunicar a la familia los resultados de sus exámenes. La madre se alegraría, dentro de su distracción habitual; en realidad, ella quería que su hija formara parte de esa moribunda sociedad cortés, llena de bailes y vestidos de gala. No apreciaría el triunfo que representaba ese diploma con honores. ¿Quién, entonces?

De inmediato, recordó a la persona que más se alegraría por ella. Escribió:

Querido tío Charles:
      ¡Créase o no, saqué sobresaliente! Más increíble aún: ¡¡¡Estoy sobre la pista de un Modigliani perdido!!!
      Cariños,
                                      D.

Compró un sello para la tarjeta y la echó al buzón en su trayecto hacia el apartamento de Mike.

2

La vida había perdido su encanto, según reflexionaba Charles Lampeth, cómodamente sentado en la silla del comedor estilo reina Ana. Ese lugar, la casa de su amigo, había vivido en otros tiempos ese tipo de fiestas y de bailes que ahora sólo se veían en las películas históricas de grandes presupuestos. Dos primeros ministros, cuanto menos, habían comido en ese mismo salón, de larga mesa de roble y paredes recubiertas de la misma madera. Pero el cuarto, la casa y su propietario, Lord Cardwell, pertenecían a una raza moribunda.

Lampeth seleccionó un cigarro de la caja que le ofrecía el mayordomo y permitió que el sirviente se lo encendiera. Un sorbo de coñac, notablemente añejo, completó su sensación de bienestar. La comida había sido espléndida; las esposas de ambos acababan de retirarse, a la antigua usanza, y, ahora, ellos dos podrían conversar.

El mayordomo encendió el cigarro de Cardwell y salió como si se deslizara sobre el suelo. Los dos hombres fumaron durante unos minutos, satisfechos. Eran amigos desde hacía tanto tiempo que el silencio no les resultaba embarazoso. Por fin, Cardwell habló.

–¿Cómo anda el mercado del arte?

Lampeth le dedicó una sonrisa satisfecha.

—Floreciente, como marcha desde hace varios años —respondió.

—Nunca he comprendido cómo funciona económicamente —dijo Cardwell—. ¿A qué se debe su prosperidad?

—Es complejo, como cabe esperar. Supongo que comenzó cuando los norteamericanos empezaron a interesarse por el arte, justo antes de la Segunda Guerra Mundial. Es el viejo mecanismo de la oferta y la demanda: los precios de los grandes maestros subieron a las nubes. Como no había suficientes maestros clásicos para poner en circulación, la gente empezó a volverse hacia los modernos...

—Y allí es donde intervienes tú —le interrumpió Cardwell.

Lampeth asintió, sorbiendo su coñac, con expresión apreciativa.

—Cuando abrí mi primera galería, justo después de la guerra, resultaba en extremo difícil vender cualquier obra pintada antes de 1900. Pero insistimos. A algunas personas empezaron a gustarles; después, los inversionistas hicieron su aparición. Fue entonces cuando los impresionistas se fueron por las nubes.

—Hubo muchos que ganaron verdaderas fortunas —comentó Cardwell.

—Menos de los que piensas —aseguró Lampeth, aflojándose la corbata de lazo por debajo de la papada—. Es como comprar acciones o apostar a un caballo. Si lo haces sobre seguro, descubrirás que todo el mundo ha apostado a lo mismo, de modo que las ganancias son bajas. Si quieres acciones preferenciales, pagas un alto precio por ellas, de modo que vendes con una ganancia mínima.

»Y lo mismo ocurre con las pinturas. Compra un Velázquez y no dejarás de ganar dinero. Pero tendrás que pagar tanto por él que deberás esperar varios años para

24

ganar un cincuenta por ciento. Los únicos que han hecho fortuna con esto son los que compraron los cuadros por gusto, para descubrir después que tenían *buen* gusto, cuando el valor de sus colecciones ascendió como un cohete. Es tu caso, por ejemplo.

Cardwell asintió; las pocas hebras blancas de su cabeza se agitaron merced a la brisa causada por el movimiento. Se tironeó de la larga nariz.

–¿Cuánto piensas que vale ahora mi colección?

–Caramba... –Lampeth frunció el entrecejo, reuniendo las cejas negras sobre el puente de la nariz–. Dependería de cómo se la vendiera, para empezar. Por otra parte, una valoración correcta exigiría una semana de trabajo por parte de un experto.

–Me conformo con una cifra aproximada. Tú conoces los cuadros; tú mismo compraste la mayor parte de ellos en mi nombre.

–Sí. –Lampeth fue imaginando los veinte o treinta cuadros que había en la casa y les asignó un valor aproximado. Cerró los ojos y sumó las cifras–. Anda cerca del millón de libras.

Cardwell volvió a asentir.

–Era lo que yo calculaba –dijo–. Necesito un millón de libras, Charlie.

–¡Por Dios! –exclamó Lampeth, incorporándose de pronto–. No pensarás vender tu colección.

–Temo que he llegado a eso –replicó Cardwell, con tristeza–. Mi esperanza era donársela al país, pero primero está la realidad de los negocios. La empresa se encuentra endeudada al máximo; si no recibe una gran inyección de capital antes de que transcurran doce meses, se irá a la ruina. Como sabes, hace años que vengo vendiendo partes de la propiedad para mantenerme en este nivel de vida. –Levantó la copa de coñac y bebió un poco. Luego prosiguió–: Pero la gente joven me ha alcanzado, por fin. Hay escobas nuevas barriendo el mundo de las finanzas. Nuestros métodos están anticuados. Me retiraré en cuanto la empresa se halle lo bastante fortalecida como para entregar las riendas a otras manos. Las manos de una persona joven.

La nota de cansada desesperación con que su amigo hablaba enojó a Lampeth.

–Manos jóvenes –murmuró, despectivo–. Ya les llegará su turno.

Cardwell rió con ligereza.

–Vamos, Charlie, vamos. Mi padre se horrorizó cuando le anuncié que pensaba dedicarme a especular en Bolsa. Recuerdo que me dijo: «¡Pero si vas a heredar el título!», como si por eso fuera inconcebible que yo tocara dinero de verdad. Y tú, ¿qué dijo tu padre cuando inauguraste tu galería de arte?

Lampeth aceptó el argumento con una sonrisa renuente.

–Le pareció una ocupación afeminada para el hijo de un militar.

–Ya ves: el mundo pertenece a las manos jóvenes. Por lo tanto, Charlie, vende mis pinturas.

–Habrá que deshacer la colección para conseguir buenos precios.

–El experto eres tú. No tiene sentido que me ponga sentimental.

–Aun así, convendría mantener varios cuadros juntos para una exposición. Veamos: un Renoir, dos Degas, algún Pissarro, tres Modiglianis... Déjame que lo piense... El Cézanne tendrá que ir a remate, por supuesto.

Cardwell se levantó, revelando su gran estatura; sobrepasaba en tres o cuatro centímetros el metro ochenta.

–Bueno, no lloremos sobre la leche derramada. ¿Nos reunimos con las señoras?

26

La «Galería Belgrave» tenía el aire de un museo provincial bastante superior. El silencio era casi tangible; cuando Lampeth entró, sus zapatos negros se deslizaron sin ruido por la sencilla alfombra de color verde oliva. Eran las diez de la mañana; la galería acababa de abrir sus puertas y aún no había clientes. De cualquier modo, tres ayudantes, vestidos con traje negro a rayas, deambulaban atentamente por la zona de recepción.

Lampeth los saludó con una inclinación de cabeza y atravesó el piso bajo de la galería, apreciando con ojo experto los cuadros allí colgados. Era una incongruencia que alguien hubiese puesto un moderno abstracto contiguo a un primitivo; tomó nota mental para hacerlo cambiar de lugar. Las obras no tenían puesto el precio: una política deliberada. La gente tenía la sensación de que cualquier referencia al dinero sería recibida con un gesto desaprobador de los ayudantes. A fin de mantener la autoestima, los interesados se dirían que ellos también formaban parte de ese mundo en donde el dinero era sólo un detalle, tan insignificante como la fecha del cheque. Y así gastaban más. Charles Lampeth era comerciante en primer lugar, en segundo, amante del arte.

Subió la amplia escalinata hasta la planta alta y sorprendió su imagen en el cristal de un cuadro. Nudo de corbata pequeño, cuello almidonado, traje de corte perfecto. Estaba excedido de peso, pero aún presentaba una figura atractiva para su edad. Enderezó los hombros en un ademán consciente.

Tomó nota de una corrección: el cristal de ese cuadro debía ser mate, para que se viera el dibujo a lápiz que cubría. Quienquiera lo hubiera enmarcado así había cometido un error.

Caminó hasta su oficina y colgó el paraguas del perchero. Fue hasta la ventana para contemplar la calle Regent, mientras encendía el primer cigarrillo del día, y preparó una lista mental de las cosas que debía atender entre ese momento y la primera ginebra con agua tónica, a las cinco.

Giró al entrar su socio más joven, Stephen Willow.

–Buen día, Willow –dijo, y se sentó ante el escritorio.

–Buen día, Lampeth.

Aunque hacía seis o siete años que se conocían, conservaban el hábito de llamarse por el apellido. Lampeth se había asociado con Willow para ampliar el alcance de la «Galería Belgrave»: el joven había levantado su pequeña galería propia fomentando relaciones con cinco o seis artistas jóvenes que resultaron de buena pasta. Por entonces, la «Belgrave» se estaba quedando atrás, de modo que Willow había sido la oportunidad de ponerse rápidamente al día con el escenario contemporáneo. La sociedad funcionaba bien; aunque había diez o quince años de diferencia entre ambos, Willow tenía las mismas cualidades básicas que su socio: gusto artístico y sentido comercial.

El más joven dejó una carpeta sobre la mesa y rechazó un cigarro.

–Quiero hablarte de Peter Usher –dijo.

–Ah, sí. Hay algo que no anda por su parte y no sé qué es.

–Lo tomamos cuando la «Galería 69» quebró –empezó Willow–. Allí había estado vendiendo bien durante todo un año; una tela salió por mil libras. Casi todas se estaban vendiendo por encima de las quinientas. Desde que se pasó a nosotros, sólo ha vendido un par de obras.

–¿En qué precio lo tenemos?

–Igual que la «69».

–Fíjate que allá pueden haber estado haciendo trampa –observó Lampeth.

–Creo que de eso se trata. De manera sospechosa, varios cuadros de alto precio reaparecieron poco después de haber sido vendidos.

Lampeth asintió. Entre los secretos peor guardados

del mundo artístico figuraba ése: en ocasiones, los dueños de las galerías compraban cuadros propios a fin de estimular la demanda de un artista joven.

Lampeth comentó:

–Además, no somos una galería apropiada para Usher. –Vio que su socio arqueaba las cejas y agregó–: No es por criticar, Willow; en aquel momento parecía una gran adquisición. Pero es muy *avant-garde*; probablemente le perjudicó un poco asociarse con una galería tan respetable como la nuestra. De cualquier modo, ya pasó. Sigo creyendo que es un buen pintor y que merece nuestros mejores esfuerzos.

Willow cambió de opinión con respecto al cigarro y sacó uno de la caja depositada sobre el escritorio de Lampeth, decorado con incrustaciones.

–Eso mismo pensaba yo. Le he tentado para ver qué piensa de una exposición. Dice que tiene obra suficiente para justificarla.

–Bien. ¿En la Sala Nueva, tal vez?

La galería era demasiado grande para que fuera dedicada a la obra de un solo artista; por lo tanto, las exposiciones unipersonales se presentaban en galerías más pequeñas o en salas del local de la calle Regent.

–Es ideal.

Lampeth musitó:

–Todavía pienso que quizá le hiciéramos un favor si le dejáramos que se pasara a otra firma.

–Tal vez, pero el mundo exterior no lo vería de ese modo.

–Tienes mucha razón.

–¿Le digo que está arreglado, entonces?

–No, todavía no. Puede haber algo más importante en marcha. Lord Cardwell me invitó anoche a cenar. Quiere vender su colección.

–Por Dios, pobre tipo. Para nosotros es un bocado muy grande.

–Sí, y habrá que tomarlo con cuidado. Todavía lo estoy pensando. Dejemos el terreno libre por un tiempo.

Willow miró hacia la ventana por el rabillo del ojo; Lampeth reconoció eso como señal de que estaba forzando la memoria.

–Cardwell tiene dos o tres Modiglianis, ¿verdad? –dijo por fin.

–En efecto. –Para Lampeth no era una sorpresa que su socio estuviera enterado; todo buen propietario de galería de arte debe saber el paradero de cientos de pinturas, a quiénes pertenecen y cuánto valen.

–Interesante –continuó Willow–. Ayer, después de que te fuiste, recibí noticias de Bonn. Hay en venta una colección de bocetos de Modigliani.

–¿De qué tipo?

–Esbozos a lápiz para esculturas. Todavía no están en el mercado, por supuesto. Si los queremos, podemos conseguirlos.

–Bien. Los compraremos, de cualquier modo. Creo que Modigliani va a subir de precio. Hace tiempo que se lo mantiene bajo porque no corresponde a una categoría determinada.

Willow se levantó.

–Diré a mi contacto que compre. Y si Usher pregunta, lo mantendré entretenido.

–Sí. Trátalo bien.

Cuando el socio más joven salió, Lampeth se acercó una bandeja de alambre que contenía la correspondencia de la mañana. Tomó un sobre ya abierto, pero su mirada cayó sobre la postal que había debajo. Dejó caer el sobre para recoger la postal. La fotografía debía de ser de una calle de París. La dio vuelta para leer el mensaje, sonriente, divertido por la agitada redacción y aquella selva de signos exclamatorios.

Después, se reclinó en la silla, pensativo. Su sobrina daba la impresión de ser una jovencita femenina y alocada, pero poseía una aguda inteligencia. Habitualmente hablaba muy en serio, aunque pareciera una muñequita de los años veinte.

Dejó el resto de su correspondencia en la bandeja, guardó la postal en el bolsillo interior de su chaqueta y recogió su paraguas para salir.

En la agencia, todo era discreto, hasta su entrada. Había sido diseñada con sagacidad, de modo tal que, si un taxi se detenía en el patio delantero, el visitante no estuviera a la vista de la calle cuando bajara.

El personal, con su educada docilidad, se parecía al de la galería, aunque por diferentes motivos. Si se los obligaba a decir con exactitud a qué se dedicaba la agencia, se limitarían a murmurar que hacía averiguaciones por cuenta de sus clientes. Así como los ayudantes de la «Belgrave» jamás mencionaban el dinero, los de la agencia jamás hablaban de sus detectives.

Por cierto, Lampeth no recordaba haber visto nunca a un detective en esa casa. Los investigadores de Lipsey no revelaban quiénes eran sus clientes, por el simple motivo de que, por lo general, no lo sabían. La discreción era aún más importante que el éxito de una operación.

Lampeth fue reconocido, aunque sólo había visitado la casa dos o tres veces. Le cogieron el paraguas y le hicieron pasar a la oficia de Mr. Lipsey, un hombre bajo y muy pulcro, de cabello negro y lacio; mantenía la actitud algo luctuosa, persistente y discreta de un médico forense en el interrogatorio.

Estrechó la mano a su visitante y le hizo sentar. Su oficina se parecía más a la de un abogado que a la de un detective: madera oscura, cajones en vez de muebles para archivo y una caja fuerte en la pared. El escritorio estaba colmado, pero en orden, con los lápices dispuestos en hilera, los papeles bien apilados y una calculadora electrónica de bolsillo.

La calculadora recordó a Lampeth que la mayor parte de su trabajo consistía en investigar posibles fraudes; por eso su ubicación dentro del distrito financiero. Pero también buscaba a individuos y, cuando se trataba de Lampeth, localizaba cuadros.

–¿Una copa de jerez? –ofreció Lipsey.

–Gracias.

Lampeth sacó la postal del bolsillo, mientras el otro cogía un botellón. Aceptó la copa ofrecida y, a cambio, entregó la postal. Lipsey se sentó para leerla, dejando la copa intacta en el escritorio. Un minuto después dijo:

–Usted quiere que hallemos el cuadro, supongo.

–Sí.

–Hummm. ¿Tiene la dirección de su sobrina en París?

–No, pero mi hermana ha de saberla; es su madre. La conseguiré pero, si en algo conozco a Delia, diría que a estas horas ya se encuentra en París. Debe de estar viajando en busca del Modigliani, a menos que el cuadro esté allí mismo.

–Bueno, tendremos que interrogar a sus amigos de París. Y basarnos en esta fotografía. ¿Es posible que haya pescado la pista, por así decirlo, cerca del café?

–Es muy probable –dijo Lampeth–. Buena idea. Es una muchacha impulsiva.

–Lo imaginé por el..., ejem..., estilo de su redacción. Ahora bien, ¿qué posibilidades hay de que esto resulte ser una cacería de fantasmas?

Lampeth se encogió de hombros.

–Siempre existe esa posibilidad cuando se buscan cuadros perdidos. Pero no se deje engañar por el estilo de Delia. Acaba de licenciarse en Historia del Arte con muy buenas calificaciones y es una astuta mujer de veinticinco años. Si quisiera trabajar para mí, la emplearía, aunque sólo fuera para que no la aprovecharan mis competidores.

–¿Y las posibilidades?

–Cincuenta por ciento a su favor. No, mejor aún: setenta a treinta en su favor.

–Bien, en este momento tengo libre al hombre adecuado para el trabajo. Podemos empezar de inmediato.

Lampeth se levantó y vaciló, con el entrecejo fruncido, como si no supiera cómo expresarse. Lipsey aguardó, paciente.

–Eh..., es importante ocultar a la muchacha que yo he iniciado esta investigación, ¿comprende?

–Por supuesto –respondió Lipsey, desenvuelto–. No hace falta decirlo.

La galería estaba llena de gente que charlaba, entrechocaba copas y dejaba caer ceniza de cigarrillo en la alfombra. La recepción se había organizado para hacer publicidad a una pequeña colección de expresionistas alemanes adquirida por Lampeth en Dinamarca; las pinturas no le gustaban pero había sido una buena inversión. Los concurrentes eran clientes, artistas, críticos e historiadores de arte. Algunos habían acudido simplemente para que se los viera en la «Belgrave», y poder decir al mundo que ése era el tipo de círculos en que ellos se movían; a su debido tiempo comprarían, y así demostrarían que no iban sólo por hacerse ver. Casi todos los críticos reseñarían la exposición, pues no podían permitirse el lujo de pasar por alto cualquier cosa que la «Belgrave» hiciera. En cuanto a los artistas, iban para aprovechar el vino y los canapés: comida y bebida gratis, algo que a muchos de ellos les hacía falta. Quizá los únicos auténticamente interesados en los cuadros eran los historiadores de arte y algunos coleccionistas serios.

Lampeth suspiró y echó una mirada furtiva a su reloj.

Pasaría una hora más antes de que pudiera retirarse respetablemente. Hacía tiempo que su esposa había dejado de asistir a las recepciones de la galería. Las consideraba aburridísimas, y tenía razón. A Lampeth le hubiera gustado estar en su casa, con una copa de oporto en una mano y un libro en la otra, sentado en su sillón favorito, el de cuero, que tenía una quemadura en el reposabrazos, allí donde él dejaba siempre la pipa. Con su esposa enfrente y Siddons entrando para avivar el fuego por última vez.

–¿Echando de menos tu casita, Charlie? –La voz vino desde un lado, rompiendo sus ensoñaciones–. ¿Preferirías estar sentado frente al televisor, mirando a Barlow?

Lampeth se obligó a sonreír. Rara vez veía la televisión. Además, no le gustaba que lo tutearan, como no fueran sus amigos íntimos. El hombre a quien sonreía ni siquiera era un amigo: se trataba del crítico de arte de un semanario, un hombre bastante perceptivo (sobre todo cuando se trataba de escultura) pero un verdadero pelmazo.

–Hola, Jack. Me alegro de que hayas podido venir –dijo–. En realidad, estoy algo cansado para este tipo de festejos.

–Te comprendo –dijo el crítico–. ¿Has tenido un día difícil? ¿Se te ha hecho duro bajar en cien o doscientas libras el precio al cuadro de algún pobre pintor?

Lampeth logró forzar otra sonrisa mas no se dignó contestar a ese jocoso insulto. Según recordaba, el semanario era izquierdista, y creía necesario mostrar desaprobación ante cualquiera que ganara dinero con la cultura.

Vio que Willow se abría paso por entre la multitud, rumbo a él, y se sintió agradecido hacia su socio. El periodista pareció darse cuenta y se disculpó, para alejarse después.

–Gracias por rescatarme –dijo Lampeth a Willow, en voz baja.

–De nada, Lampeth. En realidad, venía a decirte que Peter Usher está aquí. ¿Quieres llevarlo tú, personalmente?

–Sí. Escucha, he decidido hacer una exposición de Modigliani. Tenemos los tres de Lord Cardwell, los bocetos y otra posibilidad que se nos ha presentado esta mañana. Eso bastaría para formar un núcleo. ¿Quieres averiguar quién tiene otros?

–Por supuesto. Eso significa que la unipersonal de Usher no va.

–Temo que no. No hay otro espacio disponible para algo así por varios meses. Se lo diré. No le va a gustar, pero no le hará tanto daño. Hagamos lo que hagamos, a la larga su talento acabará por imponerse.

Willow hizo un gesto de asentimiento y se alejó. Lampeth fue en busca de Usher. Lo encontró en el extremo más alejado de la galería, sentado frente a algunas pinturas nuevas. Iba acompañado por una mujer y había llenado una bandeja de comida cogida del buffet.

–¿Puedo acompañarles? –preguntó Lampeth.

–Por supuesto –dijo Usher–. Los canapés están deliciosos. Hacía varios días que no probaba el caviar.

Lampeth sonrió ante el sarcasmo y se sirvió un cuadradito de pan blanco.

–Peter quiere hacerse el muchacho enojado –comentó la mujer–, pero es demasiado viejo para eso.

–No le he presentado a mi charlatana esposa, ¿verdad? –preguntó el pintor.

–Encantado –saludó Lampeth, inclinando la cabeza–. Ya conocemos a Peter, Mrs. Usher. Toleramos su sentido del humor porque nos gusta mucho su obra.

Usher aceptó graciosamente el reproche; Lampeth comprendió que se lo había asestado como más convenía: con un disfraz de buenos modales y cargado de halagos.

El pintor tragó otro *sandwich* con el vino y dijo:

—Bueno, ¿cuándo será mi exposición unipersonal?

—Caramba, justamente de eso deseaba hablarle —empezó Lampeth—. Por desgracia, tendremos que postergarla. Verá...

Usher lo interrumpió, enrojecido bajo el cabello largo y la barba a lo Jesús.

—No me venga con falsas excusas. Ha encontrado algo mejor para llenar el espacio. ¿Quién es?

Lampeth suspiró. Había tenido la esperanza de evitar esa escena.

—Vamos a hacer una exposición de Modigliani. Pero no es el único...

—¿Hasta cuándo? —inquirió Usher, levantando la voz. La mujer le apoyó una mano en el brazo como para contenerlo—. ¿Hastá cuándo va a posponer mi exposición?

Lampeth sintió que muchas miradas se le clavaban en la espalda. Comprendió que varios de los concurrentes estaban presenciando la escena. Sonrió en una actitud de conspirador, tratando de que Usher bajara la voz.

—Aún no lo sé —murmuró—. Tenemos el plan completo. Con suerte, a principios del año que viene...

—¡El año que viene! —gritó el artista—. ¡Por Dios, Modigliani se las puede arreglar sin una exposición, pero yo tengo que vivir! ¡Tengo una familia que alimentar!

—Por favor, Peter...

—¡No, no voy a callar!

Toda la galería guardaba silencio. Lampeth comprendió, desesperado, que la concurrencia entera estaba escuchando la pelea.

—¡No me cabe la menor duda de que ustedes ganarán dinero con Modigliani, porque él ha muerto! No harán ningún bien a la especie humana, pero tendrán un éxito rotundo. Son muchos los cerdos codiciosos como usted que están en este ramo, Lampeth.

»¿Sabe qué precios conseguía yo antes de que me uniera a esta maldita galería de cuello duro? Basándome en esto, hipotequé mi casa. La «Belgrave» no ha hecho más que bajar mis precios y esconder mis cuadros para que nadie los compre. ¡Ya estoy harto de ustedes, Lampeth! Llevaré mi obra a otro lugar. ¡Puede meterse su galería en el culo!

Lampeth hizo una mueca dolorida ante ese violento lenguaje. Sabía que estaba excesivamente ruborizado, pero no podía impedirlo.

Usher giró con un gesto teatral y se marchó a grandes zancadas. La multitud le abrió paso y él salió con la cabeza alta, seguido por su esposa, que corría para mantenerse a la par de sus largas piernas, sin mirar a los invitados. Todo el mundo se volvió hacia Lampeth en busca de orientación.

—Les pido disculpas por... esto —dijo él—. Por favor, sigan disfrutando y olviden el asunto, ¿eh? —Se obligó a sonreír una vez más—. Voy a pedir otra copa de vino; espero que todos ustedes me acompañen.

Las conversaciones se reanudaron aquí y allá. Gradualmente, se fueron extendiendo hasta que todo el salón se colmó de un zumbido constante. La crisis había pasado. Sin duda alguna, había sido un grave error dar la noticia a Usher en medio de la recepción, pero era una decisión tomada al final de un día largo y excitante. En el futuro, volvería a su casa temprano o empezaría el trabajo tarde. Era demasiado viejo para exigirse tanto.

Buscó una copa de vino y la bebió de prisa. Eso le afirmó las temblorosas rodillas. Dejó de sudar.

«Cielos, qué bochorno. Estos malditos artistas...!»

3

Peter Usher apoyó la bicicleta contra la vidriera de la galería «Dixon & Dixon», en la calle Bond. Después de quitarse los broches de los pantalones, sacudió las piernas para alisar las rayas planchadas. Finalmente, inspeccionó su aspecto en la luna de la vidriera; el traje barato estaba algo arrugado, pero la camisa blanca, la corbata ancha y el chaleco le daban cierta elegancia. Sudaba bajo la ropa, acalorado por el largo trayecto desde Clapham, pero no podía permitirse el gasto de viajar en el Metro.

Se tragó el orgullo, una vez más resuelto a mostrarse cortés, humilde y de buen carácter, y entró en la galería.

En la zona de recepción, se le acercó una muchacha bonita, con gafas y minifalda. «Probablemente gana más que yo», pensó Peter, sombrío. Pero, de inmediato, recordó su decisión y acalló el pensamiento.

La muchacha le sonrió con gentileza.

–¿En qué puedo serle útil, señor?

–Me gustaría ver a Mr. Dixon, si es posible. Me llamo Peter Usher.

–¿Quiere tomar asiento? Voy a averiguar si Mr. Dixon está en su oficina.

–Gracias.

Peter se sentó en un sillón de cuero verde, con la vista fija en la muchacha, que se había sentado al escritorio para hablar por teléfono. Por debajo del mueble, se le veían las rodillas. Cuando ella cambió de posición, separando las piernas, Peter se encontró con la cara interior de los muslos, suavemente enfundados de seda. Se preguntó si acaso... «No seas tonto –se dijo–. Seguramente querrá que la lleven a los mejores restaurantes y que la inviten a los grandes estrenos teatrales.» Cuanto más, él podría invitarla a ver una película vieja en un cine de barrio y acompañarla a su departamento con dos litros de vino barato. Jamás pasaría más allá de aquellas rodillas.

–¿Quiere pasar a la oficina? –invitó la chica.

–No hace falta que me acompañe –dijo Usher, al levantarse.

Pasó por una puerta y recorrió un pasillo alfombrado hasta otra puerta. Adentro, había otra secretaria. «¡Cuántas secretarias, malditas sean! –pensó–. Ninguna de ellas tendría trabajo si no fuera por los artistas.» Ésa era mayor, igualmente deseable y aún más remota.

–Mr. Dixon tiene una mañana terriblemente ocupada –dijo ella–. Si toma asiento y espera unos minutos, le avisaré cuando esté libre.

Peter volvió a sentarse, tratando de no mirar a aquella mujer. Contempló los cuadros de las paredes: paisajes a la acuarela sin mayor originalidad; el tipo de arte que le aburría. La secretaria tenía el busto grande y usaba sostén con copa puntiaguda bajo el suéter fino y flojo. ¿Y si se levantaba y se quitaba lentamente el suéter por sobre la cabeza...? «Oh, cielos, a ver si te callas, cerebro.» Un día de ésos, pintaría alguna de esas fantasías, para sacárselas del organismo. Claro que nadie las compraría. Peter ni siquiera tenía deseos de guardarlas. Pero eso podía hacerle bien.

Miró el reloj: Dixon se estaba tomando su tiempo. «Podría hacer dibujos pornográficos para las revistas sucias y ganar un poco de dinero.» Pero, ¡qué triste manera de prostituir el don que tenía en las manos!

En respuesta a un suave zumbido, la secretaria levantó el auricular de un teléfono.

–Gracias, señor –dijo, y cortó. Después se levantó y dio la vuelta al escritorio para decir a Usher–: ¿Quiere pasar?

Le abrió la puerta.

Dixon se levantó al entrar Peter. Era un hombre alto y delgado, con gafas para cerca y aire de médico. Le estrechó la mano sin sonreír y le invitó apresuradamente a sentarse. Después, apoyó los codos en su escritorio antiguo.

–Bueno –dijo–, ¿qué puedo hacer por usted?

Peter había ensayado el discurso en el trayecto desde su casa, mientras pedaleaba. No tenía dudas de que Dixon lo aceptaría, pero debía andarse con cuidado para no ofenderle.

–Hace tiempo que no estoy satisfecho con el modo en que la «Belgrave» se ocupa de mis obras –dijo–. Tal vez ustedes quieran organizarme una exposición.

Dixon arqueó las cejas.

–Esto es un poco repentino, ¿no le parece?

–En apariencia, sí, pero hace tiempo que vengo pensándolo, como le decía.

–Comprendo. Veamos, ¿qué ha hecho recientemente?

Peter se preguntó por un instante si Dixon estaría enterado de la disputa de la noche anterior. En todo caso, aún no había dicho nada.

–*Línea parda* fue vendido por seiscientas libras, hace un tiempo; *Dos cajas*, por quinientas cincuenta.

La cosa sonaba bien, pero, en realidad, eran los únicos cuadros que había vendido en dieciocho meses.

–Muy bien –dijo Dixon–. ¿Qué problema ha tenido con la «Belgrave»?

–No estoy seguro –replicó Peter, veraz–. Soy pintor, no llevo una galería de arte; sin embargo, me parece que ellos no se ocupan de mi obra.

–Hum... –Dixon parecía estar pensando.

«Se hace el difícil», se dijo Peter.

Por fin:

–Bien, Mr. Usher, lo siento, pero no creo que podamos incluirlo en nuestro plan de exposiciones. Es una lástima.

Peter lo miró fijamente, atónito.

–¿Cómo que no pueden? ¡Hace dos años, todas las galerías de Londres querían exponer mi obra! –Se apartó el pelo de la cara–. ¡Por Dios, no puede rechazarme!

Dixon parecía nervioso, como si temiera un ataque de ira por parte del joven pintor.

–En mi opinión, usted ha sido sobrevalorado –dijo–. Creo que se sentiría tan poco satisfecho con nosotros como con la «Belgrave», porque el problema básico no está en la galería, sino en su obra. A su debido tiempo, el valor volverá a ascender, pero por el momento, la mayor parte de sus telas no debería sobrepasar las trescientas veinticinco libras. Lo siento, ésta es mi decisión.

Usher se puso tenso, casi suplicante.

–Escuche: si usted me rechaza, tal vez tenga que dedicarme a pintor de obra. ¿No se da cuenta? ¡Necesito una galería!

–Sobrevivirá, Mr. Usher. Más aún: le irá muy bien. Dentro de diez años, será el pintor más cotizado de Inglaterra.

–Entonces, ¿por qué no me acepta?

Dixon suspiró, impaciente. La conversación le parecía de muy mal gusto.

–En este momento, no estamos en su línea. Como bien sabe, nos ocupamos principalmente de los pintores de fin de siglo y de esculturas. Sólo tenemos a dos artistas coetáneos, ambos con firmas bien establecidas. Más aún: nuestro estilo no es el suyo.

–¿Qué diablos significa eso?

Dixon se levantó.

–Mr. Usher, he tratado de rechazarlo con toda cortesía y de explicarle mi situación de un modo razonable, sin palabras ásperas ni brusquedades innecesarias. Lo he hecho con más atención de la que sin duda usted me ofrecería. Pero usted me obliga a ser completamente franco. Anoche, usted provocó una escena sumamente bochornosa en la galería «Belgrave». Insultó a su propietario y escandalizó a sus invitados. No quiero ese tipo de escenas en «Dixon». Y ahora, señor, le deseo buenos días.

Peter se levantó, adelantando agresivamente la cabeza. Iba a hablar, pero vaciló. Por fin, giró en redondo y salió del despacho.

Caminó a grandes zancadas por el corredor, salió al vestíbulo y de éste, a la calle. Montó en su bicicleta, mirando hacia las ventanas del piso alto.

–¡Vete a la mierda! –gritó.

Luego, se alejó pedaleando.

Descargó su furia en los pedales, moviéndolos, malignamente, a toda velocidad. Pasó por alto las luces de los semáforos, las señales de dirección prohibida y los carriles reservados al transporte público. En las intersecciones, subía a la acera, asustando a los peatones. Parecía un verdadero maníaco, con el cabello flotando al viento, su barba larga y su traje de calle.

Al cabo de un rato, se encontró pedaleando por el terraplén, cerca de Victoria, ya agotada su furia. Desde el primer momento había sido un error contactar con las galerías. Dixon tenía razón: su estilo no era el de ellos. En un tiempo, la perspectiva había sido seductora: un contrato con una de las galerías más antiguas y respetables parecía ofrecer seguridad definitiva. Eso era malo para los pintores jóvenes. Tal vez había afectado a su obra.

Hubiera debido quedarse con las galerías especiales, con los jóvenes rebeldes: lugares como la «69», que había tenido una tremenda fuerza revolucionaria por un par de años, antes de hundirse.

Sin darse cuenta, se estaba dirigiendo hacia King's Road; de pronto, comprendió el porqué. Había oído decir que Julian Black, un conocido de sus tiempos de estudiante, estaba por inaugurar una galería nueva a la que llamaría «Galería Negra». Julian era todo un personaje: iconoclasta, desdeñoso de la tradición artística internacional y un apasionado de la pintura, aunque él, como pintor, fuera malísimo.

Peter frenó ante una fachada cuyas lunas estaban marcadas con cal; había un montón de tablas en la acera. Un rotulista trepado a una escalera dibujaba el nombre de la galería. Hasta el momento, llevaba dibujado: LA GALERÍA N.

Peter bajó de la bicicleta. Julian sería ideal, decidió. Estaría buscando pintores y le encantaría contratar a alguien tan conocido como Peter Usher.

La puerta no estaba cerrada con llave. Peter entró pisando tela alquitranada sucia de pintura. Las paredes de la gran sala habían sido pintadas de blanco. Un electricista estaba poniendo reflectores en el cielo raso. En un extremo, un hombre tendía el alfombrado sobre el suelo de cemento.

Peter vio inmediatamente a Julian. Se hallaba junto a la puerta de entrada, conversando con una mujer cuyo rostro le resultaba algo conocido. El dueño de la galería vestía de terciopelo negro, con corbata de moño. Llevaba cabello largo, hasta los lóbulos de las orejas, bien cortado; era apuesto, al estilo de las escuelas privadas.

Al entrar Peter, giró en redondo con expresión de cortés bienvenida, como si estuviera a punto de decir: «¿En qué puedo servirle?» Su expresión cambió al reconocerle.

–¡Peter Usher, por Dios! ¡Qué sorpresa! ¡Bienvenido a la «Galería Negra»!

Se estrecharon la mano.

–Se te nota próspero –observó el pintor.

–Una ilusión necesaria. Pero a ti te va bien, por Dios. Casa propia, esposa y un bebé. ¿Te das cuenta de que deberías estar muriéndote de hambre en una buhardilla? –reía al decirlo.

Peter hizo un ademán inquisitivo hacia la mujer.

–Ah, perdona –se disculpó Julian–. Te presento a Samantha. Seguramente la reconoces.

–Hola –dijo la mujer.

–¡Por supuesto! –exclamó Peter–. ¡La actriz! Encantado. –Le estrechó la mano. Dirigiéndose a Julian, agregó–: Mira, me gustaría hablar de negocios contigo, por un minuto.

Julian pareció desconcertado y algo cauteloso.

–Cómo no –dijo.

–Yo tengo que irme –se despidió Samantha–. Hasta pronto.

Julian fue a abrirle la puerta; cuando volvió, se sentó en un cajón de embalaje.

–Bueno, viejo amigo. Suelta el rollo.

–Rompí con la «Belgrave» –dijo Peter–. Estoy buscando otro lugar para colgar mis mamarrachos, y creo que éste podría convenirme. ¿Recuerdas qué bien trabajamos juntos cuando organizamos el Baile de los Harapos? Creo que podríamos volver a formar un buen equipo.

Julian frunció el entrecejo, mirando hacia la ventana.

–Últimamente, no has vendido mucho, Peter.

El pintor levantó las manos.

–¡Oh, Julian, vamos! No puedes rechazarme. Yo sería toda una adquisición.

El dueño de la galería le apoyó las manos en los hombros.

–Quiero explicarte algo, amigo. Tenía veinte mil libras para iniciar esta galería. ¿Sabes cuánto he gastado a estas alturas? Diecinueve mil. ¿Sabes cuántos cuadros he comprado con eso? Ninguno.

–¿Y en qué se te ha ido tanto dinero?

–En el depósito del alquiler, muebles, decoración, personal, depósitos para esto, depósitos para lo otro, publicidad... Este negocio es difícil para el que empieza, Peter. Si te aceptara, tendría que darte un espacio decente, no sólo porque somos amigos, sino también porque, de lo contrario, se comentaría que te vendo mal y eso perjudicaría mi reputación. Ya sabes que este círculo es muy incestuoso.

–Lo sé.

–Pero tu obra no se vende, Peter. No puedo darme el lujo de ocupar paredes preciosas con una obra que no voy a vender. En los primeros seis meses de este año, Londres vio irse a la ruina a cuatro galerías. Yo podría correr el mismo destino.

Peter asintió lentamente. No estaba enojado. Julian no era uno de los gordos parásitos del mundo artístico; se encontraba en el fondo del montón, junto con los artistas.

No había más que decir. Peter caminó lentamente hacia la puerta. En el momento en que salía, Julian levantó la voz.

–Lo siento mucho.

El pintor volvió a asentir y cruzó el umbral.

A las siete y media, mientras los alumnos entraban en el aula, se sentó en un banquillo. Al aceptar esa cátedra en la Politécnica, no había sospechado que algún día cabría agradecer esas veinte libras por semana. Enseñar resultaba aburrido; en cada clase nunca había más de un muchacho dotado de talento. Pero con ese dinero pagaba a duras penas la hipoteca y los gastos del almacén.

Se sentó en silencio mientras los chicos se acomodaban tras los caballetes, esperando que él les diera la señal de comenzar o iniciara una conferencia. Por el camino, había tomado un par de copas; ese gasto de unos pocos chelines parecía trivial comparado con el desastre que había asolado su carrera.

Era buen profesor y lo sabía. A los alumnos les gustaba su obvio entusiasmo y el modo franco, hasta cruel, con que analizaba sus trabajos. Y sabía hacerlos mejorar, hasta a los que no tenían talento alguno; les enseñaba tretas y les indicaba los fallos técnicos. También tenía la habilidad de grabarles los conceptos.

La mitad de ellos deseaba ingresar en Bellas Artes, ¡grandísimos tontos! Alguien debía decirles que estaban perdiendo el tiempo. Les convenía dedicarse a la pintura como pasatiempo y disfrutar de todo en la vida mientras trabajaban como empleados de Banco o como programadores de informática.

Alguien tenía que decírselo, qué diablos.

Ya estaban todos allí. Se levantó.

–Esta noche hablaremos del mundo artístico –dijo–. Supongo que algunos de ustedes esperan pertenecer a ese mundo antes de que pase mucho tiempo.

Hubo uno o dos gestos afirmativos en el aula.

–Bien, para los que piensan así, he aquí el mejor consejo que nadie pueda darles: olvídense del asunto.

»Permítanme explicarles lo que ocurre. Hace un par de meses, se vendieron ocho pinturas en Londres por un total de cuatrocientas mil libras. Dos de esos pintores habían muerto en la pobreza. ¿Saben ustedes cómo funciona esto? El artista, durante su vida, se dedica al arte volcando en la tela su sangre vital. –Peter hizo un gesto irónico–. Melodramático, ¿verdad? Pero cierto. Vean, a él sólo le interesa pintar. Pero los peces gordos, los ricos, las señoras de sociedad, los dueños de las galerías y los coleccionistas buscan inversiones y sistemas de evadir impuestos. Lo que él hace no les gusta. Quieren cosas seguras y conocidas; además, no saben nada de arte. Por lo tanto, no compran. Y, así, el pintor muere joven. Después de algunos años, una o dos personas perceptivas comienzan a ver adónde quería llegar y compran sus cuadros: a los amigos a quienes él se los había regalado, en negocios de ropavejeros, en galerías trasnochadas. Los precios suben y los dueños de las galerías comienzan a comprar esos cuadros. De pronto, el artista se convierte en: a) pintor codiciado y b) buena inversión. Sus pinturas alcanzan precios astronómicos: cincuenta mil, doscientas mil, lo que ustedes imaginen. ¿Quién gana el dinero? Los marchantes, los inversores astutos, la gente que tuvo el buen gusto de comprar sus cuadros antes de que se impusieran. Y los rematadores con su personal, y las galerías con sus secretarias. Todos, menos el artista... porque ya está muerto. Mientras tanto, los jóvenes artistas de hoy apenas logran comer. En el futuro, sus cuadros se cotizarán por sumas astronómicas. Pero eso no les sirve de nada.

»Cualquiera pensaría que el Gobierno debe cobrar una parte de esas grandes transacciones y utilizarla para construir estudios que se alquilen a poco precio. Pero no. Siempre es el artista quien pierde.

»Si me permiten, voy a contarles mi caso. Yo fui excepcional: mi obra comenzó a venderse bien estando vivo. Aprovechando la situación, pedí un préstamo hipotecario y engendré una hija. Era el futuro gran pintor de Inglaterra. Pero las cosas salieron mal. Ahora dicen que fui «sobrevalorado». Dejé de estar de moda. Mi forma de actuar no casa con la alta sociedad. De pronto, me veo desesperadamente pobre. Formo parte del último montón. Oh, claro que todavía tengo un talento enorme, dicen. Dentro de diez años, seré el primero. Mientras tanto, puedo morir de hambre, ir a cavar zanjas o asaltar Bancos. A ellos no les importa, ¿comprenden?

Hizo una pausa. Por primera vez se dio cuenta de lo mucho que había hablado, concentrado en sus propias palabras. Los alumnos guardaban un silencio total ante tanta furia, tanta pasión y tanta confesión desnuda.

–¿Comprenden? –preguntó, por fin–. Lo último que les importa es el hombre que usa el don recibido de Dios para producir el milagro de una pintura: el artista.

Se sentó en el banquillo y contempló el escritorio que tenía ante sí. Era un viejo pupitre, con iniciales talladas en la madera y antiguas manchas de tinta metidas entre las vetas. Las observó con atención: fluían como una pintura de arte pop.

Los alumnos parecieron darse cuenta de que la clase había terminado. Se levantaron uno a uno, reunieron sus cosas y se marcharon. En cinco minutos, el salón quedó desierto, con excepción de Peter, que apoyó la cabeza en el escritorio y cerró los ojos.

Ya era de noche cuando llegó a su casita de Clapham. Había sido difícil conseguir una hipoteca sobre ella, aunque se trataba de poco dinero, por su vejez. Pero lo lograron.

Peter, convertido en peón, transformó en estudio toda la planta alta, derribando los tabiques y haciendo un tragaluz. Los tres dormían en el dormitorio de la planta baja; quedaban la sala y la cocina, el baño y un lavabo de servicio en la ampliación de la parte trasera.

Entró en la cocina y dio un beso a Anne.

–Me temo que descargué mi mal humor gritándoles a los chicos –dijo.

–No importa –repuso ella, sonriendo–. El loco de Mitch ha venido a animarte. Espera en el estudio. Estoy haciendo algunos bocadillos para que comamos.

Peter subió la escalera. El loco Mitch era Arthur Mit-chel, que había estudiado con Peter en la Slade. Se dedi-caba a enseñar, para no caer en el peligro de ser pintor a tiempo completo. Compartía el total desprecio de Peter por el mundo del arte y sus pretensiones. Cuando Peter entró, él estaba contemplando una tela reciente.

–¿Qué te parece? –preguntó Peter.

–Mala pregunta –replicó Mitch–. Eso invita a barbo-tar un montón de idioteces sobre el movimiento, la pin-celada, el equilibrio y la emoción. Deberías pregun-tarme si la colgaría en mi pared.

–¿La colgarías en tu pared?

–No. No pega con el traje de tres piezas.

Peter se echó a reír.

–¿Vas a abrir esa botella de whisky que has traído?

–Seguro. Será para el velatorio.

–Anne te lo ha contado, ¿verdad?

–En efecto. Has descubierto por ti mismo lo que te dije hace años. De cualquier modo, nada mejor que aprender en carne propia.

–Ya lo creo. –Peter tomó dos vasos sucios de un es-tante y Mitch sirvió el whisky. Pusieron un disco de Hen-drix y escucharon los fuegos artificiales de la guitarra por un rato, en silencio. Anne subió con unos bocadillos de queso. Los tres procedieron a emborracharse.

–Lo peor –decía Mitch–, el meollo de la mierda, como quien dice, es...

Peter y Anne festejaron con una risa la confusa me-táfora.

–Sigue –pidió Peter.

–El terrón fundamental de la maldita bosta es que cada obra es única. Hay muy pocas pinturas únicas, en el verdadero sentido de la palabra; a menos que tengan algo muy especial, como la sonrisa de la *Gioconda* (para usar el ejemplo más característico), se las puede repro-ducir.

–Pero no con toda exactitud –objetó Peter.

–En lo importante, con toda exactitud. Unos cuantos milímetros de espacio, una diferencia apenas perceptible en el color, esas cosas carecen de importancia en un cuadro de cincuenta mil libras. Dios mío, Manet no pintó una réplica exacta del cuadro ideal que tenía en la mente; se limitó a poner pintura más o menos donde le pareció que debía estar. Simplemente, mezcló el color hasta que lo vio adecuado.

»Fíjate en *La virgen de las rocas*: hay una en el Louvre y otra en la National Gallery. Todo el mundo sabe que una de ellas es falsa, pero, ¿cuál? La del Louvre, según los expertos de Londres. La de la National Gallery, según los franceses. Nunca lo sabremos, pero, ¿a quién le importa? Basta echarles una mirada para apreciar su grandeza. Sin embargo, si alguien descubriera sin lugar a dudas cuál es la falsa, nadie se molestaría en ir a verla. Qué porquería.

Bebió de su vaso y se sirvió más.

–No te creo –dijo Anne–. Haría falta un genio casi tan grande como el del maestro para copiar una gran pintura, y copiarla bien. Tanto como para pintar el original.

–¡Tonterías! –estalló Mitch–. Te lo demostraré. Dame una tela y te pintaré un Van Gogh en veinte minutos.

–Es cierto –confirmó Peter–. Yo también podría hacerlo.

–Pero no tan de prisa como yo –adujo su amigo.

–En menos tiempo.

–De acuerdo –dijo Mitch, levantándose–. Organizaremos una carrera de obras maestras.

–Trato hecho. Ahora..., dos hojas de papel. No es cuestión de gastar telas.

Anne se echó a reír.

–Estáis locos, los dos.

Mitch sujetó las dos hojas de papel con chinchetas, mientras Peter buscaba dos paletas.

–Nombra un pintor, Anne –pidió.

–Bueno: Van Gogh.

–Danos un título para el cuadro.

–Hummm... *El sepulturero*.

–Ahora di: «Preparados, listos, ya.»

–Preparados..., listos... ¡Ya!

Los dos comenzaron a pintar furiosamente. Peter delineó la figura de un hombre apoyado en una pala; puso un poco de pasto a sus pies y empezó a vestirle de mameluco. Mitch comenzó por la cara: el rostro cansado y arrugado de un campesino viejo. Anne, asombrada, observaba cómo las dos obras iban tomando forma.

Ambos tardaron más de veinte minutos. Permanecían absortos en el trabajo. En cierto momento, Peter se acercó a la estantería y abrió un libro para consultar una lámina a color.

El sepulturero de Mitch se estaba esforzando: hundía la pala con el pie en la tierra dura, inclinando el cuerpo macizo y sin gracia. Estuvo varios minutos sin pintar; contempló el papel, agregó toques y volvió a observar.

Peter comenzó a pintar algo pequeño, en trazos negros, al pie de la tela. De pronto, Mitch gritó:

–¡He terminado!

Peter le echó un vistazo.

–Cerdo –dijo. Después miró mejor–. No, no has terminado. Te falta la firma. ¡Ja, ja!

Mitch se inclinó hacia el cuadro y empezó a firmarlo. Peter terminó su firma. Anne se reía de ambos.

Los dos retrocedieron al mismo tiempo.

–¡He ganado! –gritaron al unísono. Y ambos rompieron a reír.

Anne palmoteó.

–Muy bien –dijo–. Si alguna vez tocamos fondo, con esto se podría llenar la olla.

Peter seguía riendo.

–No deja de ser buena idea –rugió.

Él y su amigo intercambiaron una mirada. Las sonri-sas se deshicieron lenta, cómicamente, en tanto mira-ban, con intensa fijeza, las pinturas sujetas a la pared.

La voz de Peter sonó grave, fría, seria.

—Por todos los santos del cielo —dijo—. No deja de ser una buena idea.

4

Julian Black se encontraba algo nervioso cuando entró en el edificio del periódico. Últimamente, vivía nervioso: por la galería, por el dinero, por Sarah, por sus suegros. Todo lo cual se resumía, en realidad, en un único problema.

El vestíbulo de mármol era grandioso: cielo raso alto, bronce lustrado aquí y allá, frescos en las paredes. Él había esperado encontrarse con una oficina sucia y trajinada, pero en su lugar había un vestíbulo que parecía el de un burdel de época.

Junto al ascensor de hierro forjado, un cartel con letras doradas indicaba a los visitantes qué había en cada piso. El edificio albergaba dos diarios: un matutino y un vespertino, junto con varias revistas y publicaciones especializadas.

–¿Puedo serle útil, señor?

Julian, al volverse, vio a un portero uniformado junto a su hombro.

–Quizá –dijo–. Querría ver a Mr. Jack Best.

–¿Quiere llenar uno de estos formularios, por favor?

Julian, intrigado, siguió al hombre hasta un escritorio a un lado del vestíbulo. Recibió un papelito verde con espacios para escribir su nombre, la persona a quien deseaba ver y el asunto a tratar. Este tipo de selección previa debía de ser necesaria, pensó caritativo, mientras llenaba el formulario con su «Parker» de oro. Segura- mente, iban muchos hinchabolas a los periódicos.

Además, uno se sentía privilegiado cuando se le per- mitía hablar con los periodistas, pensó. Mientras espe- raba a que llevaran el mensaje a Best, se preguntó si ha- bía sido prudente ir en persona. Tal vez hubiera sido mejor enviar avisos a la Prensa. Se alisó el pelo y se ende- rezó la chaqueta, nervioso.

En otros tiempos, nada lo excitaba. Pero eso había sido muchos años antes, cuando era el campeón estu- diantil de larga distancia, representante del curso y líder del equipo de debates. Al parecer, en todo ganaba. En- tonces, se había decidido por el arte. Por enésima vez, refirió sus problemas a esa decisión alocada e irracional. Desde entonces, no había hecho sino perder. Su único trofeo era Sarah, pero la victoria estaba resultando vacía y falsa. «Ella y su "Parker" de oro», pensó. En ese mo- mento, se dio cuenta de que estaba haciendo funcionar, casi con un tic nervioso, el muelle de su bolígrafo y vol- vió a guardarlo en el bolsillo, con un suspiro de exaspe- ración. Todo era de ella: su oro, por todas partes, su «Mercedes», sus trajes, su condenado padre.

Por los escalones de mármol, unos zapatos gastados, que iban bajando, hicieron su aparición. Los seguían unos pantalones de tweed pardo, sin una arruga; una mano manchada de nicotina se deslizaba por la barandi- lla de bronce. El hombre que surgió a la vista era del- gado y parecía impaciente. Echó un vistazo al papelito verde que llevaba en la mano y se aproximó a Julian.

−¿Mr. Black? −preguntó.

Julian le ofreció la mano.

−Mucho gusto, Mr. Best.

Best se llevó una mano al rostro para apartarse un largo mechón de cabello negro.

−¿En qué puedo ayudarle? −dijo.

El visitante miró a su alrededor. Por lo visto, no iban a invitarle a entrar en el despacho; ni siquiera se le ofrecería un asiento. Prosiguió, decidido:

–Dentro de muy poco voy a abrir una galería de arte en King's Road. Usted está invitado a la recepción, como corresponde al crítico de arte de *London Magazine*, por supuesto. Pero me gustaría mantener una charla con usted sobre los propósitos de la galería.

Best asintió sin comprometerse. Julian hizo una pausa, dándole la oportunidad de proponerle que subiera, pero Best permaneció callado.

–Bueno –prosiguió Julian–, en vez de dedicarnos a una escuela o a un grupo artístico determinado, tenemos la idea de mantener las paredes libres de cara a todos los movimientos marginales, las obras demasiado avanzadas para las galerías existentes. Artistas jóvenes con ideas radicales.

Julian, viendo que Best comenzaba a aburrirse, propuso:

–Permítame que lo invite a tomar una copa, ¿eh?

El hombre miró su reloj.

–Los bares están cerrados ya –dijo.

–Bueno, eh... ¿un café?

El periodista volvió a mirar el reloj.

–En realidad, me parece mejor dejar esta conversación para cuando ya hayan inaugurado. ¿Por qué no me envía esa invitación y un pequeño currículum? Después, veremos si podemos charlar.

–Oh, bueno. Está bien. –Julian se sentía desencantado.

Best le estrechó la mano.

–Gracias por haber venido –dijo.

–Sí, claro.

Julian le volvió la espalda y salió.

Caminó por la estrecha calle hacia Fleet Street, preguntándose en qué se había equivocado. Por lo visto, tendría que reconsiderar su proyecto de visitar personalmente a todos los críticos de arte de Londres. Tal vez conviniera escribirles y enviarles un pequeño ensayo sobre el pensamiento que respaldaba la «Galería Negra». Todos acudirían a la recepción, por supuesto, merced a los licores gratuitos y a todos los amigos que habría allí.

Al menos, era de esperar que acudieran. ¡Qué desastre si no se presentaban!

Le costaba comprender que Best se mostrara tan hastiado e indiferente. No todos los meses se abría una galería de arte en Londres. Claro, los críticos tenían que ir a muchas exposiciones y, en su mayoría, se les daba muy poco espacio por semana. Aun así, lo menos que podían hacer era dedicarles un artículo la primera vez. Quizá Best (1) fuese de los malos. De los peores, con un poco de suerte. El juego de palabras le hizo sonreír, pero acabó temblando.

Ya nada se convertía en oro. Mentalmente volvió al tiempo en que su suerte había comenzado a desaparecer. Sumido en sus pensamientos, se incorporó a una fila para coger el autobús y cruzó los brazos.

Estando en la escuela de arte, había descubierto que cualquiera de los otros tenía su misma habilidad para lucir ese estilo desenvuelto y ultramoderno que tan bien lo había hecho quedar en los dos últimos años de escuela privada. Todos los estudiantes de arte sabían de Muddy Waters y Allen Ginsberg, de Kierkegaard y las anfetaminas, Vietnam y el presidente Mao. Peor aún: todos sabían pintar..., y Julian no.

De pronto, ya no tenía estilo ni talento. Sin embargo, insistió y hasta aprobó algunos exámenes. Eso le sirvió de poco. Había conocido a personas con verda-

(1). Juego de palabras: Best, en inglés, significa «el mejor de todos».

dero talento, como Peter Usher, que pasaban a los cursos superiores, mientras él se veía obligado a buscar trabajo.

La fila se movió de repente. Al levantar la vista, Julian vio que su autobús estaba esperando en la parada. Subió de un salto y ascendió al piso superior.

En realidad, había conocido a Sarah gracias a su empleo. Un viejo amigo de la escuela, metido a editor, le había ofrecido el trabajo de ilustrar una novela para niños. El dinero del anticipo le permitió engañar a Sarah, haciéndole creer que era un artista de éxito. Cuando ella descubrió la verdad, ya era demasiado tarde: para Sarah y para el padre de ésta.

La conquista de Sarah le había hecho creer, por un breve lapso de tiempo, en la vuelta de su buena suerte. Pero aquello no tardó en agriarse.

Julian bajó del autobús. Ojalá Sarah no estuviera en casa.

Ésta se encontraba en Fulham, aunque Sarah insistía en que aquello era Chelsea. La había comprado el padre de ella, pero Julian se veía obligado a admitir que ese viejo pelmazo sabía elegir bien. Era pequeña: tres dormitorios, dos salones y un estudio; pero también ultramoderna, toda cemento y aluminio. Julian abrió la puerta principal y entró, subiendo el corto tramo de escaleras hasta el salón principal.

Tres de las paredes eran de cristal. Por desgracia, una ventana enorme daba a la carretera del frente; otra, a los ladrillos y los pinos de una hilera de casas. Pero la ventana trasera permitía ver el pequeño jardín, que se mantenía pulcro gracias a un jardinero que iba por horas. El hombre pasaba la mayor parte de las veinte horas semanales fumando cigarrillos hechos a mano y cortando el césped, del tamaño de un sello de correos. Ahora, el sol de la tarde entraba alegremente por allí, dando un agradable fulgor al pardo terciopelo dorado del tapizado.

Uno de los sillones, bajos y anchos, tenía el honor de albergar el largo cuerpo de Sarah. Julian se inclinó para besarle apresuradamente la mejilla.

–Buenos días –dijo ella.

Él resistió la tentación de consultar su reloj. Eran casi las cinco, lo sabía. Claro que ella estaba levantada sólo desde el mediodía.

–¿Qué haces? –preguntó.

Ella se encogió de hombros. Tenía un cigarrillo largo en la mano derecha y una copa en la izquierda. No hacía nada. Su capacidad para hacer nada, hora tras hora, no dejaba de asombrar a Julian.

Ella observó que la mirada de su marido se desviaba hacia la copa.

–¿Quieres un trago? –propuso.

–No. –De inmediato, Julian cambió de idea–. Bueno, te acompaño.

–Te lo sirvo.

Sarah se levantó para caminar hasta el bar. Parecía poner mucho cuidado al posar cada pie. Cuando sirvió la vodka, salpicó la pulida superficie del mueble.

–¿Desde qué hora estás bebiendo? –preguntó él.

–Oh, Dios –protestó ella. Sabía hacer que cada palabra sonara a blasfemia–. No empieces con eso.

Julian contuvo un suspiro.

–Perdón –dijo.

Tomó la copa que ella le ofrecía y bebió un sorbo.

Sarah cruzó una pierna sobre la otra, dejando que su larga bata se deslizara a un lado, descubriendo una pantorrilla larga y bien formada. Él recordó que sus hermosas piernas habían sido lo primero en llamar su atención. «Le llegan hasta los hombros», había comentado groseramente a un amigo, en aquella primera fiesta. Desde entonces, le obsesionaba la estructura de su mujer, que le llevaba cinco centímetros, aun sin esos absurdos tacones con plataforma que usaba.

–¿Cómo te ha ido? –preguntó ella.

–Mal. Me he sentido bastante rechazado.

–Oh, caramba, pobre Julian. Siempre rechazado.

–¿No habíamos llegado al acuerdo de no empezar con las hostilidades?

–Cierto.

Julian resumió.

–Voy a mandar invitaciones a los periodistas. Esperemos que los señores se presenten. Tiene que ser todo un acontecimiento.

–¿Por qué no?

–Por el dinero, por eso. ¿Sabes qué debería hacer?

–Olvidarte del asunto.

Julian ignoró el comentario.

–Darles bocadillos de queso y vermut con sifón, y gastar todo el dinero en pinturas.

–¿No has comprado suficientes?

–*Ninguna* –dijo Julian–. Tres artistas aceptaron dejarme exhibir sus obras a comisión; si se venden, recibo el diez por ciento. Lo que debería hacer es comprar la obra directamente. De esa forma, si el pintor entra en una buena onda, ganaré una fortuna. Estas cosas se hacen así.

Silencio. Sarah no comentó nada.

–Necesitaría un par de miles más –dijo Julian al fin.

–¿Vas a pedirle a papi? –Había un dejo de burla en la voz de Sarah.

–No puedo enfrentarme a eso. –Julian se hundió un poco más en el sillón y tomó un largo sorbo de su vodka con tónica–. No es pedir lo que más me molesta, sino la seguridad de que me lo va a negar.

–Y con razón. Por Dios; para empezar, no sé por qué decidió apoyar esta aventurita tuya.

Julian no mordió el cebo.

–Yo tampoco. –Juntó fuerzas para lo que debía hacer–. Escucha, ¿no podrías prestarme tú unos cuantos cientos de libras?

Los ojos de Sarah despidieron relámpagos.

–¡Maldito estúpido! –exclamó–. Pides a mi padre veinte mil libras, vives en la casa que él ha pagado, comes la comida que yo pago, y ahora quieres que te dé dinero. Apenas tengo lo suficiente para vivir y también quieres quitarme eso. ¡Oh, cielos! –Apartó la vista, asqueada.

Pero Julian ya había tomado impulso.

–Podrías vender algo –suplicó–. Tu automóvil nos daría lo suficiente para poner en marcha la galería a la perfección. Casi nunca lo usas. Y tienes joyas que no luces nunca.

–¡Me das asco! –Volvió a mirarle, con los labios torcidos en una mueca burlona–. No sabes ganar dinero, no sabes pintar, no sabes manejar un simple negocio de cuadros...

–¡Cállate! –Julian se había puesto de pie, blanco de ira–. ¡A ver si te callas!

–Sabes bien qué otra cosa no sabes hacer, ¿verdad? –continuó ella, implacable, haciendo girar el cuchillo en la vieja herida para verla sangrar otra vez–. ¡No sabes joder!

La última palabra fue un grito arrojado al rostro de su marido como una bofetada. Se irguió frente a Julian, desató el cinturón de su bata y dejó que la prenda se deslizara desde sus hombros al suelo. Tomó en las manos el peso de sus pechos, acariciándolos con los dedos extendidos, mientras le miraba a los ojos.

–¿Podrías hacerlo conmigo ahora mismo? –preguntó con suavidad–. ¿Podrías?

La rabia y la frustración lo dejaron mudo. Los labios, sin sangre, se le estiraron en un rictus de furia humillada.

Ella se puso una mano en el pubis y balanceó las caderas hacia delante.

–Haz la prueba, Julian –dijo, con la misma voz seductora–. Vamos, levanta eso para mí.

La voz de él fue a medias un susurro, a medias un sollozo.

–¡Grandísima puta! –exclamó–. ¡Maldita mujer, maldita puta!

Voló por la escalera de atrás hasta el garaje; el recuerdo de la pelea era un dolor que se retorcía en su interior. Golpeó con el pulgar la llave que levantaba la puerta del garaje y subió al coche de Sarah. Ella era de las personas que siempre dejan las llaves puestas.

Era la primera vez que Julian se llevaba el coche de su mujer; hasta entonces, le había costado trabajo pedírselo, pero, ahora, lo cogía sin remordimientos. Si a ella no le gustaba, paciencia.

–Perra –dijo en voz alta, mientras subía por el breve camino hasta la carretera. Se encaminó hacia el Sur, hacia Wimbledon. A esas alturas, ya debería estar habituado a tales peleas; él tenía derecho a cierta inmunidad. Pero las pullas familiares parecían herirle más y más con el correr de los años.

Sarah tenía tanta culpa como él, se dijo. Parecía complacerse perversamente en recalcarle su impotencia. Él se había acostado con un par de chicas antes de casarse con Sarah. Quizá no fuera un amante espectacular, pero cumplía con lo que se esperaba de él. Su problema tenía algo que ver con las mismas cualidades que le habían atraído de Sarah: la perfección de su cuerpo alto, sus modales aristocráticos e inmaculados y su dinero.

Pero ella hubiera podido solucionarlo. Sabía lo que él necesitaba y estaba en su mano dárselo: un poco de paciencia, amabilidad y una actitud no histérica frente al sexo, hubiesen logrado curarle hacía años. Mas Sarah sólo le brindaba indiferencia y desprecio.

Tal vez le interesaba que él fuera impotente. Quizás eso la protegía del sexo, ocultaba sus propios fallos. Julian descartó la idea. Con transferirle sus culpas no hacía sino eludir sus responsabilidades.

Enfiló hacia la casa de su suegro y detuvo el coche en la grava, frente al porche. Una camarera atendió la puerta ante su timbrazo.

–¿Está Lord Cardwell? –preguntó.

–No, Mr. Black. Ha ido al club de golf.

–Gracias.

Julian volvió al automóvil y lo puso en marcha. Hubiera debido adivinar que, en una tarde tan buena, el viejo no dejaría de dar una vuelta por los hoyos.

Conducía el «Mercedes» con cuidado, sin aprovechar su inmediata aceleración y su estabilidad en las curvas. La potencia del coche servía para recordarle su propia falta de efectividad.

El estacionamiento del club estaba cerrado. Julian detuvo el automóvil y entró en el edificio. El padre de Sarah no se encontraba en el bar.

–¿Ha visto a Lord Cardwell esta tarde? –preguntó al barman.

–Sí. Está dando una vuelta él solo.

Julian volvió a salir y echó a andar por el campo. Encontró a Lord Cardwell en el hoyo 9. Su suegro era un hombre alto, de cabello muy ralo. Vestía un suéter polo y pantalones tostados. Una gorra de lona cubría la mayor parte de su cabeza.

–Hermosa tarde –dijo Julian.

–De veras. Bueno, ya que estás aquí puedes servirme de *caddy*. –Cardwell hizo un hoyo con un *putt* largo, recobró su pelota y siguió caminando.

–¿Cómo anda esa galería? –preguntó, mientras se preparaba para poner el *tee* en el décimo.

–En general, bien –dijo Julian–. La decoración está casi terminada. Ahora, me ocupo de la publicidad.

Cardwell flexionó las piernas, apuntó a la pelota y golpeó. Julian caminó junto a él, mientras continuaba:

–Sin embargo, todo esto está costando muchísimo más de lo que esperaba.

–Comprendo –repuso Cardwell, sin interés.

–Para asegurarme una buena ganancia desde el principio, necesito ganar unas dos mil libras comprando cuadros. Pero si el dinero sigue yéndose de ese modo, no me quedará un centavo.

–Tendrás que ser muy económico en los comienzos, entonces –observó su suegro–. No te vendrá mal.

Julian maldijo para sus adentros. La conversación se estaba desarrollando como él había temido.

–En realidad, tenía la esperanza de que usted pudiera facilitarme algún efectivo. Eso aseguraría su inversión.

Cardwell buscó su pelota y se quedó contemplándola.

–Tienes mucho que aprender de negocios, Julian –le dijo–. Se me considera rico, pero no puedo sacar dos mil libras de una galería. Si en este momento tuviera que comprarme un traje completo, no podría pagarlo al contado. Pero hay algo más importante aún: tienes que aprender a conseguir capital. No puedes plantarte ante alguien y decirle: «Voy algo corto de dinero, ¿me daría unas libras?» Lo que debes hacer es decirle que tienes un excelente negocio entre manos y quieres darle participación en él.

»Por desgracia, no puedo darte más efectivo. En un principio, ya te di el capital contra mi voluntad. Pero eso es cosa pasada. Te diré lo que vamos a hacer. Tú quieres comprar algunos cuadros. Yo soy coleccionista, pero sé que el propietario de una galería necesita talento para hacer buenas adquisiciones en el mercado artístico. Consigue esas obras buenas, y yo te daré el capital que necesitas.

Se colocó junto a la pelota, preparado para golpear.

Julian asintió sobriamente, tratando de que no se le notara la desilusión.

Cardwell ejecutó un poderoso *swing* y siguió con la vista la pelota, que ascendió, rauda, por el aire. Aterrizó en el borde del *green*. El anciano se volvió hacia Julian.

–Bueno, dame todo eso –dijo. Se colgó la bolsa de los palos en el hombro–. Ya sé que no has venido para servirme de *caddy*. –Su tono cobró una condescendencia insoportable–. Bueno, anda, y no olvides lo que te he dicho.

–Seguro –dijo Julian–. Suerte.

Giró en redondo y volvió al coche.

En el puente de Wandsworth había un embotellamiento. Julian se preguntó cómo esquivar a Sarah durante el resto del día. Se sentía curiosamente libre. Había llevado a cabo todo lo desagradable que estaba obligado a hacer y experimentaba cierto alivio, a pesar de no haber logrado nada. En realidad, no había esperado que Sarah o su padre le dieran el dinero, pero estaba obligado a intentarlo. También se sentía un irresponsable con respecto a Sarah. Había peleado con ella y ahora usaba su coche. Estaría furiosa, pero ya no tenía remedio.

Se palpó el bolsillo en busca de la agenda para ver si podía ir a alguna otra parte. Su mano halló un trozo de papel.

El tráfico se movió un poco. Julian trató de leer el papel mientras avanzaba. Llevaba escrito el nombre de Samantha Winacre y una dirección en Islington.

Entonces recordó. Samantha era una actriz conocida de Sarah. Julian la había visto un par de veces. Hacía muy poco había pasado por la galería para preguntarle cuándo iba a ser la inauguración. Le volvió a la memoria aquel día: estando ella había entrado el pobre Peter Usher.

Sin querer, giró hacia el Norte y dejó atrás el desvío hacia su casa. Sería muy agradable hacerle una visita. Se trataba de una mujer muy hermosa, inteligente y con mucho talento.

En realidad, no era buena idea. Probablemente, ella estaría rodeada de gente o pasaría la noche en alguna fiesta.

Por otra parte, no parecía de las que llevan ese tipo de vida. De cualquier modo, necesitaba una excusa para presentarse. Trató de pensar en una.

Ahora iba más de prisa, ansioso de llevar a cabo la idea, algo alocada, de caer por sorpresa en la casa de una estrella. En un par de minutos se encontró ante la vivienda. Parecía muy corriente, sin estallidos de música, risas escandalosas ni luces por doquier. Decidió probar suerte.

Saltó del coche y golpeó la puerta. Salió ella en persona, con el pelo envuelto en una toalla.

—¡Hola! —saludó la joven con simpatía.

—El otro día interrumpieron nuestra conversación —dijo Julian—. Pasaba por aquí y se me ocurrió invitarte a tomar una copa.

Ella sonrió con toda la cara.

—Qué deliciosa espontaneidad —rió—. Justamente estaba tratando de hacer algo para no pasarme toda la noche mirando la televisión. Pasa.

5

Los tacones de Anita repiqueteaban alegremente en la acera, rumbo a la casa de Samantha Winacre. El sol pegaba fuerte; ya eran las nueve y media. Con suerte, encontraría a Sammy acostada aún. Se suponía que Anita debía comenzar el trabajo a las nueve en punto, pero llegaba tarde con frecuencia y Sammy rara vez se daba cuenta.

Mientras caminaba, fumó un pequeño cigarrillo, inhalando el humo a fondo para disfrutar el gusto del tabaco y el fresco aire de la mañana. Ese día, se había lavado su larga cabellera rubia y, después de llevar una taza de té a su madre, había dado el biberón al menor de sus hermanos y puesto a los demás en marcha hacia la escuela. No estaba cansada, sólo tenía dieciocho años, pero cuando hubieran pasado diez años más, parecería una cuarentona.

El nuevo bebé era su quinto hermano, sin contar el que había muerto y algunos abortos. Se preguntó si el viejo no sabría nada de anticonceptivos o si no le importaba. «Si fuera mi marido –se dijo–, me ocuparía de informarle, ¡qué coño!»

Gary conocía todas las precauciones necesarias, pero Anita aún no le daba el gusto; todavía no. Sammy opinaba que era anticuado tener a un hombre esperando. Tal vez tuviera razón; sin embargo, ella había descubierto que la cosa no resultaba ni la mitad de agradable si la pareja no se gustaba de verdad. Sammy, a fin de cuentas, decía muchas tonterías.

La casa de Sammy tenía terraza y sótano; era vieja aunque estaba bien arreglada. Mucha gente rica vivía en casas viejas remozadas en esa parte de Islington; la zona se estaba volviendo muy elegante.

Anita entró por la puerta principal y cerró tras de sí con suavidad. Miró su reflejo en el espejo del vestíbulo. No había tenido tiempo de arreglarse, mas su rostro, redondo y rosado, quedaba bien sin maquillaje. Nunca se pintaba mucho, a menos que fuera para ir al centro, los sábados por la noche.

El espejo tenía una propaganda de cerveza grabada en el vidrio, como en las tabernas. Eso no dejaba ver todo el rostro, pero Sammy decía que era *Art Déco*. Más tonterías.

Miró primero en la cocina. Había algunos platos sucios en la mesa del desayuno y varias botellas en el suelo, poco más. Gracias a Dios, la noche anterior no habían estado de fiesta.

Se quitó los zapatos de vestir y sacó un par de mocasines de su bolso. Después de cambiarse el calzado, fue al entresuelo.

El *living*, amplio y de techo bajo, ocupaba toda la longitud de la casa. Era la habitación favorita de la muchacha. En el frente y en la parte trasera tenía ventanas estrechas, a buena altura, que dejaban entrar un poco de luz. Casi toda la iluminación provenía de una batería de reflectores instalada sobre posters, pequeñas esculturas abstractas y floreros. El basto suelo estaba cubierto, en su mayor parte, por costosas alfombras. El mobiliario era moderno.

Anita abrió una ventana y limpió con rapidez. Vació los ceniceros en el cubo de la basura, sacudió los cojines y quitó algunas flores que habían pasado a mejor vida. Recogió dos copas de la mesita de cromo; una olía a whisky. Samantha bebía vodka. Anita se preguntó si el hombre seguiría aún en la casa. Volvió a la cocina, pensando si tendría tiempo de fregar los platos antes de despertar a Sammy. Decidió que no; Sammy tenía una cita por la mañana. De cualquier modo, limpiaría la cocina mientras ella tomaba el té. Puso la tetera al fuego.

La muchacha entró en el dormitorio y descorrió las cortinas, dejando que el sol se volcara como agua de una presa al estallar. La luz brillante despertó a Samantha de inmediato. Permaneció inmóvil por un momento, esperando a que las últimas telarañas del sueño se disolvieran en la conciencia de un nuevo día. Luego, se sentó, sonriendo.

–Buenos días, Anita.

–Buen día, Sammy.

La joven le entregó una taza de té y se sentó en el borde de la cama, mientras Samantha la bebía. La voz de Anita tenía el fuerte acento de los adolescentes de los barrios bajos; su actitud responsable y maternal le hacía parecer mayor de lo que era.

–He arreglado abajo; ya he limpiado el polvo –dijo–. Me pareció mejor dejar el fregado de los cacharros para más tarde. ¿Vas a salir?

–Ajá. –Samantha terminó su té y dejó la taza junto a la cama–. Tengo una reunión por un guión.

Arrojó a un lado la ropa de la cama y se levantó para cruzar el cuarto hacia el baño. Se metió bajo el agua y se duchó rápidamente.

Cuando salió, Anita estaba haciendo la cama.

–Ya te he sacado el guión –le dijo–. El que estabas leyendo la otra noche.

–Oh, gracias. No sabía dónde lo había dejado. –Envuelta en la enorme toalla de baño, fue al escritorio de la ventana para mirar el volumen–. Sí, éste es. ¿Qué haría yo sin ti, muchacha?

Anita siguió trajinando por la habitación, mientras Samantha secaba su pelo de chiquillo callejero. Se puso la ropa interior y se sentó frente al espejo para maquillarse. Anita no estaba tan habladora como de costumbre, y eso le llamó la atención. De pronto, se le ocurrió un motivo:

–¿Ya tienes los resultados de tus exámenes?

–Sí. Han llegado esta mañana.

Samantha giró en redondo.

–¿Qué has sacado?

–He aprobado –respondió la muchacha, seca.

–¿Buenas notas?

–Diez en Lenguaje.

–¡Eso es estupendo! –ponderó Samantha.

–¿Te parece?

La actriz se levantó para coger las manos de la chica.

–¿Qué te pasa, Anita? ¿Por qué no te alegras?

–Eso no cambia nada, ¿verdad? Puedo trabajar en el Banco por veinte libras a la semana o en la fábrica de Brassey por veinticinco. ¿De qué me sirve el Bachillerato?

–Pero, ¿no querías ir a la Universidad?

Anita desvió la mirada.

–Fue una idea tonta, un sueño. Ir a la Universidad sería como volar a la Luna. ¿Qué te vas a poner? ¿El vestido blanco de Gatsby? –preguntó, abriendo el ropero.

Samantha volvió al espejo.

–Sí –confirmó, distraída–. Ya sabes que en estos tiempos hay muchas chicas en la Universidad.

Anita puso el vestido sobre la cama y sacó los zapatos y las medias blancas.

–Ya estás al corriente de cómo son las cosas en mi casa, Sammy. El viejo se queda sin trabajo cada dos por tres; él no tiene la culpa, pero es así. Mi mamá no gana

69

gran cosa. Y yo soy la mayor, ¿no? Tendré que quedarme en casa y trabajar durante varios años más, hasta que los demás empiecen a traer un poco de dinero. En realidad...

Samantha dejó su lápiz de labios y miró por el espejo la imagen de la jovencita que estaba tras ella.

–¿Qué?

–Tenía la esperanza de poder seguir trabajando para ti.

La actriz no respondió nada por un momento. Había empleado a Anita como doncella y ama de llaves durante las vacaciones de verano. Las dos se llevaban bien y la chica había resultado ser más que eficiente. Pero a Samantha no se le había ocurrido que la relación pudiera ser definitiva.

–Sigo pensando que deberías ir a la Universidad.

–Bien –dijo Anita.

Recogió la taza de la mesita y salió. Samantha dio los últimos toques a su maquillaje; se puso vaqueros y una camisa y bajó a desayunar. Cuando entró en la cocina, Anita puso un huevo duro y una pila de tostadas en la mesita. Samantha se sentó a comer. La muchacha sirvió dos tazas de café y se acomodó frente a ella. La actriz comía en silencio. Por fin, apartó su plato y dejó caer una tableta de sacarina en el café, mientras Anita encendía un cigarrillo corto con filtro.

–Ahora escúchame –dijo Samantha–. Si necesitas trabajar, me encantaría emplearte. Eres una ayudante estupenda. Pero no debes abandonar la esperanza de seguir con tus estudios.

–No tiene ningún sentido alimentar esperanzas. No es para mí.

–Te propongo una cosa. Yo te daré trabajo. Te pagaré lo mismo que estás cobrando ahora. Irás a la Universidad durante el curso y cuando tengas vacaciones, trabajarás para mí. Así, recibirás la misma cantidad de dinero du-

70

rante todo el año. Yo no pierdo tu ayuda; asimismo, tú puedes colaborar con tu madre y estudiar.

Anita la miraba con los ojos muy abiertos.

–¡Qué buena eres! –exclamó.

–No. Tengo mucho más dinero del que me merezco y yo gasto muy poco. Por favor, Anita, acepta. Me harías sentir que estoy haciendo el bien a alguien.

–Mamá dirá que eso es como aceptar una limosna.

–Ya tienes dieciocho años. No necesitas hacer lo que ella diga.

–No. –La muchacha sonrió–. Gracias. –Se levantó impulsiva, y le dio un beso, con los ojos llenos de lágrimas–. Qué cosa de locos.

Samantha se puso en pie, algo azorada.

–Haré que mi abogado prepare algún documento para asegurarte el trato. Ahora, tengo que irme volando.

–Avisaré a un taxi –dijo Anita.

Samantha subió a cambiarse. Mientras se ponía ese fino vestido blanco (había costado más dinero del que Anita ganaría en dos meses), se sintió extrañamente culpable. Estaba mal que ella pudiera cambiar la vida de una muchacha con un gesto tan simple. El dinero que le iba a costar sería ínfimo… y era probable que pudiera deducirlo de sus impuestos. Eso no cambiaba las cosas. Lo que había dicho a la joven era cierto: ella hubiera podido vivir sin dificultad en una gran mansión, en una finca o en una casa frente al mar, por el sur de Francia. No gastaba casi nada de sus grandes ingresos. Anita era la única criada fija que había empleado en su vida. Vivía en esa modesta casa de Islington. No tenía automóvil ni velero. No poseía terrenos, pinturas al óleo ni antigüedades.

Su pensamiento volvió al hombre que la había visitado la noche anterior. ¿Cómo se llamaba? Julian Black. Le había resultado algo decepcionante. En teoría, cualquier hombre capaz de visitarla sin previo aviso tenía que ser interesante, pues todo el mundo suponía que sólo se podía llegar a ella franqueando una cohorte de guardias; por lo tanto, los visitantes aburridos no se molestaban en intentarlo.

Julian se había mostrado muy agradable y fascinador al tocar su propio tema, que era el arte. Pero Samantha pudo descubrir en seguida que era desdichado en su matrimonio y que estaba preocupado por la cuestión económica; ambas cosas parecían el resumen de su carácter. Ella había dejado muy claro que no deseaba ser seducida y él no se tomó atrevimiento alguno. Después de un par de copas, se había ido.

Ella hubiera podido solucionarle los problemas con tanta facilidad como acababa de hacer con los de Anita. Quizá debiera haberle ofrecido dinero. Él no parecía pedirlo, mas resultaba obvio que lo necesitaba.

Quizás era una buena idea proteger a los artistas, a pesar de que el mundo del arte era escenario de la pretenciosa clase alta. Esa gente gastaba el dinero sin una idea clara del valor que ése tenía para la gente de verdad, como Anita y su familia. No, el arte no solucionaría el dilema de Samantha.

Oyó el timbre de la puerta. Miró por la ventana y vio que el taxi había llegado. Cogió su libreto y bajó.

Sentada en el cómodo asiento del coche, hojeó el guión que iba a discutir con su agente y un productor cinematográfico. Se llamaba *Decimotercera noche*; ese título no parecía muy taquillero, pero eso era sólo un detalle. Se trataba de una adaptación de *Duodécima noche*, de Shakespeare, sin el diálogo original. El argumento aprovechaba a fondo las sugerencias homosexuales de la obra. Orsino se enamoraba de Cesario antes de saberse que éste era un hombre vestido de mujer; Olivia era una lesbiana latente. Samantha haría el papel de Viola, por supuesto.

El taxi se detuvo ante la oficina de la calle Wardour, y Samantha bajó, dejando que el portero se encargara de pagar el viaje. Las puertas se abrieron ante ella, que entró en el edificio con toda la actitud de una estrella de cine. Joe Davies, su agente, la salió al encuentro y le hizo pasar a su oficina. Ella tomó asiento y relajó su fachada pública.

Joe cerró la puerta.

—Sammy, quiero presentarte a Willy Ruskin.

El hombre alto, que se había levantado al entrar ella, le ofreció la mano.

—Es un verdadero placer, Miss Winacre —dijo éste.

Los dos hombres eran tan opuestos que casi resultaba cómico. Joe era bajo, regordete y calvo; Ruskin, alto, de espeso cabello oscuro que le cubría las orejas; usaba gafas y hablaba con un agradable acento norteamericano. Los hombres se sentaron y Joe encendió un cigarro. Ruskin ofreció a Samantha un cigarrillo, pero ella lo rechazó.

—Sammy —comenzó el agente—, he explicado a Willy que aún no hemos llegado a una decisión con respecto al guión, todavía lo estamos estudiando.

Ruskin asintió.

—Me ha parecido que, de cualquier modo, sería agradable que nos conociéramos. Así podríamos hablar de cualquier deficiencia que usted encuentre en este guión. Por supuesto, yo escucharía con gusto cualquier idea que usted tenga.

Samantha hizo un gesto afirmativo, ordenando sus pensamientos.

—Me interesa —comenzó—. Es una buena idea y el guión está bien escrito. Me ha resultado bastante divertido. ¿Por qué descartó las canciones?

—El lenguaje que tienen no se ajusta al tipo de película que hemos pensado —observó Ruskin.

—Cierto. Pero usted podría escribir otras y conseguir que un buen compositor de rock les pusiera música.

–Es una buena idea –replicó Ruskin, mirando a Samantha con sorprendido respeto en los ojos.

Ella prosiguió:

–¿Por qué no convertir al bufón en un cantante *pop* medio loco, al estilo de Keith Moon?

Joe intervino.

–Keith Moon, Willy, es el batería de un grupo *pop* británico...

–Sí, lo sé –dijo Ruskin–. Me gusta la idea. Voy a trabajar sobre eso ahora mismo.

–No nos apresuremos –apuntó Samantha–. Eso es un mero detalle. Para mí, la película tiene un problema mucho más serio: es una buena comedia. Punto.

–Disculpe, pero, ¿dónde radica el problema? –inquirió Ruskin–. No lo entiendo.

–Yo tampoco –se agregó Joe.

Samantha frunció el entrecejo.

–Temo que yo tampoco tengo las ideas muy claras al respecto. Es que esta película no dice nada. No demuestra nada; no expone ningún punto de vista nuevo, no enseña nada... Ustedes me entienden.

–Bueno, existe la idea de que una mujer puede presentarse como hombre y ejecutar con éxito un trabajo masculino –propuso Ruskin.

–Eso pudo parecer subversivo en el siglo XVI, pero ya no.

–Y presenta una actitud abierta con respecto a la homosexualidad que podría resultar educativa.

–No, en absoluto –afirmó Samantha–. Hasta la televisión se permite bromear con respecto a los homosexuales en estos tiempos.

Ruskin parecía algo resentido.

–Para serle franco, no sé de qué modo se podría incluir lo que usted está buscando en una comedia básicamente comercial como ésta. –Encendió otro cigarrillo.

Joe parecía dolorido.

–Sammy, queridita, esto es una comedia. Su propósito es hacer reír. Y tú quieres hacer una comedia, ¿verdad?

–Sí. –Samantha miró al autor–. Lamento ser tan negativa con respecto a su guión. Permítame pensarlo un poco más, ¿eh?

–Sí –propuso Joe–, danos unos días más, ¿quieres Willy? Ya sabes, yo quiero que Sammy la haga.

–Por supuesto –aceptó Ruskin–. Nadie mejor que Miss Winacre para el papel de Viola. Pero como ustedes comprenderán, tengo un buen guión y quiero poner la película en marcha. Tendré que buscar otras alternativas dentro de poco.

–Mira, ¿por qué no volvemos a reunirnos dentro de una semana?

–Me parece bien.

–Joe –dijo Samantha–, hay otras cosas de las que quiero hablar contigo.

Ruskin se levantó.

–Gracias por haberme atendido, Miss Winacre.

Cuando él hubo salido, Joe volvió a encender su cigarro.

–No sé si comprenderás, Sammy, que me siento bastante frustrado por esto.

–Lo comprendo.

–Cada vez resulta más difícil conseguir un buen guión. Para complicar las cosas, me pides una comedia. No una cualquiera, sino una comedia moderna, que incluya a los chicos. Encuentro una, con un bello papel para ti, y te quejas de que no tiene mensaje.

Ella se levantó para acercarse a la ventana y se quedó contemplando la estrecha calle del barrio portuario. Un camión parado bloqueaba el tráfico y había provocado un embotellamiento. Uno de los conductores se había bajado para insultar al camionero, que seguía descargando cajas de papel sin prestar atención a las imprecaciones.

–Cualquiera diría que el mensaje es sólo para las comedias de vanguardia, las que se representan en teatros no comerciales –observó–. Una película puede decir algo importante y aun así ser un éxito comercial.

–Muy pocas veces.

–*¿Quién teme a Virginia Woolf?*, *In the Heat of the Night*, *El detective*, *El último tango en París*.

–Ninguna de ellas dio tanto dinero como *The Sting*.

Samantha se apartó de la ventana, impaciente.

–¿Y a quién diablos le importa eso? Fueron buenas películas. Valía la pena hacerlas.

–Te diré a quiénes les importa, Sammy: a productores, escritores, camarógrafos, equipo de producción, propietarios de los cines, los acomodadores de los mismos y los distribuidores.

–Sí –reconoció ella, cansada. Volvió a la silla y se dejó caer en ella–. ¿Quieres pedir al abogado que me prepare un contrato, Joe? Necesito un borrador de acuerdo. Quiero pagar los estudios universitarios de mi doncella. El contrato debe especificar que le pagaré treinta libras semanales durante tres años, a condición de que estudie durante el período lectivo y trabaje para mí en vacaciones.

–Cómo no –dijo Joe, garabateando los detalles en un bloc de papel–. Es una decisión muy generosa, Sammy.

–¿Generosa?, y una mierda. –Aquella expresión hizo que Joe arqueara las cejas–. Iba a quedarse en su casa y a buscar empleo en una fábrica para ayudar a su familia. Tiene aptitudes para estudiar, pero la familia necesita el dinero que ella aporta. Es una vergüenza que haya alguien en esas condiciones mientras otros ganan lo que tú y yo. Ella ha recibido ayuda de mí, pero, ¿y los miles de chicos que están en su misma situación?

–No puedes solucionar sola todos los problemas del mundo, tesoro –dijo Joe, con un dejo de complacencia.

–No te pongas tan condescendiente –le espetó ella–.

Soy una estrella; mi trabajo debería ser decir a la gente este tipo de cosas. Tendría que gritarlo desde los tejados: ¡No es justo, ésta no es una sociedad justa! ¿Por qué no se pueden hacer películas que expresen esas cosas?

–Por muchísimos motivos; uno de ellos: nadie querría distribuirlas. Tenemos que hacer películas alegres o excitantes, que consigan que la gente se olvide de sus problemas por algunas horas. Nadie quiere ir al cine para que le hablen de la gente vulgar que lo está pasando mal.

–Tal vez yo no debiera ser actriz.

–¿Y qué otra cosa quieres ser? Si fueras asistenta social, descubrirías que no puedes ayudar a nadie, porque tienes demasiados casos entre manos. De cualquier modo, lo único que necesitan es dinero. Si fueras periodista, te sentirías obligada a decir lo que el editor quiere, no lo que tú quieres. Escribe poesía y serás pobre. Dedícate a la política y tendrás que contemporizar.

–Si nadie hace nada nunca es porque todos son tan cínicos como tú.

Joe le puso las manos en los hombros y se los estrechó.

–Eres una idealista, Sammy. Te has mantenido así durante más tiempo que la mayoría de nosotros. Y por eso te respeto y te amo.

–Oh, no me vengas con esas idioteces judías sobre el mundo del espectáculo –dijo ella. Pero le sonrió con cariño–. Está bien, Joe. Voy a pensar un poco más sobre este guión. Ahora tengo que irme.

–Te buscaré un taxi.

Era uno de esos frescos y amplios apartamentos de Knightsbridge. El empapelado tenía un diseño apagado y anónimo; los tapizados, de brocado; entre los muebles, había alguna infaltable antigüedad. La puerta-ventana del balcón dejaba entrar el suave aire de la noche y el rugido distante del tráfico. Resultaba elegante y aburrido.

Lo mismo podía decirse de la fiesta. Samantha estaba allí porque la anfitriona era una vieja amiga. Iban juntas de compras y, a veces, se visitaban para tomar el té. Pero esos encuentros ocasionales no habían revelado lo distanciadas que estaban Mary y ella desde que iniciaron juntas la carrera dramática.

Mary se había casado con un comerciante; casi todos los invitados a su fiesta parecían ser amigos de él. Algunos de los hombres vestían de esmoquin, aunque la comida era a base de canapés. Las conversaciones resultaban espantosamente banales. El grupito que rodeaba a Samantha se hallaba enfrascado en una prolongadísima discusión sobre unos grabados, nada notables, que pendían de la pared.

Samantha sonrió para borrar de su rostro la expresión de aburrimiento y tomó un sorbo de champaña. Ni siquiera era muy bueno. Hizo un gesto de asentimiento al hombre que la estaba hablando. Cadáveres parlantes, todos ellos. Con una sola excepción: Tom Copper se destacaba como el encargado de una funeraria entre músicos del Caribe.

Era un hombre corpulento y parecía tener la edad de Samantha, exceptuando las vetas grises de su cabello oscuro. Vestía camisa a cuadros y vaqueros con cinturón de cuero. Tenía anchas las manos y los pies. Sorprendió la mirada de la actriz desde el otro lado de la habitación y su grueso bigote se estiró en una sonrisa. Murmuró algo a la pareja que estaba con él y se alejó en dirección a Samantha.

Ella se apartó a medias del grupo que analizaba los grabados. Tom inclinó la cabeza hasta su oído.

–He venido a rescatarte de esta clase práctica de apreciación artística –murmuró él.

–Gracias. Me hacía falta.

Se habían alejado un poquito más, de modo que ya no parecían formar parte del grupo, aunque aún estaban cerca.

–Tengo la sensación de que tú eres la invitada de lujo –dijo Tom, mientras le ofrecía un cigarrillo largo.

–Sí. –Ella se inclinó hacia el encendedor–. ¿Y tú? ¿Qué papel juegas?

–Representante simbólico de la clase trabajadora.

–Este encendedor no tiene nada que ver con la clase trabajadora –señaló ella. El artefacto era fino; llevaba un monograma y parecía de oro.

Él acentuó su entonación londinense vulgar.

–Es que soy un vividor.

Samantha se echó a reír y él adoptó un tono bobalicón.

–¿Más champaña, *madame*?

Se acercaron a la mesa del refrigerio, donde él le llenó la copa y le ofreció una bandeja de pequeños bizcochos, cada uno con un poquito de caviar en el centro. Samantha sacudió la cabeza.

–Ah, bueno. –Él se puso dos en la boca al mismo tiempo.

–¿Dónde conociste a Mary? –preguntó ella con curiosidad.

Tom volvió a sonreír.

–Lo que quieres preguntar es cómo llegó a relacionarse con un patán como yo. Los dos íbamos a la escuela de Madame Clair, en Romford. A mi madre le costó sangre, sudor y lágrimas enviarme a una clase por semana. Para lo que me sirvió... Nunca pude ser actor.

–¿Y a qué te dedicas?

–Ya te lo he dicho, ¿no? Soy un vividor.

–No te creo. Debes de ser arquitecto, abogado o algo así.

Él sacó una cajita de lata de su bolsillo, la abrió y echó dos cápsulas azules en la palma de su mano.

–¿Tampoco crees que éstas sean drogas?

–No.

–¿Nunca has tomado «anfetas»?

Ella volvió a sacudir la cabeza.

–Sólo hachís.

–Entonces, no necesitarás más de una. –Le puso una cápsula en la mano.

Ella lo vio tragar tres, pasándolas con champaña. Deslizó el óvalo azul en su boca, tomó un sorbo de su copa y tragó con dificultad. Cuando dejó de sentir la cápsula en la garganta observó:

–¿Ves? No pasa nada.

–Espera unos minutos y te encontrarás quitándote la ropa.

Samantha entornó los ojos.

–¿Para eso me la has dado?

Tom volvió a su acento de los barrios bajos.

–Yo ni siquiera estaba allí, inspector.

Samantha comenzó a retorcerse y a marcar el ritmo de una música inexistente con el pie.

–Si yo hiciera eso, apostaría a que saldrías corriendo. –Y soltó una fuerte carcajada.

Tom sonrió con aire de entendido.

–Ya está.

Ella se sintió llena de súbita alegría. Sus ojos se ensancharon y un leve rubor le subió a las mejillas.

–Estoy harta de esta maldita fiesta –dijo, en voz un poco demasiado alta–. Quiero bailar.

Tom le rodeó la cintura con un brazo.

–Vamos.

Segunda parte

EL PAISAJE

El Ratón Mickey *no se parece mucho a un ratón de verdad, pero a nadie se le ocurre escribir cartas indignadas a los periódicos sobre la longitud de su rabo.*

E. H. GOMBRICH, historiador de arte

1

El tren rodaba lentamente por el norte de Italia. El brillante sol había dado paso a una densa y helada capa de nubes; el paisaje neblinoso olía a humedad. Fábricas y viñedos se alternaban hasta reverberar en un resplandor borroso.

El regocijo de Dee se había ido disipando durante el viaje. Se daba cuenta de que aún no tenía un hallazgo, sino sólo un rastro. Si el cuadro no estaba al final de esa pista, lo que había descubierto no valía sino una nota al pie de página en una exégesis bien documentada.

Se estaba quedando sin dinero. Nunca había pedido un centavo a Mike; tampoco le permitió sospechar que le hiciera falta. Por el contrario, siempre había procurado darle la impresión de que sus ingresos eran más altos de los que en verdad tenía. Ahora, lamentaba ese engaño.

Tenía lo suficiente para pasar algunos días en Livorno y para el pasaje de vuelta. Volvió la espalda al mundano tema del dinero y encendió un cigarrillo. Entre nubes de humo, soñó con lo que haría si hallaba el Modigliani perdido. Sería el explosivo comienzo de su tesis doctoral sobre la relación entre las drogas y el arte.

Aunque, pensándolo mejor, quizá le valiera para algo más que eso: sería el tema central de un artículo sobre el error generalizado acerca del pintor italiano más grande del siglo XX. Sin duda, el cuadro despertaría el suficiente interés como para iniciar cinco o seis discusiones académicas.

Hasta podía llegar a ser designado con el nombre de «el Modigliani Sleign». Conseguiría hacerse famosa. Tendría la carrera asegurada por el resto de su vida.

Naturalmente, bien pudiera ocurrir que sólo se tratase de un dibujo a lápiz, de moderada calidad, como tantos otros Modigliani. No, eso era imposible: el cuadro había sido regalado como ejemplo de la influencia del hachís en la pintura. Tenía que ser algo extraño, heterodoxo, adelantado a su tiempo, hasta revolucionario incluso. ¿Y si era un abstracto, un Jackson Pollok de principios de siglo?

El mundo de la historia del arte llamaría sin pausa al número de Miss Delia Sleign, pidiendo colectivamente indicaciones para llegar a Livorno. Tendría que escribir un artículo que indicase, con toda exactitud, dónde se encontraba la obra. O podía llevarla en triunfo al museo de la ciudad. O a Roma. También, comprarla y sorprender al mundo...

Sí, podía comprarla. Qué idea.

Después, la llevaría a Londres y...

–Dios mío –pensó en voz alta–. Podría venderla.

Livorno constituyó una desagradable sorpresa. Dee esperaba encontrarse en una pequeña ciudad, con cinco o seis iglesias, una calle principal y un personaje que lo supiera todo sobre los habitantes de la ciudad en los últimos cien años. Se encontró con una población bastante parecida a Cardiff: muelles, fábricas, una acería y atracciones turísticas, puerto importante sobre el Mediterráneo y lugar de veraneo. Vagos recuerdos de los libros de historia volvieron a su mente: Mussolini había gastado millones en modernizar el puerto, sólo para que los bombardeos aliados lo destruyeran por completo. La ciudad tenía algo que ver con los Médicis; en el siglo XVIII, había sufrido un terremoto.

Encontró un hotel barato: un edificio alto y encalado, edificado en una terraza, con largas ventanas en arco y sin jardín delantero. Su cuarto era sobrio, limpio y fresco. Deshizo su equipaje y colgó los dos vestidos de verano en el armario. Después de lavarse, se puso vaqueros y zapatillas para caminar por la ciudad.

La niebla se había disipado y el atardecer resultaba tibio. La capa de nubes iba avanzando y el sol, poniente aún, era visible por detrás de su borde arrastrado al otro lado del mar. Algunas viejas de delantal, con los grises cabellos sujetos atrás, permanecían inmóviles en sus umbrales, mirando pasar el mundo.

Más cerca del centro de la ciudad, los muchachos italianos paseaban su apostura por las aceras, con pantalones de caderas ajustadas y bajos anchos, camisas ceñidas y sus oscuros cabellos muy bien peinados. Uno o dos miraron a Dee arqueando una ceja especulativa, pero ninguno se decidió a hacer un intento. Ella comprendió que los muchachos eran artículos de exhibición, más para ser vistos que para ser tocados.

Dee caminó por la ciudad sin rumbo fijo, matando el tiempo que faltaba para cenar y preguntándose dónde podría buscar el cuadro en ese vasto lugar. Obviamente, si alguien conocía la existencia de la obra, no podía saber que se trataba de un Modigliani; también, a la inversa, si alguien sabía que ese Modigliani existía, desconocía el lugar en que se encontraba ni cómo encontrarlo.

Pasó por una serie de bellas plazas abiertas, salpicadas de estatuas de antiguos reyes, talladas en el buen mármol de la zona. Finalmente se encontró en la Piazza Vittorio: una amplia avenida con canteros centrales de árboles y césped. Se sentó en un cerco bajo para admirar las arcadas renacentistas.

Le llevaría años visitar todas las casas de la ciudad y ver todos los cuadros viejos que se guardaban en buhardillas y negocios de compraventa. Tenía que reducir el campo de acción, aunque eso significaba reducir las posibilidades de éxito.

Por fin, las ideas comenzaron a surgir. Se levantó y volvió rápidamente al pequeño hotel. Empezaba a sentir hambre.

El propietario y su familia ocupaban el piso bajo del edificio. Como no había nadie en el vestíbulo de entrada, Dee golpeó con suavidad en la puerta de la vivienda familiar. Por ella se filtraban un poco de música y ruidos de juegos infantiles, pero nadie respondió a su llamada.

Empujó la puerta y entró en la habitación. Era una salita de mobiliario bastante nuevo, aunque de pésimo gusto. Un radiotocadiscos de 1960 zumbaba en un rincón. En el televisor, la cabeza de un hombre daba las noticias sin sonido. En el centro, sobre una alfombra anaranjada, se veía una mesa ratona vagamente sueca, cargada de ceniceros, periódicos y un libro de edición barata.

Un niño jugaba a sus pies con un cochecito, ignorante de su presencia allí. Dee pasó por encima. El propietario asomó por la otra puerta, con el enorme vientre caído sobre el estrecho cinturón de plástico y un cigarrillo que a duras penas sostenía un dedo de ceniza. Miró a Dee, inquisitivo.

Ella habló en un italiano rápido y fluido.

–He llamado pero como nadie me contestaba...

El hombre apenas movió los labios para preguntar:

–¿Qué hay?

–Querría hacer una llamada a París.

Él avanzó hasta una mesa en forma de riñón, de patas curvas, que estaba cerca de la puerta.

–Dígame el número –requirió, levantando el auricular–. Yo se la pido.

Dee buscó en el bolsillo de su camisa y sacó el trozo de papel en donde había escrito el número de Mike.

–¿Quiere hablar con alguna persona en especial? –preguntó el propietario.

Dee sacudió la cabeza. Era difícil que Mike hubiera regresado ya, pero existía la posibilidad de que estuviera la criada; si ellos no se encontraban allí, la mujer iba cuando se le antojaba.

El hombre se quitó el cigarrillo de la boca y dijo unas cuantas frases al aparato. Después, colgó.

–Hay una demora de pocos minutos –dijo–. ¿Quiere sentarse?

A Dee le dolían un poco las pantorrillas por la caminata. Se dejó caer en el sillón de napa, que parecía salido de un mercado de pulgas. El propietario se sintió obligado a acompañarla, ya fuera por cortesía o por miedo a que ella robara algunas de las porcelanas que adornaban la repisa.

–¿Qué le trae a Livorno? –preguntó–. ¿Las aguas sulfurosas?

Ella no tenía deseos de contarle todo.

–Quiero ver pinturas –dijo.

–Ah. –El hombre echó un vistazo a sus paredes–. Aquí tenemos algunas lindas obras, ¿no le parece?

–Sí.–Dee contuvo un estremecimiento. Los grabados enmarcados que adornaban la habitación eran, en su mayoría, sombrías imágenes eclesiásticas de hombres con halos–. ¿Hay algún tesoro artístico en la catedral? –preguntó, recordando otra de sus ideas.

Él sacudió la cabeza.

–La catedral fue bombardeada durante la guerra. –Parecía algo azorado por mencionar el hecho de que su país hubiera estado en guerra con el de la huésped.

Ella cambió de tema.

–Me gustaría visitar la casa donde nació Modigliani. ¿Sabe cuál es?

En ese momento la mujer del propietario apareció en el vano de la puerta para arrojarle una frase larga y agresiva. Su acento era demasiado fuerte y Dee no entendió una palabra. El hombre respondió en tono ofendido y la mujer se marchó.

–¿La casa donde nació Modigliani? –insistió Dee.

–No sé –dijo él. Se quitó el cigarrillo de la boca y lo dejó caer en el cenicero, ya desbordante–. Pero tenemos algunas guías turísticas en venta. Quizá le sirvan.

–Sí, me gustaría tener una.

El hombre abandonó la habitación y Dee se entretuvo observando al niño, que seguía sumido en sus misteriosos y absorbentes juegos con el cochecito. La mujer cruzó el cuarto sin mirar a Dee. Un momento después, pasó otra vez. No era la más simpática de las hoteleras, por cierto, pese a la sociabilidad del marido... o tal vez justamente por eso.

Sonó el teléfono y Dee levantó el auricular.

–Su comunicación con París –dijo la telefonista.

Momentos más tarde, se oyó la voz de una mujer:

–*Allô?*

Dee pasó a hablar en francés.

–Ah, Claire, ¿no ha vuelto Mike aún?

–No.

–¿Quiere tomar nota de mi número y decirle que me llame? –Después de dictar el número del dial, cortó.

Mientras tanto, el propietario había vuelto. Le entregó un folleto lustroso cuyos bordes estaban medio enroscados. Dee sacó algunas monedas de su bolsillo para pagarle, preguntándose cuántas veces habría vendido el mismo folleto a los huéspedes que después lo dejaban abandonado en el cuarto.

–Debo ayudar a mi esposa a servir la cena –dijo el hombre.

–Voy al comedor. Gracias.

Dee cruzó el vestíbulo hacia el comedor y ocupó una pequeña mesa circular con mantel a cuadros. Echó un vistazo a la guía. *El Lazaretto de San Leopoldo es uno de los mejores de su tipo en toda Europa*, leyó. Volvió la página. *Ningún visitante debería dejar de ver la famosa Quattro Mori.* Siguió buscando. *Modigliani vivió primero en la vía Roma y, más adelante, en el número 10 de vía Leonardo Cambini.*

El propietario se le acercó con un plato de sopa de fideos cabello de ángel. Dee le dedicó una sonrisa amplia y feliz.

El primer sacerdote era joven; el cabello, muy corto, le daba aspecto de adolescente. Las gafas con montura metálica hacían equilibrios en una fina y puntiaguda nariz. Constantemente se limpiaba las manos en el hábito con un movimiento nervioso, como si se secara el sudor de las palmas. Parecía inquieto en presencia de Dee, como corresponde a quien ha hecho voto de castidad, mas se sentía ansioso por serle útil.

–Aquí tenemos muchas pinturas –dijo–. En la cripta hay una bóveda llena de ellas. Hace años que nadie las mira.

–¿Hay inconveniente en que baje yo? –preguntó Dee.

–No, por supuesto, pero dudo de que encuentre nada interesante.

Mientras hablaban en el corredor, los ojos del sacerdote miraban por encima del hombro de la joven, como si temiera que alguien entrara y le viera conversando con una muchacha.

–Venga –invitó.

La condujo por el corredor hasta una puerta del crucero y la precedió por una escalera de caracol.

–El sacerdote que estaba aquí alrededor de 1910, ¿se interesaba en la pintura?

Él la miró y volvió a bajar rápidamente los ojos.

–No tengo idea –reconoció–. Soy el tercero o el cuarto desde aquella época.

Dee esperó al pie de la escalera mientras él encendía una vela colocada en la pared. Sus zuecos repiqueteaban estruendosamente en las lajas al caminar tras el cura, agachando la cabeza para cruzar una arcada baja.

–Aquí están –dijo él, encendiendo otra vela.

Dee miró alrededor. Había unos cien cuadros amontonados en el suelo y apoyados contra las paredes del pequeño cuarto.

–Bueno, ahora tendré que dejarla.

–Muchísimas gracias –dijo ella.

Dee le vio alejarse arrastrando los pies. Luego, conteniendo un suspiro, se volvió hacia las pinturas. Esa idea se le había ocurrido el día anterior: acudir a las iglesias más cercanas a las dos direcciones de Modigliani para preguntar si tenían cuadros viejos.

Se había sentido obligada a ponerse una camisa sobre el vestido sin mangas debido a que los católicos estrictos no permitían entrar en las iglesias con los brazos desnudos. En la calle había tenido calor, pero la cripta estaba deliciosamente fresca.

Levantó el primer cuadro de un montón y lo acercó a la vela. Una gruesa capa de polvo, depositada sobre él, oscurecía la tela. Necesitaba un plumero.

Miró a su alrededor en busca de algo adecuado. Por supuesto, allí no había nada que sirviera. No tenía pañuelo. Con un suspiro, se levantó el vestido para quitarse las bragas. Eso tendría que servir. Ahora debería andar con mucho cuidado para que el cura no quedara por debajo de ella en la escalera. Rió con suavidad para sus adentros y limpió el polvo del cuadro.

Era un óleo completamente mediocre; representaba

el martirio de san Esteban. Calculó su antigüedad en ciento veinte años aunque su estilo era anterior a esa época. El marco ornamentado valía más que la obra en sí. La firma resultaba ilegible.

Dejó el cuadro en el suelo y cogió el siguiente; no estaba tan polvoriento, pero era igual de inútil.

Se abrió paso entre discípulos, apóstoles, santos y mártires, Sagradas Familias, Últimas Cenas, Crucifixiones y docenas de Cristos de cabello oscuro y ojos negros. Su multicolor blusa quedó negra de polvo antiguo. Trabajaba metódicamente, apilando los cuadros limpiados y acabando con cada montón de telas polvorientas antes de pasar al siguiente.

Eso le llevó toda la mañana. No había ningún Modigliani.

Cuando la última obra quedó limpia y apilada, Dee se permitió un enorme estornudo. El aire polvoriento se arremolinó frente a su rostro, impulsado por la corriente. Apagó la vela y subió a la iglesia.

Como el sacerdote no se hallaba a la vista, Dee puso un donativo en el cepillo de las limosnas y salió al sol. Dejó caer sus sucias bragas en el primer recipiente para desperdicios que encontró.

Eso daría que pensar a los basureros.

Consultó su callejero y avanzó hacia la segunda casa. Algo la tenía inquieta; algo que sabía sobre Modigliani: su juventud, sus padres, algo así. Se esforzó por traer a la mente el esquivo pensamiento, pero era como perseguir aceitunas, con un palillo por un plato.

Pasó por un café y se dio cuenta de que era hora de almorzar. Entró y pidió una pizza y un vaso de vino. Mientras comía, se preguntó si Mike la llamaría por teléfono ese mismo día.

Se entretuvo con el café y un cigarrillo, sin ganas de enfrentarse a otro sacerdote, otra iglesia, más pinturas polvorientas. Aún estaba disparando a ciegas; sus posibilidades de hallar el Modigliani perdido eran extremadamente escasas. Con un arrebato de decisión, aplastó el cigarrillo en el cenicero y se levantó.

El segundo sacerdote era mayor y se mostró poco dispuesto a colaborar. Sus cejas grises se elevaron dos buenos centímetros por encima de sus ojos entornados.

–¿Para qué quiere mirar cuadros?

–Es mi profesión –explicó Dee–. Soy especialista en Historia del Arte.

Trató de sonreír, pero eso pareció resentir aún más al hombre.

–Mire, la iglesia es para los fieles, no para los turistas. –Su cortesía era un velo fino.

–No haré ningún ruido.

–De cualquier modo, aquí tenemos muy pocas obras de arte. Sólo lo que puede verse en esta nave.

–Entonces voy a recorrerla, si me lo permite.

El sacerdote asintió.

–Muy bien.

Permaneció allí, vigilando a Dee, que caminaba rápidamente.

Había muy poco que ver: uno o dos cuadros en las capillas pequeñas. Volvió al extremo oeste de la iglesia y, después de saludar al sacerdote con la cabeza, salió. Tal vez él temía que tuviera la intención de robar.

Volvió caminando al hotel; se sentía deprimida. El sol estaba alto y fuerte; las ardorosas calles habían quedado casi desiertas. «Perros rabiosos e historiadores del arte», pensó Dee. Ese chiste privado no llegó a animarla. Había jugado su última carta. El único modo de seguir era dividir la ciudad en distritos y probar en todas las iglesias.

Subió a su cuarto y se lavó para quitarse el polvo de la cripta. La única manera sensata de pasar esa parte del día era dormir la siesta. Se quitó la ropa y se tendió en la estrecha cama.

En cuanto cerró los ojos la inquietante sensación de haber olvidado algo volvió a su mente. Trató de recordar cuanto sabía sobre Modigliani, que no era mucho. Cayó en la somnolencia.

Mientras dormía, el sol pasó el cenit y entró poderosamente por la ventana abierta, haciendo sudar en abundancia su cuerpo desnudo. Ella se movía, inquieta, frunciendo levemente el entrecejo de tanto en tanto. El cabello se le pegaba a las mejillas.

Despertó sobresaltada y se sentó en la cama. Le latía la cabeza por el calor del sol, mas no paró mientes en él. Mantenía la vista clavada al frente, como quien ha tenido una especie de revelación.

–¡Qué idiota! –exclamó–. ¡Modigliani era judío!

A Dee le gustó el rabino. Resultó un cambio refrescante después de los hombres santos que sólo podían reaccionar ante ella como ante una fruta prohibida. Tenía ojos pardos, amistosos, y vetas grises en la negrura de su barba. Le interesó su búsqueda y ella se descubrió contándole toda la historia.

–Aquel viejo parisino dijo que era un sacerdote; por eso supuse que se trataba de un sacerdote católico –explicó–. Había olvidado que los Modigliani eran judíos sefardíes, y bastante ortodoxos.

El rabino sonrió.

–¡Bueno, yo sé a quién fue entregado ese cuadro! Mi predecesor era muy excéntrico para ser rabino. Se interesaba en muchos, y dispares, temas: en experimentos científicos, en el psicoanálisis, en el comunismo... Ya ha muerto, por supuesto.

–¿Y no dejó ninguna pintura entre sus efectos personales?

–No lo creo. Enfermó hacia el final y abandonó la ciudad. Fue a vivir a una aldea llamada Poglio, que se encuentra en la costa adriática. Claro que por entonces yo era muy joven y no lo recuerdo con claridad. Pero creo que vivió un par de años con una hermana, allá en Poglio, antes de morir. Si el cuadro todavía existe, tal vez ella lo tenga.

–Habrá muerto también.

–Por supuesto. Oh, querida, qué tarea se ha echado usted encima. De cualquier modo, quizá tuviera herederos.

Dee le estrechó la mano.

–Ha sido muy amable.

–Fue un placer –repuso el hombre. Pareció decirlo con sinceridad.

Ignorando su dolor de pies, Dee volvió al hotel haciendo planes. Tendría que alquilar un coche para viajar hasta la aldea. Decidió partir por la mañana.

Quería contárselo a alguien, esparcir la buena nueva. Recordó lo que había hecho la última vez y se detuvo a comprar una postal.

Querida Sammy:

¡Éste es el tipo de vacaciones que siempre deseé! ¡Una verdadera cacería de tesoros! ¡¡¡Voy a Poglio en busca de un Modigliani perdido!!!

Cariños,

D.

Encontró en su bolsillo algún cambio con el que compró un sello y echó la postal al correo. Entonces, se dio cuenta de que no disponía de dinero suficiente para alquilar un coche con el que recorrer el país.

Era una locura: estaba sobre la pista de una pintura que valía entre cincuenta y cien mil libras y no podía alquilar un coche. Eso la frustró dolorosamente.

¿Y si pedía dinero a Mike? No, qué diablos, no podía rebajarse así. Tal vez dejara caer una insinuación cuando él la llamara. Si lo hacía, porque sus viajes al extranjero no seguían horarios estrictos.

Tenía que haber otro modo de conseguir dinero. ¿Su madre? No le faltaba fortuna, pero Dee llevaba años sin ocuparse de ella en absoluto. No tenía derecho a pedirle nada. ¿Tío Charles?

Pero todo eso llevaría tiempo, y Dee ardía en deseos de ponerse otra vez sobre la pista.

Mientras subía por la callejuela hacia el hotel, vio un «Mercedes» cupé, de color azul metalizado, estacionado junto al bordillo. El hombre recostado contra él tenía un aire familiar, con sus rizos negros.

Dee echó a correr.

–¡Mike! –gritó, dichosa.

2

James Whitewood estacionó su «Volvo» en la estrecha calle de Islington y apagó el motor. Se metió un paquete de cigarrillos y una caja de fósforos en un bolsillo; en el otro, una libreta nueva y dos bolígrafos. Sentía la familiar tensión: ¿estaría ella de buen humor, diría algo digno de citar? La úlcera lo aguijoneaba, haciéndole maldecir por lo bajo. Había realizado cientos de entrevistas a estrellas de cine; ésta no tenía por qué ser diferente.

Echó la llave a la portezuela y golpeó la puerta de entrada de Samantha Winacre. Atendió una rubia regordeta.

–Soy James Whitewood, del *Evening Star*.

–Pase, por favor.

Él la siguió al vestíbulo.

–¿Cómo te llamas?

–Anita. Trabajo aquí.

–Encantado de conocerte, Anita. –Sonrió con aire simpático. Siempre era útil estar en buenas relaciones con quienes rodeaban a una estrella.

La chica lo guió hasta el sótano.

–Mr. Whitewood, del *Star* –anunció.

–¡Hola, Jimmy!

Samantha estaba acurrucada en un sofá, vestida de

vaqueros y camisa, descalza. Cleo Laine cantaba desde los altavoces instalados frente a ella.

–Hola, Sammy. –Él cruzó el cuarto para estrecharle la mano.

–Siéntate y ponte cómodo. ¿Qué novedades hay en el mundo periodístico?

Él dejó caer un periódico sobre su regazo antes de ocupar un sillón.

–La gran novedad del día es que Lord Cardwell vende su colección de arte. Ya sabes por qué decimos que ésta es la temporada tonta. –Tenía acento del sur de Londres.

–¿Quiere que le sirva una copa, Mr. Whitewood? –preguntó Anita.

Él la miró.

–No me vendría mal un vaso de leche –dijo, dándose palmaditas en el estómago.

Mientras Anita salía, Samantha dijo:

–¿Sigues con la úlcera?

–Es como la inflación. Sólo se puede esperar que afloje un poco. –Soltó una risa aguda–. ¿Te molesta si fumo?

La estudió con atención mientras abría su pitillera. Aunque siempre había sido delgada, ahora, su cara tenía un aspecto demacrado. Sus ojos parecían enormes, sin que el efecto se debiera al maquillaje. Tenía un brazo cruzado sobre el pecho y fumaba con la otra mano. Ante la vista del visitante, ella aplastó el cigarrillo en el colmado cenicero y encendió otro de inmediato.

Anita trajo su vaso de leche.

–¿Una copa, Sammy? –preguntó luego.

–Sí, por favor.

Jimmy echó un vistazo a su reloj. Eran las doce y media del mediodía. Miró de reojo el tamaño de la vodka con tónica que Anita estaba preparando.

–Cuéntame cómo anda la vida en el mundo del cine –pidió.

–Creo que voy a dejarlo. –Samantha cogió la copa y Anita se marchó.

–¡Por Dios! –Jimmy sacó su libreta y destapó un bolígrafo–. ¿Por qué?

–En realidad, no hay mucho que decir. Siento que las películas ya me han dado todo lo que podían. El trabajo me aburre y el resultado final me parece trivial.

–¿Hay algo, en particular, que haya provocado este alejamiento?

Ella sonrió.

–Planteas buenas preguntas, Jimmy.

Él la miraba, lleno de expectación. Vio que ella no le sonreía a él, sino hacia la puerta. Un hombre corpulento, de vaqueros y camisa a cuadros, entraba en ese momento en la habitación. Saludó a Jimmy con la cabeza y se sentó junto a Samantha.

–Jimmy, quiero presentarte a Tom Copper, el hombre que ha cambiado mi vida.

Joe Davies presionó el botón de su «Quantum» y observó las cifras luminosas que titilaban en su faz negra: 0955. Buena hora para llamar a un periódico vespertino londinense.

Levantó el auricular y marcó el número. Al cabo de una larga espera, pidió hablar con James Whitewood.

–Buen día, Jim. Habla Joe Davies.

–Tengo una mañana podrida, Joe. ¿Qué montón de basura vas a tirarme ahora?

Joe imaginó los dientes picados descubiertos por la sonrisa del escritor; los dos jugaban a la hostilidad para disimular el hecho de que cada uno hacía todo lo posible por usar al otro.

–Nada muy interesante –dijo Joe–. Una estrellita consiguió un pequeño papel, nada más. Leila D'Abo encabeza el elenco en el «London Palladium».

–¿Esa gallina vieja? ¿Cuándo estrena, Joe?

Éste sonrió, a sabiendas de que esa vez había ganado.

–El 21 de octubre, una sola noche.

–Comprendo. Para entonces, habrá terminado con esa porquería que está filmando. ¿Dónde es? ¿En los estudios Ealing?

–En Hollywood.

–Sí. ¿Y quién más trabaja?

–No sé. Tendrás que enterarte en el «Palladium». Pregúntales también si es cierto que le pagarán cincuenta mil libras por la presentación, porque yo no sé nada.

–No, claro.

–¿Te sirve como noticia?

–Haré lo que pueda por ti, viejo.

Joe volvió a sonreír. Si la noticia merecía la publicación de un artículo, Whitewood fingía siempre que estaba haciéndolo como favor personal para el agente. Si no servía, lo decía directamente.

–¿Has informado esto a la competencia? –preguntó Whitewood.

–Todavía no.

–¿Vas a darnos una edición de ventaja?

–Como favor personal para ti, Jim. –Joe se reclinó en su sillón de cuero, con sensación de triunfo. Ahora, el escritor le debía un favor. Eran puntos para él.

–A propósito, ¿qué pasa con tu niña de ojos azules?

Joe se incorporó de súbito. Después de todo, Whitewood guardaba una carta en la manga. Dio una falsa desenvoltura a su voz.

–¿Quién?

–Joe, ¿a cuántas entrevisté esta semana? A la desnutrida Winacre, por supuesto.

Joe arrugó el entrecejo. Esa maldita Sammy. Ahora, estaba a la defensiva.

–Ah, quería preguntarte cómo había salido eso.

–Conseguí una historia estupenda: Samantha Winacre se retira. ¿No te lo ha dicho?

¡Cielos! ¿Qué había dicho Sammy a ese periodista?

–Entre tú y yo, Jim, es una fase por la que está pasando.

–Y parece que muy afortunada. Si va a rechazar guiones como *Decimotercera noche*, ha de estar pensando muy en serio en retirarse.

–Mira, te voy a dar un consejo: no escribas eso en tu artículo. Ya cambiará de parecer.

–Me alegro mucho de saberlo. De cualquier modo, no lo he puesto.

–¿Qué has escrito?

–Samantha Winacre dice: «Estoy enamorada.» ¿Te gusta?

–Gracias, Jim. Hasta pronto. Eh, espera un momento: ¿Te dijo de quién está enamorada?

–Se llama Tom Copper. Me lo presentó. Parece un tipo inteligente. Yo que tú, cuidaría mi trabajo.

–Gracias otra vez.

–Adiós.

Joe cortó con estruendo. Él y Whitewood habían quedado a mano en cuanto a favores personales, pero ésa era la desgracia menor. Algo le pasaba a Sammy. ¿Cómo había podido decir al periodista que iba a rechazar un guión sin informar primero a su propio agente?

Abandonó el escritorio para acercarse a la ventana. Abajo, rugía el tránsito de siempre. Había automóviles estacionados a lo largo de las líneas dobles. «Todo el mundo cree ser una excepción», pensó Joe. Un policía pasó sin prestar atención a los infractores.

En la acera opuesta, una prostituta tempranera acosaba a un hombre de edad madura, vestido de traje. Estaban descargando cajones de champaña barato en un club de *strip-tease*. A la puerta de un cine cerrado, un oriental de cabello negro y traje llamativo vendía un paquetito a una muchacha ojerosa y sucia, a quien le temblaban las manos al pagar. Su rostro sumido y el corte de pelo le daban cierto parecido con Sammy.

Oh, cielos, ¿qué podía hacer con Sammy?

Ese hombre era la clave de todo. Joe volvió al escritorio para leer el nombre que había anotado en su bloc: Tom Copper. «Si está enamorada de él, se encuentra bajo su influencia. Por lo tanto, es él quien desea que abandone la escena.»

La gente contrataba a Joe para que le ayudara a ganar dinero. Eran personas de talento, algo que Joe nunca había podido entender; sólo sabía que él no lo tenía. Así como él no hubiera podido representar un papel ni para salvar la vida, tampoco sus clientes sabían de negocios. Él estaba allí para leer contratos, negociar precios, aconsejar sobre publicidad, buscar buenos guiones y buenos directores; guiar a la ingenua gente de talento por la selva de los negocios...

Su deber para con Sammy era ayudarle a ganar dinero. Pero eso no solucionaba la cuestión.

En realidad, un agente era mucho más que un comerciante. Más de una vez, Joe había sido madre y padre, amante, psiquiatra; había prestado un hombro sobre el cual llorar, pagado fianzas para sacar a sus clientes de la cárcel, usado influencias para hacer retirar cargos y actuado como consejero matrimonial. «Ayudar al artista a ganar dinero» era una frase que significaba mucho más de lo que parecía.

Gran parte de su trabajo consistía en proteger a los inexpertos de los que intentaran abusar de ellos. El mundo de Joe estaba lleno de esta clase de gente: productores cinematográficos que daban un papel a un actor, ganaban un montón de dinero con la película y dejaban al actor preguntándose con qué pagaría el alquiler del mes siguiente; falsos gurús que hacían publicidad de religiones raras, la meditación, el misticismo o la astrología, capaces de sacar a una estrella la mitad de sus ingresos; organizaciones hinchapelotas y comerciantes más o menos deshonestos, que instaban a las estrellas a darles apoyo y aprovechaban al máximo la publicidad a ganar con esa relación, sin tener en cuenta la imagen del artista.

Joe temía que Tom Copper fuera uno de esos aprovechados. Todo había ocurrido con demasiada rapidez: el tipo había salido de la nada y, de pronto, dirigía la vida de Sammy. Esposo sí, le habría hecho falta, pero agente nuevo no.

Finalmente, tomó una decisión. Se inclinó sobre el escritorio para oprimir un botón.

–¿Sí, Mr. Davies? –siseó el intercomunicador.

–Ven en seguida, ¿quieres, Andy?

Mientras esperaba, sorbió su café, pero estaba frío. Andrew Fairholm era un muchacho inteligente. Joe pensaba que se parecía a él mismo. Era hijo de un actor mediocre y una concertista de piano sin éxito; a temprana edad, se había dado cuenta de que no tenía talento. De cualquier modo, al haber sido picado por el bichito del espectáculo, se había dedicado a representante; gracias a él, un par de *rockeros* de segunda estaban ganando a lo grande. Por entonces, Joe lo había contratado como ayudante personal.

Andy entró sin llamar y se sentó frente al escritorio. Era un muchacho apuesto, de cabello castaño, largo y limpio; usaba un traje de solapas anchas y camisa de cuello abierto con estampado de ratones Mickey. Había estudiado en la universidad y afectaba acento elegante. A la agencia de Joe le venía bien: le daba una imagen algo más moderna. Su inteligencia y su actualidad juvenil complementaban la experiencia de Joe y su famosa astucia.

–Hay problemas con Sammy Winacre, Andy –dijo Joe–. Le ha confesado a un periodista que está enamorada y que dejará de actuar.

Andy puso los ojos en blanco.

–Siempre dije que esa chica era muy rara. ¿Quién es?

–El tipo se llama Tom Copper.

–¿De quién se trata?

–Eso es lo que debes averiguar. –Joe arrancó la hoja de su bloc y se la entregó–. Lo antes posible.

Andy asintió y se fue. Joe se sintió algo más aliviado, ya que Andy se iba a poner a trabajar en el asunto. A pesar de sus buenos modales y de su encanto personal, ese chico tenía unos dientes muy agudos.

La tarde era cálida; había olor a verano en el aire quieto. Por encima de los tejados, el crepúsculo goteaba sangre sobre las nubes, altas y escasas. Samantha se apartó de la ventana del sótano para acercarse al bar.

Tom puso un disco de jazz en el aparato y se despatarró en el sofá. Samantha le entregó una copa y se acurrucó a su lado. Él le rodeó los flacos hombros con un brazo musculoso, y bajó la cabeza para besarla. En ese momento, el timbre de la puerta se oyó.

–No le hagas caso –murmuró él, besándola en la boca.

Ella cerró los ojos y movió los labios contra los de Tom. Después se levantó.

–Prefiero mantenerte en suspenso.

Le llevó algunos momentos reconocer al hombre que estaba en su umbral; un hombre de baja estatura, con traje de terciopelo.

–¡Julian!

–Hola, Samantha. ¿Te molesto?

–En absoluto. ¿Quieres pasar?

Él cruzó el umbral y la siguió por la escalera.

–No te robaré mucho tiempo –dijo, como disculpándose.

Pareció algo azorado al ver a Tom sentado en el sofá. Samantha los presentó:

–Tom Copper, Julian Black.

Tom se irguió en toda su estatura frente a Julian para estrecharle la mano. La actriz se acercó al bar.

–Whisky, ¿verdad?

–Gracias.

–Julian tiene una galería de arte –explicó Samantha.

–Eso es algo prematuro. Estoy por abrir una. ¿Y tú a qué te dedicas, Tom?

–Podría decirse que soy un financiero.

Julian sonrió.

–¿No te gustaría invertir algún dinero en una galería de arte, por casualidad?

–No está en mi línea.

–¿Cuál es tu línea?

–Se podría decir que tomo dinero de A para dárselo a B.

Samantha tosió. Julian tuvo la sensación de que se estaba riendo de él.

–En realidad, es la galería lo que me trae –dijo. Tomó la copa que Samantha le entregaba. La actriz se acomodó en el hueco del brazo de Tom–. Estoy buscando a una persona atractiva que tenga interés en inaugurarla. Sarah me sugirió que te lo propusiera a ti. ¿Me harías ese favor?

–Me encantaría, pero debo asegurarme de no tener otro compromiso para el mismo día. ¿Puedo llamarte más tarde?

–Claro –Julian sacó una tarjeta del bolsillo–. Aquí tienes todos los detalles.

–Gracias –dijo Samantha, mientras cogía la tarjeta.

El visitante tragó su bebida.

–Bueno, no os molesto más. –Parecía algo envidioso–. Qué a gusto se os ve. Encantado de haberte conocido, Tom.

Se detuvo ante la puerta para mirar una postal puesta sobre el termostato, en la pared.

–¿Quién ha estado en Livorno? –preguntó.

–Una antigua amiga mía. –Samantha se levantó–. Algún día te la presentaré. Acaba de diplomarse en Historia del Arte. Mira. –Tomó la postal y le mostró el dorso para que lo leyera.

–Qué fascinante –comentó él, devolviéndosela–. Sí, me encantaría conocerla. Bueno, no te molestes en acompañarme a la puerta. Adiós.

Cuando él se hubo ido, Tom preguntó:

–¿Por qué quieres inaugurarle ese maldito negocio?

–Está casado con una amiga mía. La honorable Sarah Luxter.

–¿Lo cual significa que es la hija de quién?

–De Lord Cardwell.

–¿El que vende su colección de arte?

Samantha asintió.

–Tienen el óleo en las venas, como ves.

Tom sonrió.

–Esto sí que me está gustando.

La fiesta se hallaba en esa etapa muerta por la que toda fiesta pasa en las primeras horas de la madrugada, antes de cobrar el segundo impulso. Los bebedores empedernidos empezaban a ponerse pesados; los moderados comenzaban a sentir las primeras consecuencias del alcohol. Los invitados formaban grupos, concentrados en conversaciones que iban de lo intelectual a lo cómicamente incoherente.

El anfitrión era un director cinematográfico que acababa de volver de un exilio: el de la publicidad televisiva. Su esposa, una mujer alta y flaca, cuyo vestido largo exponía la mayor parte del poco busto que tenía, dio la bienvenida a Samantha y a Tom y les condujo al bar. Al filipino que lo atendía se le estaban poniendo vidriosos los ojos; sirvió whisky para Samantha y vació dos botellas de cerveza en una jarrita para Tom. La actriz miró a su compañero con atención: rara vez bebía cerveza, mucho menos por la noche. Ojalá no fuera a mostrarse agresivo, «clase trabajadora», durante toda la velada.

La anfitriona conversaba de naderías. Joe Davies se apartó de su grupo, a un lado del salón, y se acercó a ellos. La dueña de casa, feliz por ser relevada, acudió a reunirse con su esposo.

–Sammy –dijo Joe–, quiero presentarte a Mr. Ishi. Es el invitado de honor de esta noche, el motivo por el que todos estamos en esta piojosa fiesta.

–¿Quién es?

–Un banquero japonés que parece interesado en invertir en la industria cinematográfica británica. Debe de estar loco; por eso, todo el mundo está tratando de entablar buenas relaciones con él. Acompáñame.

La tomó del brazo y, después de saludar a Tom con la cabeza, la guió hasta el rincón donde un hombre calvo, con gafas, conversaba sobriamente con cinco o seis oyentes atentos.

Tom observó las presentaciones desde el bar. Después, sopló la espuma de su cerveza y se bebió la mitad. El filipino secó distraídamente la barra con un paño, sin apartar la vista de Tom.

–Anda, tómate algo –lo invitó el grandote–. No te voy a denunciar.

El barman le dedicó una sonrisa; cogió un vaso medio lleno que tenía bajo el mostrador y bebió un sorbo.

–Cómo me gustaría tener el coraje de ponerme vaqueros –dijo una voz de mujer–. Son mucho más cómodos.

Tom se volvió. Era una muchacha de veintidós o veintitrés años, de baja estatura. Su costoso atavío imitaba la moda de los años cincuenta: zapatos de punta con

106

tacones de alfiler, falda ajustada y chaqueta cruzada. Su cabello corto estaba peinado en cola de caballo hacia atrás, con flequillo sobre la frente.

–Además, son más baratos –adujo él–. Y en Islington no hay muchas fiestas.

Ella dilató sus ojos, cargados de sombra.

–¿Allí vives? Me han dicho que los hombres de la clase trabajadora castigan a sus mujeres.

–Por Dios –murmuró Tom.

–A mí, me parece horrible –prosiguió la muchacha–. O sea: yo no soportaría que un hombre me pegara, a menos que fuera un hombre divino. Así, quizá me gustara. ¿Te parece que a ti te gustaría pegar a una mujer? ¿A mí, por ejemplo?

–Tengo otras cosas de que ocuparme –dijo Tom. La chica no pareció reparar en su tono despectivo–. Si tuvieras algo de que ocuparte, algo serio de verdad, no estarías haciendo el ridículo conmigo. Los privilegios engendran el aburrimiento, y el aburrimiento engendra a personas vacías como tú.

Por fin había conseguido aguijonear a la muchacha.

–Si eso es lo que piensas, bien podrías ahogarte con esa privilegiada cerveza. ¿Y qué estás haciendo aquí?

–Eso es lo que yo quisiera saber. –Tom vació su jarrita y se levantó–. Lo último que necesito: una conversación descabellada como ésta.

Buscó a Sammy con la vista, pero oyó su voz antes de divisarla. Estaba atacando a gritos a Joe Davies. Un segundo después, todo el mundo la miraba.

Tom nunca la había visto tan furiosa y arrebatada.

–Cómo te atreves a investigar a mis amigos –chilló–. No eres mi ángel guardián, sino mi agente, maldición. Es decir: *eras* mi agente, porque estás despedido, Joe Davies.

Dio una fuerte bofetada al hombre y giró sobre sus tacones.

Joe enrojeció ante aquella humillación. Dio un paso hacia Samantha, con el puño en alto, pero dos largos pasos bastaron a Tom para cruzar el salón. Empujó a Joe, con suave firmeza, hasta hacer que se balanceara sobre los talones. Luego, giró en redondo y siguió a Samantha hacia la salida.

Ya en la acera, ella echó a correr.

—¡Sammy! —la llamó Tom, corriendo tras ella.

Cuando la alcanzó, la agarró del brazo para detenerla.

—¿Qué está pasando? —inquirió.

Samantha lo miró, llena de confusión y enojo.

—Joe hizo que investigaran sobre ti —dijo—. Dice que tienes esposa, cuatro hijos y antecedentes policiales.

—Ah. —Él la miró a los ojos, penetrante—. ¿Y tú qué piensas respecto a eso?

—¿Cómo diablos quieres que lo sepa?

—Tengo un matrimonio fracasado cuyo divorcio no ha sido concedido aún. Falsifiqué un cheque hace diez años. ¿Cambia eso las cosas en algo?

Ella lo miró por un instante. Luego, sepultó el rostro en su hombro.

—No, Tom, no.

Él la estrechó entre sus brazos durante un largo momento.

—Bueno —dijo después—, la fiesta era un asco. Tomemos un taxi.

Caminaron hasta Park Lane y encontraron un taxi estacionado ante un hotel. El conductor los llevó por la calle Fleet. Tom hizo que se detuviera en un puesto de periódicos que vendía las primeras ediciones de la mañana.

Cuando pasaron bajo el viaducto Holborn, ya estaba aclarando.

—Escucha —dijo Tom—. Se espera que las pinturas de Lord Cardwell se vendan en un millón de libras. —Plegó el diario y miró, distraído, por la ventanilla–. ¿Sabes cómo consiguió esos cuadros?

–Dime.

–En el siglo XVII, hubo muchos marineros que murieron para traerle oro de Sudamérica. En el XVIII, los campesinos se morían de hambre para pagarle los arriendos. En el XIX, murieron criaturas en las fábricas y en los arrabales para aumentar sus ganancias al máximo. En este siglo, se hizo banquero para ayudar a otras personas a repetir lo mismo que los Cardwell llevaban haciendo durante trescientos años: hacerse rico a costa de los pobres. Cielos, con un millón de libras un bloque de viviendas populares podría ser construido en Islington.

–¿Qué se puede hacer? –comentó Sammy, desconsolada.

–Eso quisiera saber yo.

–Si la gente no le quita el dinero robado, tendremos que hacerlo nosotros.

–Ah, ¿sí?

–¡Hablo en serio, Tom! ¿Por qué no?

Él la rodeó con un brazo.

–Claro, por qué no. Le robamos los cuadros, los vendemos por un millón y construimos viviendas populares. Por la mañana, resolveremos los detalles. Dame un beso.

Ella levantó la boca, pero se apartó con rapidez.

–Lo digo en serio, Tom.

–Por mi madre..., creo que sí –exclamó él.

3

Julian estaba desvelado. La noche era desagradablemente calurosa. Las ventanas del dormitorio estaban abiertas y él había retirado el cubrecama, pero, aun así, seguía sudando. Sarah estaba tendida de espaldas a él, en el lado opuesto de la ancha cama, con las piernas abiertas como si montara a caballo. Su pálido cuerpo relumbraba a la débil luz del amanecer, y la sombreada raya del trasero era como una burlona invitación.

Sacó un par de calzoncillos de un cajón y se los puso. Después de cerrar con suavidad la puerta del dormitorio tras de sí, bajó medio tramo de escaleras para ir a la cocina. Llenó la tetera eléctrica y la enchufó.

Las palabras de la postal que había leído la noche anterior, en el *living* de Samantha, se repetían una y otra vez dentro de su cabeza, como una melodía *pop* que se negara al olvido. *Voy a Poglio en busca de un Modigliani perdido.* El mensaje había abierto un camino de ácidos hasta el interior de su cerebro. Eso era, más que el calor, lo que lo mantenía despierto.

Tenía que ir tras el Modigliani perdido. Exactamente lo que necesitaba: un verdadero hallazgo. Establecería su reputación de propietario de una galería de arte y atraería multitudes a la «Galería Negra». No importaba que Modigliani no estuviera en la línea de sus salas.

Puso una bolsita de té en un tazón y vertió agua hirviendo encima. Empujó con una cucharilla aquella bolsa flotante, sumergiéndola para ver cómo ascendía otra vez a la superficie. El Modigliani era su oportunidad dorada y no tenía ni idea de cómo hacerse con él.

Si hallaba el cuadro, Lord Cardwell le daría el dinero para comprarlo. El padre de Sarah se lo había prometido, y ese viejo tonto no dejaría de cumplir su palabra. Aunque lo que no haría sería poner ni un centavo a causa de una postal enviada por una mente de chorlito. Y Julian no tenía dinero para viajar a Italia.

El té había tomado un denso color pardusco; en la superficie, se estaba formando una telilla de agua dura. Lo llevó a la mesa del desayuno y se sentó en un banquillo. Recorrió con la vista la cocina, la lavadora, los hornillos a dos niveles que sólo se usaban para hervir huevos, el lavavajillas, el congelador y todo el conjunto de juguetes electrónicos más pequeños. Era enloquecedor tener tanta riqueza al alcance de la mano y no poder usarla.

¿Cuánto necesitaría? El pasaje en avión, estancias en los hoteles, quizás algo para sobornos... Todo dependía de lo que le llevara alcanzar a la mujer que firmaba D. Unos cuantos cientos de libras, tal vez mil. Necesitaba ese dinero.

Mientras sorbía el té fue descartando posibilidades. Podía robar algunas joyas a Sarah y empeñarlas. Con eso se vería en problemas con la Policía. No estaba seguro de que los prestamistas exigieran documentos de propiedad, sin embargo, era probable que los importantes sí lo hicieran. No, eso no estaba en su terreno. Antes preferiría falsificar la firma de Sarah en un cheque... Y ella lo descubriría más pronto aún. Y, en ambos casos, era demasiado arriesgado para conseguir la suma que necesitaba.

Tendría que hallar algo que ella no echara de menos. Algo que resultase fácil negociar y que valiera mucho dinero.

En realidad, podía ir a Italia en coche. Acababa de buscar Poglio en la enciclopedia: estaba en el Adriático, al norte de Italia. Podía dormir en el automóvil.

Aunque, de hacerlo así, le resultaría muy difícil presentarse elegante en el caso de que se requirieran negociaciones delicadas. Y aun así, necesitaría dinero para combustible, comida y sobornos.

Podía decir a Sarah que iría a Italia en coche y, en realidad, vender el vehículo. Ella descubriría el engaño en cuanto él volviera, justo cuando él necesitaría el dinero de su suegro. Y bien, diría que el coche le había sido robado.

Ésa era la solución. Decir que el coche había sido robado, y lo vendería. Ella querría notificar el robo a la Policía y a la compañía de seguros. Pero él diría que ya se había encargado.

Se suponía que habría una demora mientras la Policía buscaba el coche. La compañía de seguros podía tardar meses en pagar. Cuando Sarah se diera cuenta de que todo era un engaño, la reputación de Julian ya estaría establecida.

Decidió intentarlo. Saldría en busca de un revendedor adecuado. Su reloj marcaba las ocho y media. Volvió al dormitorio para vestirse.

Encontró los documentos del vehículo en un cajón de la cocina y las llaves allí donde él las había dejado la noche anterior. Se requería algo que diera al asunto un aspecto convincente... Sacó una hoja de papel y un lápiz casi sin punta para escribir una nota a Sarah. *Me llevo el coche. No vuelvo en todo el día. Negocios. J.*

Tardó más de una hora en llegar a Stratford. El tráfico era denso; la carretera totalmente inadecuada. En la autopista Leytonstone, encontró una serie de reventas de autos usados: en solares dejados por las bombas, en estaciones de servicio o brotando por las aceras.

Eligió una grande, en una esquina. Delante había un «Jaguar» de aspecto juvenil y muchos modelos de buena marca en el patio, al lado. Julian entró con el coche.

Un hombre de edad madura estaba lavando el parabrisas de un «Ford» grande; llevaba sombrero de cuero y una chaqueta corta, abierta por delante. Se acercó a Julian llevando el estropajo y el balde de agua.

–Qué madrugador –dijo, simpático, con un fuerte acento portuario.

–¿Está el patrón? –preguntó Julian.

Los modales del hombre se enfriaron perceptiblemente.

–Con él habla –indicó.

Julian señaló el coche.

–¿Cuánto me ofrecería por éste?

–¿Para cambiar?

–No, para comprármelo.

El hombre volvió a estudiar el modelo, puso cara agria y meneó la cabeza.

–Será muy difícil sacárselo de encima –dijo.

–Pero si es un coche excelente –protestó Julian.

El hombre mantuvo su cara escéptica.

–¿Cuánto tiene? ¿Dos años?

–Dieciocho meses.

El revendedor caminó lentamente alrededor del vehículo, examinó la carrocería; tocó un raspón en la portezuela, miró con atención los guardabarros y palpó las cubiertas.

–Está muy bien –insistió Julian.

–Puede ser, pero eso no significa que yo pueda venderlo –aseguró el hombre.

Abrió la portezuela del conductor y se sentó tras el volante. Julian estaba exasperado. Eso era absurdo; sabía muy bien que aquel hombre podría vender el «Mercedes» con facilidad o cambiarlo por otro. La cuestión era cuánto estaba dispuesto a dar.

–Quiero dinero en efectivo. .

–Todavía no le he ofrecido nada, hombre. –El revendedor hizo girar la llave de encendido y puso el motor en marcha. Lo apagó, dejó que el ruido cesara y volvió a probar. Repitió varias veces el procedimiento.

–Tiene muy poco kilometraje –indicó Julian.

–Sí, pero, ¿marca de verdad lo justo?

–Por supuesto que sí.

El hombre bajó del coche y cerró la portezuela.

–No sé –dijo.

–¿Quiere probarlo?

–Nah.

–¿Cómo diablos puede saber cuánto vale un coche si no lo prueba? –estalló Julían.

El revendedor se mantuvo tranquilo.

–¿A qué se dedica usted?

–Tengo una galería de arte.

–Muy bien, usted dedíquese a sus piojosas pinturas, que yo me dedicaré a los motores.

Julian controló su mal genio.

–Bueno, ¿no me va a hacer una oferta?

–Supongo que puedo darle mil quinientas, por hacerle un favor.

–No sea ridículo. ¡Este coche debe de haber costado cinco o seis mil de nuevo!

En el rostro del hombre hubo un destello triunfal. Julian se dio cuenta de que acababa de delatarse: no conocía el precio original del auto.

–Supongo que es suyo, ¿no?

–Por supuesto.

–¿Tiene los documentos?

Julian sacó los papeles de su bolsillo interior.

–Sarah –dijo el revendedor–. Nombre raro para un tipo.

–Es mi esposa. –Julian sacó una tarjeta y se la entregó–. Aquí tiene mi nombre.

El hombre se guardó la tarjeta en un bolsillo.

–Perdone que le pregunte, pero, ¿sabe ella que va usted a vender el auto?

Julian maldijo interiormente la astucia de aquel hombre. ¿Cómo se había dado cuenta? Sin duda, algo raro debía de haber para que el dueño de una galería de arte fuera a los barrios bajos a vender un «Mercedes» casi nuevo, y en efectivo.

–Mi esposa murió hace poco.

–Ah, bueno. –Era obvio que el comerciante no se había tragado una palabra–. Bien, ya le he dicho lo que vale para mí.

–No podría venderlo por menos de tres mil –dijo Julian, con decisión.

–Digamos mil seiscientas, y ni un penique más.

Julian se dio cuenta de que era obligatorio regatear.

–Dos mil quinientas –dijo.

–Mil seiscientas cincuenta. ¿Acepta o no?

–¿En efectivo?

–¿Y cómo, si no?

Julian suspiró.

–Muy bien.

–Venga a la oficina.

Julian siguió al hombre hasta el viejo edificio que daba a la carretera principal. Se sentó ante una maltrecha mesa de madera y firmó un certificado de venta, mientras el revendedor abría una vieja caja fuerte y contaba mil seiscientas cincuenta libras en billetes de cinco usados.

Cuando iba a salir, el comerciante le tendió la mano. Julian la desdeñó y abandonó el local, convencido de que lo habían estafado.

Caminó hacia el Oeste en busca de un taxi. Dejó que el desagradable encuentro escapara de su mente, remplazado por un cauteloso regocijo. Al menos tenía el dinero: ¡mil seiscientas libras en billetes de cinco! Era bastante para su viaje. Se sentía como si ya hubiera partido.

Revisó lo que iba a decirle a Sarah: que había ido a ver a los decoradores... no, tenía que ser alguien a quien ella no conociera. Un artista que vivía en Stepney. ¿Cómo se llamaba? John Smith, por ejemplo; seguramente existían muchas personas reales que se llamaban así. Había ido a la casa y al salir, una hora después, el coche ya no estaba.

Apareció un taxi detrás de él y pasó rápidamente, desocupado. Julian silbó e hizo señas, pero el coche no se detuvo. Resolvió estar más atento.

De pronto se le ocurrió que Sarah podía llamar a la Policía mientras él no estuviera en la casa. Entonces, se descubriría el cotarro. Tendría que darle la dirección de una comisaría inexistente.

Un taxi se aproximó. Esta vez, lo detuvo.

Ya sentado en la parte trasera, estiró las piernas y movió los dedos dentro de los zapatos para aliviar el dolor de la caminata. Muy bien: ¿y en el supuesto de que Sarah llamara a Scotland Yard al descubrir que la comisaría no existía? Tarde o temprano le dirían que nadie había denunciado la desaparición de su «Mercedes».

Todo el plan parecía más y más estúpido a medida que se iba aproximando a la casa. Sarah podía acusarle de robar el automóvil. ¿Era delito robar algo de la propia esposa? ¿No decían, en la ceremonia matrimonial, algo así como: «Todos mis bienes mundanales te entrego...»? Además, hacer perder el tiempo a la Policía era considerado un delito

El taxi pasó por el terraplén de Victoria y por Westminster. La Policía no se molestaría en intervenir en una reyerta conyugal, decidió Julian. Pero las cosas se pondrían feas si Sarah se daba cuenta de lo que él se llevaba entre manos. No tardaría en contárselo a su padre. Entonces, Julian perdería el apoyo de Lord Cardwell en el momento crucial, cuando necesitara dinero para la compra del Modigliani.

Empezaba a lamentarse de haber pensado en vender el coche. Lo que horas antes había parecido una idea brillante se presentaba ahora como la ruina de todas sus posibilidades.

El taxi se detuvo ante la casa de paredes de vidrio. Julian pagó el viaje con uno de los billetes de la alta pila de cinco. Subió hasta la puerta principal, tratando desesperadamente de hallar una mentira más adecuada para su mujer. No se le ocurría nada.

Entró en silencio. Apenas eran las once pasadas; ella aún estaría en la cama. Entró en el *living* sin hacer ruido y tomó asiento para quitarse los zapatos.

Tal vez fuera mejor ir directamente a Italia. Podía dejar una nota diciendo que estaría ausente durante algunos días; así, ella daría por sentado que él se había llevado el coche. Al volver, ya tendría algún cuento pensado.

De pronto, arrugó el entrecejo. Desde su llegada, un ruidito tironeaba de la manga a su mente, exigiéndole atención. Se concentró en él y la arruga de su frente se acentuó. Sonaba como si alguien anduviese arrastrando los pies.

Analizó sus componentes: Había un susurro de sábanas, un chirrido sordo de muelles y un jadeo. Provenía del dormitorio. Probablemente Sarah tenía una pesadilla. Iba a gritar para despertarla y, entonces, recordó que no se debía despertar de repente a una persona cuando estaba soñando. ¿O era a los sonámbulos? Decidió ir a echar un vistazo.

Ascendió el tramo de escalera. La puerta del dormitorio estaba abierta. Miró hacia el interior.

Y se detuvo en seco, boquiabierto de asombro. El corazón le latía apresuradamente. Los oídos le zumbaban.

Sarah yacía de costado en las sábanas, con el cuello arqueado y la cabeza echada hacia atrás; su costoso peinado estaba pegado al sudoroso rostro. Tenía los ojos cerrados y la boca abierta mientras emitía gruñidos animales.

A su lado, había un hombre, con la pelvis pegada a la de ella en un lento estremecimiento. Sus gruesos miembros estaban poblados de vello negro. Los músculos de sus blancas nalgas se apelotonaban y se relajaban rítmicamente. Sarah tenía un pie en la rodilla de su otra pierna, formando un triángulo, y el hombre le estrujaba la carne interior del muslo alzado, murmurando obscenidades con voz grave y clara.

Detrás de Sarah, había un segundo hombre, rubio y con manchas claras en la tez blanca. Sus caderas y el trasero de Sarah coincidían como las sardinas de una lata. Una mano se enroscaba al cuerpo de la mujer para estrujarle los pechos, uno tras el otro.

Julian comprendió que los dos hombres le estaban haciendo el amor al mismo tiempo. Eso explicaba las sacudidas, curiosamente lentas, de los tres cuerpos. Contempló la escena, horrorizado.

El rubio, al verlo, soltó una risita.

–Tenemos espectadores –dijo, con voz aguda.

El otro volvió la cabeza con rapidez. Los dos dejaron de moverse.

–Sólo es mi marido –dijo Sarah–. Seguid, por favor, idiotas.

El moreno le sujetó las caderas y comezó a moverse con más energía que antes. Los tres perdieron interés en Julian.

–Ah, sí, ah, sí... –decía Sarah una y otra vez.

Julian giró en redondo. Se sentía débil y asqueado. Y algo más: hacía mucho tiempo que no veía esa mirada de bestia en celo en los ojos de su mujer. No pudo evitar que eso lo excitara. Pero el inicio de excitación sexual era leve e intranquilo.

118

Cayó otra vez en el sillón. Ahora, estaban haciendo más ruido, como para burlarse de él. Su autorrespeto estaba en ruinas.

«Conque era eso lo que necesitaba para excitarse, –pensó rencoroso–. A fin de cuentas, no es culpa mía. ¡Qué puta, qué puta!» Su humillación se convirtió en deseo de venganza.

Quería humillarla, cobrarse aquello; contarle al mundo entero lo que esa zorra hacía, sus gustos sexuales, sus...

De pronto, dio en pensar con toda claridad. Sentía la cabeza como si acabara de tomar un largo sorbo de champaña frío. Permaneció inmóvil por algunos segundos, pensando a toda velocidad. Tenía tan poco tiempo...

Abrió la puerta de vidrio oscuro de un armario instalado contra la pared y sacó su cámara «Polaroid». Estaba cargada. Colocó el flash apresuradamente y verificó que tuviera bombillas. Luego, graduó el mecanismo de foco y abertura.

Mientras él subía la escalera a brincos, las voces del dormitorio se convirtieron en gritos. Esperó ante la puerta del dormitorio, fuera de la vista. Sarah hizo un ruido grave que fue aumentando en volumen y en tono; era un grito largo, casi infantil. Julian lo conocía; en otros tiempos, él pudo hacer que lo lanzara.

Cuando el grito de Sarah se convirtió en alarido, Julian dio un paso al interior de la habitación y se llevó la cámara al ojo. Por el visor distinguió tres cuerpos que se movían al unísono, con los rostros contraídos por el esfuerzo o el éxtasis y los dedos manoseando puñados de carne. Apretó el disparador y se produjo un destello momentáneo, refulgente. Los amantes no parecieron percatarse de ello.

Se adelantó dos pasos más mientras hacía correr la película. Volvió a levantar la cámara y tomó una segunda instantánea. Luego, se movió hacia un lado y tomó la tercera.

Salió rápidamente al *living* y buscó un sobre en el fondo de un cajón. También había un pliego de sellos. Arrancó varios por valor de veinte o treinta peniques y los pegó en el sobre. Después, sacó un bolígrafo de su bolsillo superior.

¿Adónde enviarlas? Un trozo de papel cayó al suelo; lo había sacado del bolsillo junto con el bolígrafo. Reconoció la dirección de Samantha y lo cogió.

Escribió su propio nombre en el sobre y dirigió el envío a cargo de Samantha, a la dirección anotada en el papel. Arrancó de la cámara la película expuesta, con su envoltura de papel. Había comprado el artefacto para fotografiar cuadros. La película producía negativos, además de copias instantáneas, pero era preciso sumergirlos en agua dentro de los ocho minutos de la exposición. Julian llevó el rollo a la cocina y llenó de agua el barreño de plástico. Mientras la imagen tomaba forma en el celuloide, tamborileó con los dedos sobre la pila, en un tormento de impaciencia.

Por fin volvió a la salita, con la película mojada en la mano. El moreno apareció en la puerta del dormitorio.

No había tiempo para meter las fotos en el sobre. Julian huyó hacia la puerta principal y la abrió en el momento en que el moreno lo alcanzaba. Entonces le estrelló la cámara en pleno rostro, con odio, y saltó a la calle.

Corrió a toda velocidad por la acera. El tipo estaba desnudo y no podía seguirlo. Julian puso los negativos en el sobre, cerró éste y lo echó al buzón de la esquina.

Después, miró las copias. Eran muy claras. Se veían bien las tres caras y no cabía la menor duda de lo que estaban haciendo.

Lenta y pensativamente, Julian volvió a la casa y entró. Las voces del dormitorio habían adquirido un tono de reyerta. Julian cerró con un portazo para anunciar su presencia y fue a sentarse para contemplar las fotografías.

El moreno, aún desnudo, volvió a salir del dormitorio. Sarah lo siguió en bata. El rubio fue el último; vestía sólo unos calzoncillos obscenamente cortos.

El moreno se limpió la sangre de la nariz con el dorso de la mano y se miró la mancha roja de los nudillos, diciendo:

–¡Me dan ganas de matarle!

Julian le alargó las fotografías.

–Eres muy fotogénico –se burló.

En los pardos ojos del hombre se encendió una luz de odio. Echó una mirada.

–Maldito pervertido, roñoso –dijo.

Julian estalló en una carcajada.

–¿Qué quieres? –preguntó el moreno.

Julian dejó de reír y amoldó a su rostro una mueca dura y burlona. Luego gritó:

–¡A ver si te vistes para estar en mi casa, joder!

El hombre vaciló, abriendo y cerrando espasmódicamente los puños. Luego, giró sobre los talones y volvió al dormitorio.

Su compañero se instaló en una silla y enroscó las piernas bajo el cuerpo. Sarah sacó un largo cigarrillo de una caja y lo encendió con un pesado encendedor de mesa. Después, recogió las fotografías que el moreno había dejado caer al suelo y les echó una mirada; luego las rompió en pedacitos pequeños, que tiró en una papelera.

–Los negativos están en lugar seguro –señaló Julian.

Se hizo el silencio. El rubio parecía disfrutar con la aventura. Por fin, el moreno volvió, vestido con una cazadora y pantalón blanco.

Julian se dirigió a los dos:

–Contra vosotros dos no tengo nada –aclaró–. No sé quiénes sois y no me interesa saberlo. No tenéis nada que temer de esas fotografías. Me basta con que no volváis a pisar mi casa. Y ahora, ¡fuera de aquí!

El moreno se fue de inmediato. Julian esperó, mientras el otro iba al dormitorio y salía, un minuto después, vestido con elegantes pantalones de línea Oxford y una chaqueta corta, ablusada.

Cuando también él se hubo ido, Sarah encendió otro cigarrillo.

–Supongo que quieres dinero –dijo al fin.

Julian sacudió la cabeza.

–Ya lo he cogido –informó.

Sarah levantó la vista, sorprendida.

–¿Antes... de todo esto?

–He vendido tu coche.

Ella no dio muestras de enojo. En sus ojos, había una luz vagamente extraña, que Julian no podía interpretar, y un rastro de sonrisa en las comisuras de su boca.

–Así que me lo has robado –dijo secamente.

–Supongo que sí. Aunque, legalmente, no sé si el coger algo de la esposa es un delito.

–¿Y si yo actúo?

–¿Cómo, por ejemplo?

–Podría consultar con mi padre.

–Entonces, yo le mostraría nuestras fotografías de familia feliz.

Ella asintió con lentos movimientos de cabeza, siempre inescrutable.

–Esperaba que llegáramos a eso. –Se levantó–. Voy a vestirme. –En la escalera se volvió a mirarle–. Esa nota tuya... Decía que no volverías en todo el día. ¿Lo planeaste a propósito? ¿Sabías lo que ibas a encontrar si regresabas temprano?

–No –respondió él, indiferente–. Fue un golpe de suerte, como quien dice.

Sarah volvió a asentir y entró en el dormitorio. Después de un instante, Julian fue tras ella.

—Me voy a Italia por algunos días —le informó.

—¿Para qué? —Ella se quitó la bata y se sentó frente al espejo. Cogió un cepillo y comenzó a pasárselo por el pelo.

—Cuestiones de negocios.

Julian contempló los grandes y orgullosos pechos. A la mente acudió su imagen, tendida en la cama con los dos hombres, el cuello arqueado, los ojos cerrados, sus gruñidos de pasión. Su mirada vagó hasta los hombros anchos, la espalda que se afinaba con brusquedad hacia la cintura, la hendidura en la base de la columna, la carne de las nalgas aplastada contra el colchón... Sintió que su cuerpo se agitaba en respuesta a aquella desnudez.

Se acercó para detenerse tras ella, y apoyó sus manos en los hombros de su mujer al tiempo que le miraba los pechos por el espejo. Las aréolas eran oscuras y aún estaban lisas, como antes, en la cama... Dejó resbalar las manos hacia abajo.

Se apretó contra la espalda de ella, para que sintiera la dureza de su pene: una vulgar señal de que la deseaba. Sarah se levantó y giró de cara a él.

La cogió con rudeza de un brazo para llevarla a la cama. La sentó y le dio un empujón hacia atrás, agarrándola de los hombros.

Ella, sin una palabra, sumisa, se tendió sobre la sábana y cerró los ojos.

4

Dunsford Lipsey ya estaba despierto cuando el teléfono negro, instalado junto a su cama, empezó a sonar. Levantó el auricular, escuchó el apresurado «buenos días» del portero nocturno, y colgó. Por fin, se levantó y abrió la ventana.

Daba a un patio, unos cuantos garajes cerrados y un muro de ladrillo. Lipsey giró en redondo y estudió su habitación de hotel. La alfombra se veía algo gastada; los muebles, un poco desvencijados; mas el lugar estaba limpio y costaba poco. Charles Lampeth, quien pagaba la investigación, no se habría quejado si Lipsey se hubiera hospedado en el mejor hotel de París, pero el investigador no tenía por costumbre hacer eso.

Se quitó la chaqueta del pijama y, después de plegarla sobre la almohada, fue al baño. Mientras se lavaba y se afeitaba, pensó en Charles Lampeth. Como todos sus clientes, ése tenía la impresión de que había todo un ejército de detectives trabajando para la agencia. En realidad, sólo eran seis, y ninguno de ellos hubiera podido hacerse cargo de un trabajo así. Ésa era, en parte, la razón de que Lipsey llevara personalmente el caso.

Pero sólo en parte. También tenía algo que ver con su propio interés por el arte, y con el olor que el caso le daba en la nariz. Estaba seguro de que resultaría interesante. Había allí una muchacha excitable, una obra maestra perdida y el dueño de una galería de arte lleno de secretos. Y habría más, mucho más. Lipsey iba a divertirse desentrañando todo aquello. La gente involucrada en el caso: sus ambiciones, su codicia, sus pequeñas traiciones personales. Lipsey tendría todos los detalles antes de que pasara mucho tiempo. No haría nada con esos conocimientos, salvo buscar el cuadro; había abandonado, mucho tiempo antes, el enfoque directo y utilitario de toda investigación. Lo hacía por divertirse.

Se limpió el rostro, enjuagó su navaja y la guardó en el estuche de afeitar. Untó el pelo corto y negro con un poquito de «Brylcreem» y lo peinó hacia atrás, con una pulcra raya.

Se puso una sencilla camisa blanca, una corbata azul marino y un traje de excelente hechura, ya muy viejo: cruzado, con solapas anchas y entallado en la cintura. Se había hecho confeccionar dos pares de pantalones a juego con la chaqueta para que el traje le durara toda la vida, y presentaba todas las señales de satisfacer esa expectativa. Él sabía muy bien que estaba irremediablemente pasado de moda, pero eso le era indiferente por completo.

A las ocho menos cuarto, bajó al comedor para desayunar. El único camarero le llevó una gran taza de café solo, bien cargado. Lipsey decidió que su dieta soportaría un poco de pan, mas, con la mermelada, se puso un límite.

–*Avez-vous du fromage, s'il vous plaît?* –preguntó.

–*Oui, monsieur*. –El camarero fue en busca del queso.

Lipsey hablaba francés con lentitud y marcado acento, pero se hacía comprender con toda claridad.

Abrió un panecillo y le puso un poco de mantequilla. Mientras comía, se permitió planear la jornada. Sólo disponía de tres datos: una postal, una dirección y una fotografía de Dee Sleign. Sacó la foto de la billetera y la puso en el mantel, junto a su plato.

Era obra de un aficionado; al parecer, había sido tomada en alguna reunión familiar: mesas de *buffet* en un prado, como fondo; parecía una boda en pleno verano. El vestido de la joven demostraba que la foto databa de cuatro o cinco años atrás. Ella reía y parecía que se estaba echando el pelo hacia atrás, sobre el hombro derecho. Sus dientes no eran muy parejos y la boca abierta no resultaba tentadora; pero se le adivinaba una personalidad alegre y, quizá, también inteligente. Sus ojos tenían una inclinación hacia abajo en las comisuras exteriores: al contrario del rasgado corte oriental.

Lipsey sacó la postal y la depositó sobre la fotografía. Mostraba una callejuela de edificios altos, todos cerrados con persianas. La mayor parte de las plantas bajas había sido convertida en comercios. Era una calle como cualquier otra; aunque supuso que sólo allí se venderían esas postales. Miró el dorso. La escritura de la muchacha le contó más o menos lo mismo que su fotografía. El nombre de la calle figuraba en la esquina superior izquierda del reverso.

Por fin, Lipsey sacó su libretita de tapas anaranjadas. Las páginas aparecían en blanco, salvo la primera; allí, anotado con su letra pequeña, estaba la dirección de la muchacha en París.

Decidió no confrontarla de inmediato. Terminó su café y encendió un pequeño cigarro. Comenzaría por el otro aspecto de la investigación.

Se permitió un suspiro inaudible. Ésa era la parte aburrida de su trabajo: tendría que llamar a todas las puertas de la calle representada en la postal, en la esperanza de dar con lo que había puesto a Dee sobre la pista de la pintura. Tendría que probar también en las calles laterales. Su apreciación de la personalidad de la chica le decía que, con toda probabilidad, no había podido esperar más de cinco minutos sin revelar a alguien su descubrimiento.

Aun si estaba en lo cierto, era mucho suponer. Ella podía haber hallado la pista en un periódico, a través de alguien a quien encontró en sus paseos por esa calle o por algo que se le ocurrió mientras caminaba por allí. El hecho de que su dirección indicara otro sector de París (y en esa zona parecía haber poco que la atrajera) jugaba a favor de Lipsey. De cualquier modo, lo más probable era que el detective debiera pasar un día entero o más arruinándose los pies en una búsqueda inútil.

A pesar de todo, la llevaría a cabo. Era un hombre metódico.

Lanzó otro suspiro y decidió que, antes de ponerse en marcha, acabaría su cigarro.

Lipsey arrugó la nariz al percibir el olor de la vieja pescadería en la que estaba entrando. Los ojos negros y fríos de los pescados lo miraban desde el mostrador con malevolencia; parecían tener vida porque, paradójicamente, en vida semejaban ojos muertos.

El pescadero le sonrió.

–*M'sieu?*

Lipsey mostró la fotografía de Dee Sleign y pronunció, en exacto francés:

–¿Ha visto a esta muchacha?

El hombre entornó los ojos y su sonrisa se petrificó, convirtiéndose en mueca ritual. Su cara decía que olfateaba a la Policía. Se limpió las manos en el delantal y tomó la foto, dando la espalda a Lipsey para poner la fotografía a la luz. Luego se la devolvió con un encogimiento de hombros.

–Lo siento. No la conozco –dijo.

Lipsey le dio las gracias y salió del local. Entró por un

estrecho y oscuro portal, que se abría junto a la pescadería y subió la escalera. El dolor sordo que sentía en la parte baja de la espalda se intensificaba con el esfuerzo; llevaba varias horas de pie. Pronto se detendría para almorzar, pensó. Pero no tomaría vino en la comida; de lo contrario, las caminatas de la tarde le resultarían insoportables.

El hombre que respondió a su llamada a la puerta del piso alto era muy viejo y completamente calvo. Apareció con una sonrisa, como si le diera placer recibir a la persona que golpeaba, fuera quien fuese.

Lipsey divisó, por encima del hombro del anciano, un grupo de pinturas en la pared. El corazón le dio un vuelco: las pinturas eran valiosos originales. Bien podía ser ése su hombre.

—Lamento molestarlo, *m'sieu* –dijo–. ¿Ha visto a esta muchacha? –Le mostró la fotografía.

El viejo la cogió y entró en el apartamento para darle un vistazo a la luz, como había hecho el pescadero. Luego dijo, por encima del hombro:

—Entre, si desea.

Lipsey entró y cerró la puerta tras de sí. El cuarto era muy pequeño; sucio y maloliente.

—Siéntese, si gusta –invitó el anciano.

El detective lo hizo, mientras el francés lo hacía frente a él. Dejó la fotografía en la tosca mesa de madera, entre ambos.

—No estoy seguro –dijo–. ¿Por qué lo pregunta?

El amarillo y arrugado rostro permanecía inexpresivo, pero Lipsey estaba seguro de que ese hombre había puesto a Dee sobre la pista del cuadro.

—¿Importa el motivo? –dijo.

El anciano rió con desenvoltura.

—Usted es demasiado viejo para ser un amante rechazado, supongo –observó–. Y se parece muy poco a ella, de modo que resulta difícil que sea el padre. Creo que es policía.

Lipsey reconoció una mente tan analítica como la suya propia.·

–¿Por qué? ¿Ha hecho algo malo?

–No tengo ni idea. En todo caso, no seré yo quien ponga a un policía sobre su rastro. Y si no hizo nada, no hay motivo para que usted la busque.

–Soy detective privado –respondió Lipsey–. La madre de la muchacha ha muerto y a ella no se la encuentra. La familia me ha contratado para que la busque y le dé la noticia.

Los ojos negros chisporrotearon.

–Supongo que eso puede ser verdad –observó.

Lipsey tomó nota mental de aquello: el hombre había traicionado el hecho de que no estaba en contacto constante con la chica; de otro modo, habría sabido que lo contado por él era mentira.

«A menos que haya desaparecido de verdad», pensó Lipsey, con un estremecimiento. Caramba, la caminata lo había cansado. No estaba razonando con claridad.

–¿Cuándo la vio por última vez?

–He resuelto no decirle nada.

–Pero esto es muy importante.

–Eso me parece.

Lipsey suspiró. Tendría que ser un poco rudo. En los pocos minutos que llevaba en la habitación había detectado olor a hachís.

–Muy bien, viejo. Si usted no me lo dice, informaré a la Policía que se está utilizando este cuarto para consumo de drogas.

El hombre rió con auténtico regocijo.

–¿Y cree que ellos no lo saben? –apuntó. Su risa de papel llegó a término y acabó en una tos. Cuando volvió a hablar, la chispa de sus ojos había desaparecido–. Dar información a la Policía por caer en una trampa es bastante estúpido –dijo–. Pero darla bajo extorsión sería una deshonra. Ahora, por favor, váyase.

Lipsey se dio cuenta de que había perdido la partida. Se sentía desilusionado y algo avergonzado. Salió y cerró la puerta contra la frágil tos del anciano.

Al menos, no había que seguir caminando, pensó Lipsey. Se instaló en un pequeño restaurante y, cuando hubo dado fin a un estupendo almuerzo de doce francos, fumó su segundo cigarro del día. Después de un buen bistec y un vaso de vino tinto, el mundo parecía algo menos deprimente. Al repasar los acontecimientos, se dio cuenta de que el trabajo de la mañana lo había irritado. Se preguntó, una vez más, si no estaría ya demasiado viejo para el trabajo *in situ*.

A esas alturas, hubiera debido aceptar esos inconvenientes con filosofía, se dijo. Las cosas siempre acaban por ser descubiertas, si uno tenía la paciencia de esperar. De cualquier modo, se hallaba en un callejón sin salida. Ahora, sólo tenía un aspecto a investigar en vez de dos. No le quedaba más remedio que buscar a la chica y no el cuadro.

Dejó caer el cigarro en el cenicero, pagó la cuenta y salió del restaurante.

Afuera, un taxi se detuvo junto al bordillo de la acera para dejar bajar a un joven. Lipsey se apoyó en el vehículo mientras el pasajero anterior pagaba su viaje; al echar un vistazo a su rostro, se dio cuenta de que no era la primera que lo veía.

Dio al conductor la dirección que ocupaba la señorita Sleign desde junio y lo dejó arrancar, intrigado por el rostro familiar del joven que acababa de ver. La obsesión de Lipsey era identificar rostros. Cuando no lograba hacerlo, experimentaba una clara inquietud profesional y ponía en duda su capacidad.

Se rompió la cabeza por algunos instantes hasta llegar a un nombre: Peter Usher. Era un joven artista de éxito y tenía algo que ver con Charles Lampeth. Ah, sí: la galería de Lampeth exhibía sus cuadros. No tenía importancia. Ya más tranquilo, apartó su pensamiento del joven.

El taxi lo dejó ante un pequeño edificio de apartamentos de unos diez años de edad, nada impresionante. Lipsey entró y agachó la cabeza hasta la ventanilla de la portera.

–¿Hay alguien en el número 9? –preguntó.

–Se han ido –respondió la mujer con desgana.

–Oh, bueno. Soy decorador de interiores y vengo de Inglaterra. Ellos me pidieron un presupuesto por decorarles el apartamento. Me indicaron que si no se encontraban aquí, le pidiera la llave a usted y estudiara el ambiente mientras ellos estuvieran de viaje. No estaba seguro de que se hubieran ido para esta fecha.

–No puedo darle la llave. Además, no tienen derecho a decorar el apartamento sin permiso.

–¡Por supuesto! –Lipsey le dedicó otra vez una buena sonrisa, conectando cierto encanto maduro del que se sabía capaz–. Miss Sleign me recomendó muy especialmente que consultara con usted y le pidiera opinión. –Mientras hablaba, sacó dinero de su billetera y lo puso en un sobre. Me pidió que le entregara esto por sus molestias.

Pasó el sobre por la ventanilla, doblándolo un poco para que el contenido crujiera. Ella aceptó el soborno.

–No debe tardar mucho, porque yo tendré que acompañarle todo el tiempo que usted esté allí –indicó.

–Por supuesto –sonrió él.

Ella salió renqueando de su cubículo y lo precedió por las escaleras, con mucho resoplido. Se apretaba los riñones con la mano y se detenía a cada instante para recobrar el aliento.

El apartamento no era muy grande y muchos muebles parecían de segunda mano. Lipsey contempló las paredes del cuarto de estar.

–Querían pintar al aceite –dijo.

La *concierge* se estremeció.

–Sí, creo que usted tiene razón –dijo el detective de inmediato–. Un agradable papel floreado, tal vez, y una sencilla alfombra de color verde oscuro. –Se detuvo frente a un horrible aparador y lo golpeó con los nudillos–. Qué buena calidad –comentó–. No como esas porquerías modernas.

Sacó la libreta y garabateó algunas cosas sin sentido.

–No me dijeron a dónde iban –dijo, como para entablar conversación–. Supongo que al Sur, ¿no?

–A Italia. –La mujer seguía mostrándose severa, pero le gustó exhibir su buena información.

–¡Ah! A Roma, probablemente.

La mujer no aceptó el cebo y Lipsey dio por sentado que no estaba enterada. Inspeccionó el resto del apartamento, observándolo todo mientras hacía comentarios tontos a la portera.

En el dormitorio, vio un teléfono sobre una mesita de luz baja. Lipsey estudió con atención el pequeño bloc de anotaciones que había junto al aparato. Sobre la hoja en blanco había un bolígrafo; en la superficie del papel se veía la marca de lo que había sido escrito en la hoja de encima. Lipsey puso su cuerpo entre la mesa y la mujer y escondió el bloc en la palma de su mano.

Hizo algunos otros comentarios vacíos sobre la decoración y, por fin, manifestó:

–Ha sido usted muy amable, *Madame*. No voy a distraerla más de sus ocupaciones.

Ella lo acompañó hasta la puerta del edificio. Ya en la calle, el detective entró apresuradamente en una papelería y compró un lápiz muy suave. Se sentó en un café al aire libre y, después de pedir café, sacó el bloc robado.

Con gran suavidad, frotó el lápiz sobre las impresiones del papel. Cuando hubo terminado, las palabras se leían con toda claridad. Era la dirección de un hotel en Livorno, Italia.

Lipsey llegó al lugar al atardecer del día siguiente. Era un hotel pequeño y barato, que contaba con diez o doce dormitorios. En otros tiempos, probablemente había sido la residencia de una gran familia de clase media; ahora, aquel edificio, convertido en pensión para viajantes de comercio, estaba en decadencia.

Esperó en el cuarto de estar de la familia, mientras la esposa iba en busca de su marido, que se encontraba en las habitaciones superiores de la casa. El detective estaba cansado por el viaje; tenía un ligero dolor de cabeza; no veía la hora de cenar y acostarse en una cama blanda. Le apetecía fumar un cigarro, pero la cortesía se lo impidió. De vez en cuando, echaba un vistazo al televisor. Estaban proyectando una viejísima película inglesa que él había visto una noche, en Chippenham; habían puesto el sonido muy bajo.

La mujer volvió acompañada del propietario, que llevaba un cigarrillo colgando de la comisura del labio. El mango de un martillo le asomaba por un bolsillo; en la mano llevaba una bolsa de clavos.

Parecía fastidiado porque se le hubiera interrumpido su trabajo de carpintería. Lipsey le dio un importante soborno y comenzó a hablar en un italiano entrecortado y vacilante.

—Busco a una señorita que se hospedó aquí hace poco —dijo. Sacó una fotografía de Dee Sleign y se la entregó al propietario—. Se trata de esta mujer. ¿La recuerda?

El hombre echó un vistazo a la foto y asintió.

—Estaba sola —dijo. La inflexión de su voz revelaba

que, como buen padre católico, no le gustaba que las mujeres jóvenes estuvieran solas en los hoteles.

–¿Sola? –exclamó Lipsey, sorprendido. La portera de París le había dado la impresión de que Dee y su compañero habían salido juntos–. Soy un detective inglés, contratado por su padre para hallarla y convencerla de que debe volver a su casa. Es más joven de lo que parece –agregó, a modo de explicación.

El propietario asintió.

–El hombre no se hospedó aquí –aseguró, lleno de corrección–. Vino después, pagó la cuenta de la chica y se la llevó.

–¿Les dijo ella a qué había venido?

–Quería comprar pinturas. Le expliqué que muchos de nuestros tesoros artísticos se perdieron en los bombardeos. –Hizo una pausa y frunció el entrecejo, esforzándose por recordar–. Compró una guía de turismo; quería saber dónde estaba la casa natal de Modigliani.

–¡Ah! –Fue una pequeña exclamación satisfecha por parte de Lipsey.

–Mientras estaba aquí, hizo una llamada telefónica a París. Creo que es cuanto puedo decirle.

–¿No sabe a qué lugar de la ciudad fue?

–No.

–¿Cuántos días permaneció aquí?

–Sólo uno.

–¿Dijo adónde iría desde aquí?

–¡Ah, por supuesto! –El hombre se detuvo para dar vida a su cigarrillo con una buena chupada. El gusto del humo le hizo hacer una mueca–. Entraron para pedir un mapa.

Lipsey se inclinó hacia él. Otro golpe de suerte, en tan poco tiempo, era casi demasiado esperar de los hados.

–Diga.

–Déjeme hacer memoria. Iban a tomar la autopista a

Florencia. Desde allí cruzarían el campo hasta la costa adriática. Era un lugar cercano a Rímini. Mencionaron el nombre de una aldea... ¡Ah, ya recuerdo! Era Poglio.

Lipsey sacó su libreta.

–¿Cómo se escribe?

El hotelero se lo deletreó.

Lipsey se levantó diciendo:

–Le estoy muy agradecido.

Ya fuera se detuvo ante el bordillo de la acera para respirar el cálido aire del atardecer.

«¡Tan pronto!», pensó. Y encendió un cigarro para celebrarlo.

5

La necesidad de pintar era como el ansia de un cigarrillo para el fumador: Peter Usher aún recordaba la época en que había tratado de abandonar el vicio. Era una irritación esquiva, claramente física, pero desvinculada de cualquier parte específica del cuerpo. Por propia experiencia sabía que el picor sobrevenía tras pasar varios días sin trabajar; el único modo de rascarlo era sentir el olor de un estudio, el leve tirón de la pincelada en los dedos, la imagen de una obra nueva naciendo a la existencia. Y lo padecía como nunca porque llevaba varios días sin pintar.

Además, estaba asustado.

La idea que se les había ocurrido simultáneamente a él y a Mitch, aquella alcohólica tarde, en Clapham, había estallado con toda la frescura y la gloria de un amanecer tropical. Parecía simple, además: pintarían algunas falsificaciones, las venderían a precios astronómicos, después dirían al mundo lo que habían hecho.

Sería un golpe gigantesco al mundo artístico y a sus cuellos duros, una publicidad infalible, un golpe radical para la historia del arte.

En la sobriedad de los días siguientes, mientras elaboraban los detalles de la operación, se habían dado cuenta de que no sería simple. De cualquier modo, a me-

136

dida que se ocupaban de los mecanismos, el fraude iba pareciendo cada vez más factible.

Pero ahora, en el momento de dar el primer paso deshonesto por la senda de la estafa artística del siglo; cuando estaba por entregarse a un curso de acción que lo llevaría mucho más allá del límite entre la protesta y el delito, solo y nervioso en París, sentado en una oficina de la casa Meunier, no hacía más que fumar cigarrillos que no le daban consuelo.

El viejo y grácil edificio exacerbaba su intranquilidad. Sus columnas de mármol y sus altos cielos rasos estucados lo convertían en parte obvia de ese confiado estrato superior del mundo artístico: la sociedad que abrazaba a Charles Lampeth y rechazaba a Peter Usher. La casa Meunier era agente de muchísimos artistas franceses de primer orden, y lo había sido por los últimos ciento cincuenta años. Ninguno de sus clientes era desconocido.

Un hombrecito de traje oscuro, muy gastado, se escurrió decididamente por el pasillo y por la puerta abierta de la sala en donde estaba Peter. Tenía el aspecto deliberadamente acosado que adoptan quienes desean mostrar al mundo lo agobiados de trabajo que están.

–Me llamo Durand –dijo.

Peter se levantó.

–Peter Usher. Soy pintor y vengo de Londres buscando un trabajo a tiempo libre. ¿Podría ayudarme?

Hablaba sólo el francés aprendido en la escuela, pero con buena pronunciación.

La cara de Durand adoptó una expresión de disgusto.

–Comprenderá, *Monsieur* Usher, que muchos estudiantes de arte nos hacen idéntica petición.

–Yo no soy estudiante. Me gradué en la Slade...

–Como sea –le interrumpió Durand, con un ademán impaciente–, la empresa tiene como política ayudar cuando es posible. –Resultaba obvio que no estaba de acuerdo con esa política–. Eso depende por completo de que tengamos o no una vacante en esos momentos. Como casi todo nuestro personal debe pasar por un severo examen de seguridad, es claro que no hay muchos empleos para quienes vienen por casualidad. De cualquier modo, si me acompaña, averiguaré si nos puede ser de utilidad.

Peter siguió los enérgicos pasos de Durand a través del vestíbulo hasta un viejo ascensor. La cabina descendió entre crujidos y protestas. Subieron a ella para ascender tres pisos.

Entraron en una pequeña oficina, en la parte trasera del edificio. Un hombre rubicundo y corpulento estaba sentado tras un escritorio. Durand le habló en un rápido francés coloquial del que Peter no entendió casi nada. El corpulento parecía haber hecho una sugerencia que Durand rechazaba. Por fin, se volvió hacia Peter.

–Creo que voy a desilusionarle –dijo–. Tenemos una vacante, pero quien la ocupe deberá trabajar con cuadros; es decir, necesitamos referencias.

–Puedo darle una referencia telefónica, si no le molesta llamar a Londres –balbuceó Peter.

Durand sonrió, sacudiendo la cabeza.

–Tiene que ser alguien a quien nosotros conozcamos, *Monsieur* Usher.

–¿Charles Lampeth? Es un conocido propietario de una galería de arte que...

–Conocemos a *Monsieur* Lampeth, por supuesto –interrumpió el corpulento–. ¿Él puede recomendarle a usted?

–Les confirmará que soy pintor y hombre honrado. Su galería albergó mi pintura por un tiempo.

El hombre del escritorio sonrió.

–En ese caso creo que podemos darle el empleo. Si vuelve usted mañana por la mañana, ya habremos llamado a Londres y...

Durand intervino:

–Tendremos que descontarle del sueldo el coste de la llamada telefónica.

–Está bien –respondió Peter.

El corpulento hizo un gesto como para indicarle que podía retirarse.

–Lo acompaño –dijo Durand.

Pero no se molestaba en disimular su desaprobación.

Peter fue directamente a un bar y pidió un whisky doble, de marca muy cara. Siguiendo un impulso idiota había dado el nombre de Lampeth. Claro que éste no se negaría a dar referencias; su sucia conciencia se encargaría de eso. Pero Lampeth sabría entonces que Peter había estado trabajando para Meunier en París, por esa época…, y ese detalle podía tener consecuencias fatales para el plan. Era improbable, pero aumentaba los riesgos.

Peter se echó el whisky al coleto, maldiciendo *in mente*, y pidió otro.

Comenzó a trabajar al día siguiente, en el apartamento de embalaje. Trabajaba a las órdenes de un viejo y encorvado parisino que había dedicado toda su vida al cuidado de los cuadros. Pasaron la mañana retirando de sus cajones algunas obras recién llegadas; la tarde, envolviendo los cuadros a despachar con capas de algodón, cartones y paja. Peter se encargaba del trabajo duro: sacar clavos de la madera y levantar marcos pesados, mientras el viejo preparaba suaves lechos para los cuadros, con tanto cuidado como si estuviera acolchando la cuna de un recién nacido.

Tenían un carro de ruedas, con neumáticos y suspensión hidráulica, de centelleante aluminio. El viejo estaba orgulloso de su vehículo, que se utilizaba para transportar los cuadros por el edificio. Entre los dos, ponían, con sumo cuidado, cada obra en su estante correspondiente. Luego, Peter se lo llevaba empujándolo, mientras el anciano se adelantaba para ir abriendo las puertas.

En un rincón del cuarto en el que preparaban el embalaje había un pequeño escritorio. Ya avanzada la primera tarde, mientras el anciano iba al baño, Peter revisó todos los cajones. Contenían muy poca cosa: los formularios en blanco que el viejo llenaba para cada cuadro embalado, unos cuantos bolígrafos, algunos clips para los papeles y unas pocas cajetillas de cigarrillos ya vacías.

Trabajaban con mucha lentitud; entretanto, el hombre contaba a Peter cosas de su vida y de los cuadros. Le disgustaban, en especial, las pinturas modernas, según decía, aparte de algunos primitivos y (para sorpresa del pintor) los surrealistas. Su opinión era poco informada, pero no ingenua; a Peter le resultó refrescante. Tomó instantáneo aprecio al hombre; la perspectiva de engañarlo le resultaba muy desagradable.

En sus viajes por el edificio, Peter vio mucho papel con membrete en los escritorios de las secretarias. Por desgracia, siempre había alguien presente, además del viejo. Teniendo en cuenta que no bastaba el papel con membrete.

Sólo al terminar el segundo día, Peter encontró aquello que había ido a robar.

Ya avanzada la tarde, llegó un cuadro de Jan Rep, un anciano pintor holandés al que Meunier representaba. Las obras de Rep daban grandes sumas de dinero y el hombre no se prodigaba pues pintaba con gran lentitud. Una llamada telefónica notificó al anciano de embalaje de la llegada de un cuadro. Pocos minutos después, el hombre recibió instrucciones de llevarlo de inmediato a la oficina de Mr. Alain Meunier, el mayor de los tres hermanos que manejaban la empresa.

140

Cuando sacaron el cuadro de su embalaje, el anciano lo admiró con una sonrisa.

–¡Qué belleza! –comentó al fin–. ¿No le parece?

–A mí no me atrae –dijo Peter, melancólico.

El anciano asintió.

–Creo que Rep es pintor para viejos.

Cargaron la obra en el carrito y lo llevaron por el edificio y en el ascensor, hasta la oficina de Meunier. Allí, lo pusieron en un caballete de acero y dieron un paso atrás.

Alain Meunier era un hombre canoso, de gran papada, que vestía traje oscuro; a Peter le pareció que había un destello de codicia en sus ojillos azules. Contempló de nuevo el cuadro desde lejos; después, se acercó para estudiar la pincelada; por fin, lo observó desde ambos lados.

Peter permanecía cerca del gran escritorio de Meunier: tapizado de cuero. Tenía tres teléfonos, un cenicero de cristal tallado, una cigarrera, un portalápices de plástico rojo (¿regalo de sus hijos?), la fotografía de una mujer... y un sello de goma.

Los ojos de Peter se clavaron en el sello. Estaba manchado de tinta roja en la base de goma y el mango era de madera pulida. Trató de leer las palabras invertidas, pero sólo distinguió el nombre de la firma.

Casi con seguridad, era lo que él buscaba.

Le escocían los dedos por cogerlo y metérselo en el bolsillo, pero lo verían sin lugar a dudas. Aunque lo hiciera cuando los otros estuvieran de espaldas, la falta del sello podía ser notada de inmediato. Tenía que haber otro modo de conseguirlo.

Ante la voz de Meunier, Peter dio un respingo de culpabilidad.

–Pueden dejarlo aquí. –Su ademán era una seca despedida.

Peter sacó el carrito por la puerta y volvió con el viejo al cuarto de embalaje.

Pasó dos días más tratando de idear un medio de conseguir el sello que estaba en el escritorio de Meunier. De pronto, le sirvieron una idea mejor en bandeja de plata.

El anciano estaba sentado ante su escritorio, llenando uno de los formularios, mientras Peter tomaba una taza de café. De pronto, el viejo levantó la vista de su trabajo.

–¿Sabes dónde se guarda el material?

Peter pensó a toda velocidad.

–Sí –mintió.

El anciano le entregó una llavecita.

–Tráeme algunos formularios más. Casi se me han acabado.

El inglés tomó la llave y salió. En el pasillo preguntó a un botones que pasaba dónde se encontraba el cuarto del material. El muchacho le indicó que fuera al piso inmediato inferior.

Lo encontró dentro de una oficina que parecía ser la de las mecanógrafas. Era la primera vez que entraba allí. Una de las mujeres le indicó un armario parecido a una despensa, que ocupaba todo un rincón. Peter abrió la puerta, encendió la luz y entró.

De inmediato encontró una resma de los formularios que deseaba. Su vista vagó por los estantes y se detuvo en una pila de papel de carta con membrete de la firma. De allí sacó treinta o cuarenta hojas.

Pero no veía ningún sello de goma.

En el otro extremo del cuartito, había un pequeño armario de acero verde. Peter probó la puerta y la encontró cerrada con llave. Abrió una caja de clips, sacó uno y lo dobló. Después, lo insertó en la cerradura, y lo movió hacia ambos lados. Se sentía sudar. Las mecanógrafas no tardarían en preguntarse por qué tardaba tanto.

Con un chasquido, que le pareció como un trueno,

142

la puerta se abrió. Lo primero que Peter vio fue una caja de cartón abierta, con seis sellos de goma. Dio vuelta a uno para leer lo impreso.

Certificado en Meunier, París, tradujo.

Con trabajo contuvo su regocijo. Ahora, ¿cómo sacar todo eso del edificio?

El sello y el papel con membrete constituían un paquete sospechosamente grande. No sería fácil pasarlo junto a los guardias de seguridad que custodiaban la puerta, a la salida. Y tendría que ocultarlo del viejo durante el tiempo que le quedaba de la jornada.

Tuvo una idea luminosa. Sacó una navaja del bolsillo y deslizó la hoja bajo el fondo de goma del sello, moviéndolo de costado para despegarlo. Sus manos, resbaladizas por el sudor, apenas podían sujetar la madera lustrada.

–¿No encuentra lo que quiere? –preguntó una voz de mujer, a su espalda.

Él quedó petrificado.

–Ya lo hallé, gracias –repuso él, sin volverse.

Los pasos se alejaron.

La goma se desprendió del fondo del sello. Peter sacó de un estante un sobre grande, en el que puso las hojas de papel y la fina lámina de goma. Sacó de otra caja un bolígrafo y escribió en el sobre el nombre y la dirección de Mitch. Luego, cerró el armario de acero, recogió su resma de formularios y salió.

A último momento se acordó del clip deformado. Volvió al cuartito y se lo guardó en el bolsillo.

Al salir, miró a las mecanógrafas con una sonrisa. En vez de volver a embalaje, vagó por los corredores hasta que se encontró con otro botones.

–¿Podrías decirme dónde debo llevar esto para que lo despachen por vía aérea? –preguntó.

–Se lo llevo yo –se ofreció el botones, dispuesto. Echó un vistazo al sobre–. Aquí debería poner Vía Aérea –observó.

–Ah, caramba.

–No se preocupe. Yo me encargo.

–Gracias.

Peter volvió al departamento de embalaje.

–¡Mira que has tardado! –protestó el viejo.

–Es que me he perdido.

Tres días después, al atardecer, Peter recibió una llamada de Londres en su alojamiento barato.

–Ya llegó –dijo la voz de Mitch.

–Gracias a Dios –replicó Peter–. Mañana vuelvo a casa.

El *loco* Mitch estaba sentado en el suelo del estudio, con el cabello amarillento apoyado en la pared. En el muro opuesto había tres telas de Peter, que él estudiaba con el ceño fruncido y una lata de cerveza en la mano.

Peter dejó caer su mochila en el suelo y fue a ponerse junto a su amigo.

–Mira –comentó Mitch–, si alguien merece vivir de la pintura, ése eres tú.

–Gracias. ¿Dónde está Anne?

–Salió de compras. –Mitch se puso de pie y caminó hasta una mesa manchada de pintura para recoger un sobre que Peter reconoció en seguida.

–Qué astuto eso de desprender el pie de goma del sello –comentó–. Pero, ¿por qué lo enviaste por correo?

–No había otro modo de sacar todo eso del edificio sin peligro.

–Entonces, ¿lo despachó la misma empresa?

Peter asintió.

–Caramba. Espero que nadie se haya fijado en el nombre del sobre. ¿Dejaste alguna otra pista?

–Sí. –Peter tomó la lata que su amigo tenía en la mano

144

y se echó un buen trago. Se limpió la boca con el antebrazo y devolvió la bebida–. Tuve que dar el nombre de Charles Lampeth como referencia.

–¿Hablaron con él?

–Creo que sí. Necesitaban una referencia que pudieran comprobar por teléfono.

Mitch se sentó en el borde de la mesa, rascándose el vientre.

–¿Te das cuenta de que has dejado una estela peor que un avión de reacción?

–No tanto. Es posible que con el tiempo nos identifiquen, mas no pueden probar nada. Lo importante es que eso no ocurra antes de que hayamos terminado. Después de todo, sólo necesitamos algunos días más.

–Si todo sale según lo planeado.

Peter se alejó para sentarse en un banquillo.

–Y lo tuyo, ¿cómo anduvo?

–Estupendo. –Mitch se iluminó de súbito–. Arreglé todo con Arnaz. Él nos va a financiar la operación.

–¿Qué saca él de esto?

–Un poco de diversión. Tiene mucho sentido del humor.

–Háblame de él.

Mitch se bebió el resto de la cerveza y arrojó la lata a un cesto, con puntería certera.

–Tiene treinta y tantos años; es medio irlandés y medio mexicano, criado en Estados Unidos. Comenzó vendiendo cuadros originales que cargaba en un camión, por el Medio Oeste, cuando tenía diecinueve años. Hizo dinero a montones, abrió una galería y aprendió por su cuenta a apreciar el arte. Vino a Europa a comprar, le gustó y se quedó.

»Ahora, ha vendido sus galerías. Es una especie de profesional intercontinental del arte: compra, vende, gana dinero a manotazos y se desternilla de risa mientras va a depositarlo. Un tipo moderadamente inescrupuloso, pero tiene la misma opinión que nosotros con respecto al mundo del arte.

–¿Cuánto dinero ha puesto?

–Un millar. Pero podemos pedirle más si hace falta.

–Qué buen tipo. ¿Qué más has arreglado?

–Abrí una cuenta bancaria bajo nombres falsos.

–¿Qué nombres?

–George Hollows y Philip Cox. Son colegas míos en la Universidad. Como referencias nombré al decano y al secretario de la Facultad.

–¿No es peligroso?

–No. En la Facultad hay más de cincuenta profesores, de modo que la relación conmigo es bastante escasa. El Banco habrá escrito al decano y al secretario para preguntar si Hollows y Cox son profesores y si viven en las direcciones indicadas. Y les responderán que sí.

–¿Y si lo mencionan a Hollows o a Cox?

–No los verán. Faltan cuatro semanas para que empiece el nuevo período lectivo y, por casualidad, sé que no están en buenas relaciones.

Peter sonrió.

–Lo has pensado todo muy bien.

Oyó que la puerta de la calle se abría, y la voz de Anne saludó.

–Arriba –anunció él a gritos.

Ella subió y le dio un beso.

–Supongo que todo ha ido bien –dijo. En sus ojos había una chispa de entusiasmo.

–Bastante bien –fue la respuesta. Peter volvió a mirar a Mitch–. El próximo paso es la gran gira, ¿verdad?

–Sí, y creo que eso te corresponde.

Anne dijo:

–Si vosotros no me necesitáis, el bebé sí. –Y bajó.

–¿Por qué yo? –preguntó Peter.

–A Anne y a mí no deben vernos en las galerías antes del día de entrega.

Peter asintió.

–Claro. Bueno, veamos.

–Aquí tengo una lista de las diez galerías principales. Puedes recorrerlas todas en un solo día. Mira, ante todo, de qué tienen abundancia y qué les falta. Ya que vamos a ofrecerles un cuadro, conviene que sea de los que necesitan.

»En segundo lugar, el pintor tiene que ser alguien fácil de falsificar: que haya muerto y del que no exista ningún catálogo de obras completo. No vamos a copiar obras maestras, sino a pintar otras propias. Busca un pintor así para cada galería, toma nota y pasa a la siguiente.

–Sí. Bueno, también tendremos que excluir a todos los que usaban materiales especiales. En realidad, todo sería más fácil si nos limitáramos a acuarelas y dibujos.

–Pero con eso no ganaríamos la suma de dinero necesaria para hacer de esto un golpe espectacular.

–¿Cuánto crees que ganaremos?

–Me sentiría desilusionado si no llegáramos a medio millón.

Una atmósfera de concentración colmaba el gran estudio. Por las ventanas abiertas, la cálida brisa de agosto traía lejanos murmullos del tráfico. Durante largo rato, los tres trabajaron en silencio, sólo quebrado por los gorgoritos satisfechos del bebé, que jugaba en su corralito, en medio de la habitación.

Se llamaba Vibeke y tenía un año justo. Normalmente, habría exigido que los adultos presentes le prestaran atención, pero ese día tenía un juguete nuevo: una caja de plástico. Había descubierto que a veces la tapa entraba y otras veces no, y estaba empeñada en dilucidar qué provocaba esa diferencia. Ella también estaba concentrada.

La madre, sentada ante una derrengada mesa cercana, escribía con pluma estilográfica, en meticulosa letra de imprenta, utilizando una hoja que tenía el membrete de Meunier. La mesa estaba sembrada de libros abiertos: encantadores tomos para lucir en las mesas del *living*, pesados volúmenes de referencias y pequeños artículos escritos por entendidos, en ediciones baratas. Con frecuencia, Anne asomaba la lengua por la comisura de la boca.

Mitch se apartó de su tela y lanzó un largo suspiro. Estaba trabajando en un Picasso cubista, de buen tamaño, que representaba una corrida de toros; era una de la serie de pinturas que llevaba al *Guernica*. En el suelo, junto al caballete, tenía un bosquejo. En ese momento, lo miró con atención; profundas arrugas surcaban su frente. Levantó la mano derecha y ejecutó una serie de pases ante su tela, pintando una línea en el aire hasta que estuvo seguro de poder hacerla bien; después, con un rápido golpe final, aplicó el pincel a la tela.

Anne oyó el suspiro y levantó la vista, primero hacia Mitch, luego a la tela. Una atónita expresión admirativa le cubrió el rostro.

—Es brillante, Mitch —dijo.

Él sonrió, agradecido.

—¿Te parece que *cualquiera* podría hacer algo así? —agregó ella.

—No —reconoció él, lentamente—. Se trata de un talento especial. La falsificación es a los artistas plásticos lo que la imitación a los actores. Hay grandes actores que son muy malos imitadores. Es, simplemente, una habilidad que algunos tienen.

—¿Cómo andas tú con esos certificados? —preguntó Peter.

—He hecho el Braque y el Munch; estoy terminando el Picasso —respondió Anne—. ¿Qué tipo de pedigrí quieres para tu Van Gogh?

Peter estaba rehaciendo el cuadro que había pintado en ocasión de la Carrera de la Obra Maestra. Tenía un libro con láminas a todo color abierto a su lado y volvía las páginas con frecuencia. Los colores de su tela eran oscuros; sus líneas, densas. El cuerpo del sepulturero resultaba poderoso, pero ostentaba un aire de cansancio.

–La fecha de ejecución debe estar entre 1880 y 1886 –comenzó Peter–, en su período holandés. En aquel entonces, no lo habría comprado nadie, supongo. Por que estuvo en posesión del pintor..., mejor aún, en posesión de su hermano Theo durante algunos años. Después, fue comprado por algún supuesto coleccionista de Bruselas. Descubierto por el propietario de una galería en la década de 1960. Puedes inventar el resto.

–¿Uso el nombre de una galería real?

–Podría ser, pero busca una que no sea muy conocida. Alemana, por ejemplo.

–Hum...

El salón volvió a quedar en silencio al volver los tres a sus respectivos trabajos. Al cabo de un rato, Mitch sacó su tela y comenzó otra, un Munch. Puso un fondo gris claro sobre toda la superficie para obtener la frágil luz noruega que permea tantas de las obras de Munch. De tanto en tanto, cerraba los ojos, tratando de liberar su mente del cálido sol inglés que invadía el estudio. Trataba de tener frío. A veces, lo conseguía al punto de estremecerse.

Tres fuertes golpes sacudieron la puerta de entrada, haciendo trizas el silencio.

Peter, Mitch y Anne se miraron mutuamente, desconcertados. Anne se levantó del escritorio para acercarse a la ventana y giró hacia los hombres, demudada.

–Es un policía –dijo.

Ellos la miraron con atónita incredulidad. Mitch fue el primero en reaccionar.

–Ve a abrir, Peter –indicó–. Anne, oculta esos certificados, el papel y el sello. Yo pondré las telas contra la pared. ¡Vamos!

Peter bajó lentamente la escalera, con el corazón en la boca. Aquello no tenía sentido; no era posible que la Policía estuviera ya sobre ellos. Abrió la puerta de la calle.

El policía era un agente joven, de buena estatura; lucía el cabello corto y un ralo bigote.

—Ese coche que está allí, señor, ¿es suyo?

—Sí..., digo, no —tartamudeó Peter—. ¿Cuál?

—El mini azul, que tiene cosas pintadas en la carrocería.

—Ah, es de un amigo mío. En este momento, está de visita en casa.

—¿Querría usted decirle que ha dejado las luces de posición encendidas? —sugirió el policía—. Buenos días, señor. —Y giró sobre sus talones.

—¡Oh, gracias!

Volvió a subir la escalera. Anne y Mitch lo miraban con el miedo pintado en los ojos.

—Venía a avisar de que dejaste las luces de posición del auto encendidas, Mitch —dijo Peter.

Hubo un momento de estupefacto silencio. Después, los tres estallaron en una carcajada poderosa, casi histérica.

Vibeke, en su corralito, levantó la vista ante aquel súbito ruido. Su mirada de sorpresa se disolvió en una sonrisa.

Tercera parte

LAS FIGURAS DEL FONDO

«*Es necesario pensar en el papel que los cuadros, las pinturas, por ejemplo, juegan en la vida de cada uno. Este papel no es, por cierto, uniforme.*»

LUDWIG WITTGENSTEIN, filósofo.

1

El hotel de Rímini, varios pisos de cemento refor-
zado, ofrecía desayuno a la inglesa: tocino, huevos y té
en abundancia. Lipsey vio una parte de él, al cruzar el comedor, en la mesa de otra persona. El huevo frito estaba
duro y el tocino tenía un sospechoso parche verde. Se
sentó y pidió café con panecillos.

Había llegado ya muy avanzada la noche, sin tiempo
para elegir un buen hotel. Esa mañana, aún estaba cansado. En el vestíbulo, había comprado el *Sun*, único periódico inglés disponible. Lo hojeó mientras esperaba el
desayuno, pero suspirando de exasperación: no era el
tipo de periódico que le gustaba.

El café le quitó un poco el cansancio, aunque habría
sido mucho mejor un verdadero desayuno, como los
que preparaba en casa. Mientras daba mantequilla al panecillo, escuchó las voces de alrededor, identificando
los acentos: Yorkshire, Liverpool y Londres. También
había una o dos voces alemanas, pero ninguna francesa
ni italiana. Los italianos tenían demasiado sentido común para hospedarse en los hostales que construían
para los turistas; en cuanto a los franceses, ninguno en
su sano juicio pasaría sus vacaciones en Italia.

Terminó su pan y su café, pero decidió postergar el
cigarro. Después, a un botones que hablaba inglés, le pi-

dió instrucciones para llegar a la agencia de alquiler de automóviles que quedara más cerca.

Los italianos se habían dedicado febrilmente a convertir Rímini en una réplica de Southend. Había restaurantes donde se servía pescado con patatas fritas, tabernas de imitación, bares de hamburguesas y puestos con recuerdos de la ciudad. Las calles ya estaban atestadas de turistas; los mayores lucían camisas Bermudas de cuello abierto; las mujeres, vestidos floreados; los más jóvenes, en su mayoría parejas solteras, fumaban largos cigarrillos libres de impuestos y lucían vaqueros de pata ancha.

Encendió su demorado cigarro en la oficina de alquiler de vehículos, mientras dos funcionarios llenaban largos formularios y verificaban su pasaporte y su licencia internacional de conductor. Por desgracia, el único coche de que disponían en ese momento era un «Fiat» grande, de color verde claro metalizado. Era bastante costoso pero, al alejarse de la agencia, Lipsey aprovechó con gusto su potencia y su comodidad.

Al volver al hotel, subió directamente a su cuarto para estudiarse en el espejo. Su sobrio traje inglés y los fuertes zapatos abotinados le daban demasiado aspecto de policía. Sacó la cámara de 35 mm con estuche de cuero y se la colgó del cuello. Luego, sujetó un par de suplementos ahumados a las lentes de sus anteojos. Por fin, volvió a estudiarse en el espejo. Ahora, parecía un turista alemán.

Antes de ponerse en marcha, consultó los mapas que los de la agencia habían tenido la prudencia de poner en la guantera del coche. Poglio estaba a unos treinta kilómetros más allá, a lo largo de la costa, y unos tres kilómetros tierra adentro.

Salió de la ciudad y tomó una carretera estrecha, de dos carriles, a una cómoda velocidad de setenta y cinco kilómetros por hora; conducía con la ventanilla abierta para disfrutar del aire fresco y el paisaje plano, discreto.

Al aproximarse a Poglio, notó que la carretera se tornaba aún más estrecha, a tal punto que debió salir a la cuneta para dar paso a un tractor. Se paró en una intersección sin carteles indicadores y detuvo a un granjero de gorra desteñida y chaqueta, con los pantalones sujetos con una cuerda, para pedirle indicaciones en un italiano entrecortado. Las palabras del campesino le parecieron incomprensibles, pero memorizó los gestos y se guió por ellos.

Cuando llegó a la aldea, nada indicaba que se tratara de Poglio. Las casas pequeñas y encaladas habían sido construidas al azar; algunas, a veinte metros de la carretera; otras, sobre el mismo borde, como si fueran anteriores a cualquier calle bien definida. En lo que parecía ser el centro de la población, la carretera se dividía rodeando un grupo de edificios que parecían prestarse mutuo apoyo. Ante una de las casas, un cartel de «Coca-Cola» indicaba que se trataba de un bar.

Cruzó la aldea en el coche y, casi instantáneamente, se encontró otra vez en el campo. Tuvo que maniobrar en la ruta angosta para regresar. En el trayecto de vuelta, notó que había otra ruta hacia el Oeste. «Hay tres caminos de regreso al pueblo, por lo que eso pueda valer», se dijo.

Se detuvo otra vez junto a una anciana que llevaba un cesto. Vestía completamente de negro y su rostro arrugado estaba muy blanco, como si se hubiera resguardado del sol durante toda la vida.

–¿Esto es Poglio? –preguntó Lipsey.

Ella se apartó la capucha de la cara para mirarle con desconfianza.

–Sí –fue todo cuanto dijo. Y siguió caminando.

Lipsey detuvo el coche cerca del bar. Eran las diez apenas pasadas y la mañana comenzaba a ser calurosa.

En los escalones del bar se había sentado un viejo con sombrero de paja y el bastón cruzado sobre las rodillas, aprovechando la sombra.

Lipsey, con una sonrisa, le dio los buenos días y subió los escalones para entrar. El bar estaba oscuro y olía a tabaco de pipa. Había dos mesas, unas cuantas sillas y un pequeño mostrador, con una banqueta enfrente. La pequeña habitación estaba desierta.

Lipsey se sentó en la banqueta.

–¿Hay alguien aquí? –llamó.

Le llegaron ruidos de la trastienda; probablemente, la familia vivía allí. Encendió un cigarro y esperó.

Al ratito, un joven de camisa deportiva apareció, atravesando la cortina tendida tras el mostrador. Echó un vistazo a la ropa de Lipsey, su cámara y sus anteojos ahumados; parecía rápido e inteligente.

–Buenos días, señor –sonrió.

–Quisiera una cerveza fría, por favor.

El barman abrió una nevera doméstica y sacó una botella. La condensación fue empañando el vidrio a medida que llenaba el vaso.

Lipsey sacó la billetera para pagar. Al abrirla, la fotografía de Dee Sleign cayó al mostrador y se deslizó hasta el suelo. El barman la recogió.

Sin un destello de identificación en la cara, miró la fotografía y la devolvió a Lipsey.

–Que linda muchacha –comentó.

Lipsey, sonriendo, le entregó un billete. El barman le dio la vuelta y se retiró a la trastienda; mientras el detective sorbía su cerveza.

Al parecer, Miss Sleign, con su novio o sin él, no había llegado aún a Poglio. Era muy probable, porque Lipsey había ido ahorrando tiempo y ellos no. No tenían la más mínima sospecha de que alguien más buscaba el mismo Modigliani.

Una vez más hubiera preferido buscar el cuadro y no

a la muchacha, pero no sabía qué pista la había conducido hasta Poglio. Tal vez alguien le había dicho que el cuadro estaba allí o que un habitante de esa aldea podía indicarle el destino de la obra. O quizá se trataba de algo más complejo.

Terminó la cerveza y decidió echar un vistazo al pueblo. Cuando salió del bar, el anciano seguía sentado en los peldaños, nadie más a la vista.

Allí había muy poco que ver. Sólo existía un negocio aparte del bar: un almacén general. El único edificio público era una diminuta iglesia renacentista, construida, según Lipsey supuso, en alguna súbita prosperidad del siglo XVII. No había comisaría, municipalidad ni centro comunitario. Lipsey se paseó lentamente, a pesar del calor, entreteniéndose con ociosas deducciones sobre la economía de la aldea, basadas en sus edificios y su distribución.

Una hora después, había agotado las posibilidades del juego y aún no sabía qué hacer. Al volver al bar, descubrió que los acontecimientos, una vez más, le habían quitado la decisión de las manos.

Ante el bar, estacionado cerca de los peldaños (donde el anciano seguía sentado a la sombra) había un cupé «Mercedes» azul metalizado, con el techo descubierto.

Lipsey se detuvo a mirarlo, mientras se preguntaba qué hacer. Era casi seguro que pertenecía a Miss Sleign o a su novio, si no a ambos; nadie en la aldea estaba en condiciones de poseer un coche semejante. Por otra parte, él tenía la impresión de que ni ella ni el novio contaban con mucho dinero; al menos, eso indicaba el apartamento de París. Claro que podían estar investigando los barrios bajos.

El único modo de enterarse era entrar en el bar. No podía seguir por allí con aire indiferente: el traje y los zapatos lustrados no le daban aire de aldeano holgazán. Subió los peldaños y abrió la puerta.

La pareja ocupaba una de las dos mesas; ambos parecían estar tomando aperitivos con hielo. Vestían de modo idéntico: pantalones anchos azul desteñido y chalecos rojos. La chica era atractiva, pero Lipsey notó que el hombre era sumamente apuesto; tenía más edad de la que esperaba; estaba próximo a la cuarentena.

Miraron a Lipsey con atención, como si lo hubieran estado esperando. Él los saludó tranquilamente con la cabeza y se acercó al bar.

–¿Otra cerveza, señor? –preguntó el joven barman.

–Sí, por favor.

El muchacho se dirigió a Miss Sleign.

–El señor es el caballero que ya le he mencionado.

Lipsey se volvió, arqueando las cejas con expresión de divertida curiosidad.

–¿Tiene usted una foto mía en la billetera? –preguntó ella.

Lipsey rió con desenvoltura y explicó, en inglés:

–Este hombre debe de pensar que todas las inglesas son parecidas. En realidad, usted se parece un poco a mi hija, pero sólo se trata de un parecido superficial.

–¿Nos puede mostrar la foto? –dijo el novio. Su voz grave tenía acento norteamericano.

–Cómo no. –El detective sacó la billetera y fingió buscar–. Ah, debo de tenerla en el coche –Pagó la cerveza y propuso–: Permítanme invitarlos a una copa.

–Gracias –dijo Miss Sleign–. «Campari» para los dos.

Lipsey esperó a que el barman preparara el aperitivo y lo llevara a la mesa.

–Qué extraño, encontrarse con otro turista inglés en este páramo –comentó luego–. ¿Son ustedes de Londres?

–Vivimos en París –dijo la muchacha. Parecía ser la más charlatana de los dos.

–Extraño, sí –asintió el novio–. Y usted, ¿qué anda haciendo por aquí?

Lipsey sonrió.

—Soy un solitario —dijo, con el aire de quien hace una confesión—. Cuando salgo de vacaciones, me gusta apartarme de los caminos transitados. Me subo al coche y voy adonde el olfato me lleva, hasta que me apetece detenerme.

—¿Y dónde se hospeda?

—En Rímini. ¿Y ustedes? ¿Son vagabundos también?

La muchacha iba a decir algo, pero el novio la interrumpió.

—Se podría decir que estamos buscando un tesoro.

Lipsey dio gracias a sus hados por la ingenuidad de ese hombre.

—Qué interesante —comentó—. ¿De qué se trata?.

—De un cuadro valioso. Al menos, eso esperamos.

—¿Está aquí, en Poglio?

—Más o menos. A siete kilómetros de aquí, por la carretera hay un *château*. Parece que está ahí. Dentro de un rato, iremos a ver.

Lipsey dio a su sonrisa un aire condescendiente.

—Bueno, aunque no lo encuentren, habrán pasado unas vacaciones formidables, bastante fuera de lo común.

—Seguro.

Lipsey terminó su cerveza.

—Personalmente, no tengo nada más que ver en Poglio. Voy a seguir mi viaje.

—¿No puedo invitarle a otra cerveza?

—No, gracias. Voy en coche; me espera un día largo y caluroso. —Se levantó—. Encantado de haberlos conocido. Adiós.

El «Fiat» hervía por dentro; Lipsey lamentó no haber tenido la precaución de dejarlo a la sombra. Bajó el cristal de la ventanilla y arrancó, dejando que la brisa lo refrescara. Se sentía complacido: la pareja le había dado una pista y él les llevaba la delantera. Por primera vez desde que inició el trabajo en el caso tenía las cartas en la mano.

Tomó por la carretera del Sur, en la dirección que el norteamericano le había señalado. La ruta se tornó polvorienta. Tuvo que subir el vidrio y poner a toda marcha el aire acondicionado. Cuando el interior estuvo otra vez fresco, se detuvo a mirar el mapa.

El gráfico a gran escala revelaba que, en efecto, había un *château* hacia el Sur. La distancia parecía acercarse más a quince kilómetros que a siete, pero era concebible que su dirección postal fuera Poglio. Estaba algo apartado del camino principal, si podía dársele ese nombre. Lipsey memorizó las indicaciones del mapa.

El viaje le llevó media hora, por el mal estado de las carreteras y la falta de carteles indicadores. De cualquier modo, cuando llegó, no le cupo ninguna duda de que ése era el lugar. Se trataba de una casa grande, construida al mismo tiempo más o menos que la iglesia de Poglio. Tenía tres plantas, con torres de cuento de hadas en las esquinas de la fachada. La mampostería se estaba desprendiendo en algunas partes y las ventanas se veían muy sucias. El establo separado parecía haber sido convertido en garaje; las puertas, abiertas, mostraban una cortadora de césped a gas-oil y una camioneta «Citroën» de un modelo muy antiguo.

Lipsey se detuvo ante los portones y ascendió caminando por el breve camino de entrada. Había hierbas entre la grava; a medida que se iba acercando a la casa, notó que estaba en peores condiciones de lo que había pensado.

Mientras observaba la mansión, se abrió una puerta y una anciana caminó hacia él. Lipsey se preguntó cómo encararla.

—Buenos días —dijo, en italiano.

Tenía el cabello gris, muy pulcro, y vestía con elegancia; por su estructura ósea se notaba que había sido hermosa en otros tiempos. Lipsey le hizo una ligera reverencia.

–Le ruego que me perdone esta intromisión –dijo.

–No tiene por qué disculparse. –La anciana pasó a hablar en inglés. –¿En qué puedo serle útil?

Lipsey ya la había estudiado lo suficiente como para decidir su enfoque.

–Me gustaría saber si está permitido recorrer el exterior de esta bella casa.

–Por supuesto. –La mujer sonrió–. Es agradable encontrarse con algún interesado. Soy la *contessa* Di Lanza.

Le alargó la mano y el detective se la estrechó, calculando mentalmente sus posibilidades de éxito en un noventa por ciento.

–Dunsford Lipsey, *contessa*.

Ella lo condujo hacia un lado de la casa.

–Fue construida en los primeros decenios del siglo XVII, cuando la familia recibió todas estas tierras como recompensa por servicios prestados en alguna guerra. Ocurrió durante la época en que la arquitectura renacentista llegó a la campiña.

–Ah, debe de haber sido construida al mismo tiempo que la iglesia de Poglio.

Ella asintió.

–¿Le interesa la arquitectura. Mr. Lipsey?

–Me interesa todo lo bello, *contessa*.

Se dio cuenta de que ella disimulaba una sonrisa; sin duda pensaba que ese inglés tan formal poseía cierto encanto excéntrico. Esto era lo que él buscaba.

La anciana le habló de la casa como si repitiera una historia familiar; señaló el sitio en donde los albañiles se habían quedado sin la piedra necesaria y habían tenido que cambiar de material, y las ventanas agregadas en el siglo XVIII, así como la pequeña ala oeste, que databa del siglo XIX.

–Claro que ya no somos los dueños de todo el distrito; la tierra que aún nos queda es bastante pobre. Como usted puede ver, hay demasiadas reparaciones postergadas. –Se volvió hacia él con una sonrisa autodespectiva–. En Italia, las condesas se venden por docenas, Mr. Lipsey.

–Pero no todas tienen una familia tan antigua como la suya.

–No. Los aristócratas más recientes son industriales y comerciantes. Sus familias no han tenido tiempo de ablandarse al vivir de riquezas heredadas.

Habían completado el recorrido por el exterior de la casa y estaban a la sombra de las paredes, al pie de una torre.

–También es posible ablandarse al vivir de las riquezas ganadas con el trabajo, *contessa* –dijo Lipsey–. Temo que yo no me esfuerzo mucho para ganar el pan.

–¿Puedo preguntar a qué se dedica?

–Tengo un negocio de antigüedades en Londres, en Cromwell Road. Usted debería visitarlo en su próximo viaje a Inglaterra. Yo estoy poco tiempo allí.

–¿No querría ver el interior de la casa?

–Bueno, si no le causa demasiada molestia...

–En absoluto.

La condesa lo condujo hasta la puerta principal, y Lipsey sintió en la nuca el cosquilleo que siempre anunciaba el final de un caso. Había llevado las cosas muy bien, dando la leve impresión a la mujer de que él podía estar dispuesto a comprarle algo. Obviamente, ella necesitaba dinero con desesperación.

Mientras recorrían las habitaciones de la casa, sus ojos agudos inspeccionaban velozmente las paredes. Había gran número de pinturas; en su mayoría eran retratos al óleo de condes difuntos y pasisajes a la acuarela. El mobiliario era viejo, pero no antiguo. Algunas de las habitaciones olían a falta de uso: un aroma compuesto de naftalina y podredumbre.

Ella lo condujo por la escalinata, y Lipsey se dio cuenta de que el descansillo de la planta baja era la parte más espectacular de la mansión. En el centro se veía una estatua de mármol levemente erótica, que representaba a un centauro y una muchacha en sensual abrazo. Las alfombras del suelo, bien encerado, no estaban desgastadas. Los muros aparecían cubiertos de cuadros.

–Ésta es nuestra modesta colección de arte –estaba diciendo la propietaria–. Deberíamos haberla vendido hace mucho tiempo, pero mi difunto esposo no quería separarse de ella. Y yo vengo postergando la decisión.

Era lo más parecido a un ofrecimiento de venta que la anciana podía hacer. Lipsey abandonó su actitud de moderado interés y comenzó a examinar los cuadros.

Los miró uno a uno, desde lejos, entornando los ojos, en busca del estilo de Modigliani: los rostros alargados, la nariz característica que él no dejaba de poner en las mujeres, la influencia de la escultura africana, la peculiar asimetría. Luego, se acercó más para estudiar las firmas. Inspeccionó los marcos por si hubieran sido cambiados. Por fin, sacó una linterna muy potente del bolsillo y la enfocó sobre una pintura, buscando señales de que hubiera un cuadro pintado sobre otro.

En algunos casos, bastaba una mirada rápida; otros cuadros requerían un examen más minucioso. La condesa lo observaba con paciencia. Cuando él hubo recorrido las cuatro paredes, se volvió para decirle:

–Tiene algunos cuadros muy buenos, *contessa*.

Ella le mostró rápidamente el resto de la casa, como si ambos supieran que eso era sólo una formalidad. Cuando volvieron al descansillo, la anciana se detuvo.

–¿Puedo ofrecerle café?

–Gracias.

Entraron en el saloncito de la planta baja y la *con-*

tessa se disculpó para ir a la cocina a pedir el café. Lipsey esperó, mordiéndose los labios. No tenía más remedio que aceptarlo: ninguna de esas pinturas valía más de algunos cientos de libras y, por cierto, no existía ningún Modigliani en la casa.

Al volver, la *contessa* dijo:

–Puede fumar, si gusta.

–Gracias. –Lipsey encendió un cigarro y sacó una tarjeta de su bolsillo; tenía sólo su nombre, su dirección comercial y el número de teléfono, sin indicación de su oficio.

–¿Me permite darle mi teléfono? –dijo–. Cuando decida vender su colección de arte, en Londres tengo algunos conocidos que se mostrarán interesados.

Pasó por el bello rostro de la *contessa* un destello de desilusión, al comprender que Lipsey no iba a comprar nada.

–¿Supongo que ésa es toda su colección? –preguntó el detective.

–Sí.

–¿No tendrá ningún cuadro guardado en una buhardilla o en el sótano?

–Temo que no.

Entró una doncella con la bandeja del café. Mientras servía, la *contessa* le hizo preguntas sobre Londres, las modas y los nuevos restaurantes, que Lipsey contestó lo mejor que pudo.

Después de diez minutos exactos de conversación ociosa, él terminó su café y se levantó.

–Usted ha sido sumamente amable, *contessa*. Por favor, no deje de comunicarse conmigo la próxima vez que viaje a Londres.

–Su compañía me ha sido muy grata, Mr. Lipsey.

La mujer lo acompañó hasta la puerta principal. El detective se apresuró a bajar por el sendero hasta su coche. Al maniobrar a la entrada de la mansión, vio por el espejito retrovisor que la *contessa* seguía de pie ante la puerta.

Estaba muy desilusionado. Al parecer, todo aquello había sido inútil. Si alguna vez hubo un Modigliani perdido en el *château*, ya no se hallaba allí.

Claro que cabía otra posibilidad, y tal vez él debería haberle prestado más atención. El norteamericano, el novio de Miss Sleign, bien podía haberlo puesto deliberadamente sobre una pista equivocada.

¿Era posible que sospechara de él? Bueno, la posibilidad existía, y Lipsey era un convencido de que toda posibilidad debía ser agotada. Con un suspiro, tomó una decisión: tendría que seguir a la pareja hasta asegurarse de que ellos hubieran renunciado.

Pero no estaba seguro de cómo seguirles a partir de ese momento. No era cuestión de andar pisándoles los talones, como podría haberlo hecho en una gran ciudad. Tendría que preguntar por ellos.

Volvió a Poglio por una ruta algo diferente, rumbo al tercer camino que salía de la aldea, aquél por donde había entrado desde el Oeste. A un kilómetro y medio de Poglio, distinguió una casa con una propaganda de cerveza en la ventana. Enfrente, se veía una sola mesita de hierro, redonda. Aquello parecía un bar.

Lipsey estaba hambriento y tenía sed. Abandonó la carretera para detenerse en el estacionamiento de tierra prensada frente al bar, y apagó el motor.

2

–¡Mike, grandísimo mentiroso! –exclamó Dee, con los ojos dilatados de fingido horror.

Él curvó los gruesos labios en una sonrisa, pero sus ojos permanecían serios.

–Cuando se trata con un tipo como éste, no puedes andarte con escrúpulos.

–¿Qué tiene? A mí me ha parecido bastante simpático. Algo tonto, eso sí.

Mike tomó un sorbo de su quinto «Campari» y encendió otro cigarrillo. Fumaba largos sin filtro; Dee sospechaba que ésa era la causa de que su voz pareciera de papel de lija. Él despidió el humo y dijo:

–Es demasiada coincidencia que estuviera aquí al mismo tiempo que nosotros. A un lugar como éste nadie viene, ni siquiera un solitario vagabundo. Pero lo de la fotografía lo explica todo. Lo que nos dijo de su hija fue una rápida improvisación. Te estaba buscando a ti.

–Me temía que dijeras eso. –Dee le cogió el cigarrillo para darle una chupada y se lo devolvió.

–¿Estás segura de que no lo conoces?

–Segura.

–Bueno, ahora dime: ¿Quién puede saber lo del Modigliani?

–¿Te parece que se trata de eso? ¿Que alguien más

166

está buscando el cuadro? Me suena a algo melodramático.

–¡Qué melodramático ni qué ocho cuartos! Mira, cariño: en el mundo del arte, este tipo de cosas se propaga como una sífilis en el puerto. ¿A quién se lo has dicho?

–Bueno, a Claire. Al menos, puede que se lo haya mencionado cuando estuvo en el apartamento.

–Ella no cuenta. ¿Escribiste a Londres?

–Oh, caramba, sí. A Sammy.

–¿Quién es?

–La actriz Samantha Winacre.

–He oído hablar de ella mas ignoraba que tú la conocieras.

–No nos vemos con mucha frecuencia, pero siempre nos llevamos bien. Fuimos compañeras de escuela. Aunque es mayor que yo, iba retrasada en sus estudios. Creo que el padre viajaba por todo el mundo o algo así.

–¿Es aficionada al arte?

–Que yo sepa, no. Pero creo que tiene amigos artistas.

–¿Alguien más?

–Sí. –Dee vaciló.

–Vamos, dilo.

–Tío Charlie.

–¿El propietario de una galería de arte?

Dee asintió sin palabras.

–Cielos –suspiró Mike–, eso lo aclara todo.

Dee quedó horrorizada.

–¿Crees que tío Charles es capaz de buscar el cuadro para ganarme por la mano?

–Posee una galería, ¿no? En ese caso, ha de ser capaz de cualquier cosa, hasta de vender a su madre, con tal de hacer un hallazgo de ésos.

–Qué viejo maldito. De cualquier modo, a ese tipo tan fúnebre le espera una larga búsqueda inútil.

–Estará ocupado un buen rato.

Dee sonrió.

–¿Habrá un *château* a siete kilómetros de aquí?

–¡Qué sé yo! Pero encontrará alguno, tarde o temprano, y perderá mucho tiempo tratando de entrar o buscando el Modigliani. –Mike se levantó–. Eso nos da ventaja.

Pagó la cuenta y ambos salieron al deslumbrante sol de la calle.

–Creo que lo mejor será empezar por la iglesia –dijo Dee–. Los vicarios siempre saben vida y milagros de todo el mundo.

–En Italia se los llama sacerdotes –la corrigió Mike, que se había criado en una familia católica.

Caminaron de la mano por la calle principal. El aplastante calor parecía imponerles el enervado estilo de vida de la aldea: avanzaban lentamente, casi sin hablar, acomodándose al clima sin darse cuenta.

Cuando llegaron a la pequeña iglesia, se detuvieron durante unos minutos bajo su sombra, disfrutando del fresco.

–¿Has pensado en lo que vas a hacer con el cuadro, si lo consigues? –preguntó Mike.

–Sí, he pensado muchísimo en eso –respondió ella. Arrugó el puente de la nariz en un gesto muy suyo–. Ante todo, quiero estudiarlo. Sin duda, me dará material para media tesis... y el resto será sólo relleno. Pero...

–¿Pero qué?

–Dime tú pero qué.

–El dinero.

–Sí, qué joder. Ay... –Al darse cuenta de que había dicho una palabrota echó una mirada nerviosa a la iglesia.

–Hay mucho en juego.

–¿Mucho dinero? Ya sé. –Ella se echó el cabello hacia atrás–. No voy a engañarme tratando de pensar que no me interesa. Quizá pudiéramos vendérselo a alguien que me lo dejara ver cuando yo quisiera. Un museo, por ejemplo.

Mike dijo, tranquilamente:

—Ya veo que hablas en plural.

—¡Por supuesto! Porque tú también participas, ¿no?

—Acabas de proponérmelo. —Él le puso las manos en los hombros y la besó rápidamente en los labios—. Ya tienes representante, cariño, y creo que has elegido muy bien.

Ella se echó a reír.

—¿Qué me aconsejas hacer para comercializarlo?

—No estoy seguro. Tengo algunas ideas rondándome la cabeza, pero nada definitivo. Primero, habrá que encontrar el cuadro.

Entraron en la iglesia y echaron un vistazo. Dee se quitó las sandalias para apoyar los pies acalorados contra el frío suelo de piedra. Al otro lado de la nave, un sacerdote de sotana estaba celebrando una ceremonia solitaria. Ellos esperaron en silencio hasta que terminó.

Al cabo de un rato el sacerdote se les acercó con una sonrisa de bienvenida en la ancha cara de campesino.

—Tal vez usted pueda ayudarnos, padre —murmuró Dee.

Al aproximarse, se dieron cuenta de que él no era tan joven como parecía desde lejos, gracias a su corte de pelo juvenil.

—Eso espero —respondió él. Hablaba con voz normal, mas sus palabras resonaron en la vacía quietud de la iglesia—. Por mucho que yo prefiera otra cosa, sospecho que ustedes buscan ayuda secular. ¿Me equivoco?

Dee negó con la cabeza.

—En ese caso, salgamos. —El sacerdote los cogió por el codo y los impulsó suavemente hacia el umbral. Una vez fuera, levantó la vista al cielo—. Gracias a Dios, disfrutamos de un sol maravilloso —comentó—. Aunque usted debería tener cuidado, hija, con ese cutis. ¿Qué puedo hacer por ustedes?

–Estamos tratando de localizar a un hombre –comenzó Dee–. Se llamaba Danielli y era rabino. Venía de Livorno; creemos que se mudó a Poglio alrededor de 1920. Estaba enfermo y no era joven. Es probable que muriera poco después.

El sacerdote frunció el entrecejo y sacudió la cabeza.

–Nunca le oí nombrar. Probablemente eso ocurrió antes de lo que yo puedo recordar. En 1920 aún no había nacido. Y si era judío no creo que esté sepultado por la iglesia, de modo que no tendremos registros.

–¿Nunca oyó que alguien lo mencionara?

–No. Y no existe ninguna familia Danielli en Poglio. Sin embargo, hay otros en la aldea con más memoria que yo. Y nadie puede ocultarse en un sitio tan pequeño. –Los miró por un momento, vacilante, como si tratara de decidir algo–. ¿Quién les dijo que se había mudado aquí?

–Otro rabino, en Livorno. –Dee se dio cuenta de que el sacerdote sentía una desesperada curiosidad por saber la causa de su interés por aquel hombre.

El cura volvió a vacilar. Luego, preguntó:

–¿Ustedes son parientes?

–No. –Dee miró a Mike, quien le hizo un rápido gesto afirmativo–. En realidad, tratamos de hallar un cuadro y pensamos que él lo tenía.

–Ah. –El sacerdote quedó satisfecho–. Bueno, Poglio no parece lugar adecuado para esconder una obra de arte. Pero les deseo buena suerte.

Les estrechó la mano y volvió a su iglesia.

La pareja echó a caminar hacia la aldea.

–Qué hombre tan simpático –observó Dee, con expresión perezosa.

–La iglesia es linda, también. Dee, ¿nos vamos a casar por la iglesia?

Ella se detuvo y se volvió a mirarle.

–¿A casar?

–¿No quieres casarte conmigo?

–Acabas de proponérmelo. Pero creo que has elegido muy bien.

Él se encogió de hombros, riendo con azoramiento.

–Se me escapó no sé cómo.

Dee le dio un beso afectuoso.

–Lo que dijiste tenía cierto encanto juvenil.

–Bueno, ya que te lo he pedido, al parecer...

–Si me caso con alguien será contigo, Mike. Pero no sé si deseo casarme.

–Lo que dices tiene cierto encanto juvenil.

Ella lo cogió de la mano para seguir andando.

–¿Y por qué no me pides algo menos ambicioso?

–¿Por ejemplo?

–Que vivamos juntos durante un par de años, hasta ver cómo resulta.

–¡Ah, sí! ¡Para que te saques el gusto conmigo y me abandones dejándome en la calle!

–Claro.

Esa vez fue él quien la detuvo.

–Siempre lo convertimos todo en broma, Dee. Es nuestra manera de mantener las relaciones en un nivel emocional bajo. Por eso nos da por hablar de nuestro futuro común en un momento descabellado como éste. Pero te amo y quiero que vivas conmigo.

–Lo haces sólo por mi cuadro, ¿no? –Ella sonrió.

–¡Vamos!

Por fin, ella se puso muy seria y dijo, en voz baja:

–Sí, Mike, me gustaría vivir contigo.

Él la envolvió en sus largos brazos y la besó en la boca, esta vez con lentitud. Una aldeana que pasaba caminando desvió la cara para no ver una escena tan escandalosa.

–A ver si nos arrestan por hacer esto –susurró Dee.

Siguieron caminando, aún más despacio, abrazados.

–¿Dónde vamos a vivir? –preguntó ella.

Mike pareció sobresaltado.

–¿Qué tiene de malo mi apartamento?

–Que es una sucia madriguera de soltero. Nada más.

–Idioteces. Es grande y está en el mismo centro de Mayfair.

Ella sonrió.

–Ya me imaginaba que no habías pensado mucho en el asunto. Quiero poner un hogar contigo, Mike, no sólo mudarme a tu casa.

–Hummm –vaciló él.

–En ese apartamento, cualquiera se ahoga en basura. Necesita volver a ser decorado. Y la cocina es una pocilga. Los muebles, desechos...

–¿Y a ti qué te gustaría? ¿Un pisito de tres dormitorios, un palacete en un barrio elegante, una mansión en el campo?

–Un lugar amplio y lleno de luz, con vista a un parque, pero cerca del centro.

–Creo sospechar lo que tienes pensado.

–Regent's Park.

Mike se echó a reír.

–¡Al diablo! ¿Desde cuándo lo tienes decidido?

–¿No sabías que yo andaba detrás de tu dinero? –Ella le sonrió hasta con los ojos y se dejó besar otra vez.

–Hecho –dijo él–. Un apartamento nuevo. Puedes hacer que lo decoren cuando volvamos.

–¡Eh, un momento! Todavía no sabemos si hay apartamentos desocupados en esa zona.

–Ya conseguiremos uno.

Se detuvieron junto al coche y se apoyaron contra la caliente carrocería. Dee volvió la cara hacia el sol.

–¿Cuánto hace que decidiste... esto?

–No creo que lo haya decidido. Simplemente, me

fui haciendo a la idea de pasar la vida contigo. Cuando me di cuenta, ya era demasiado tarde para cambiar las cosas.

–Qué curioso.

–¿Por qué?

–Porque a mí me pasó exactamente lo contrario.

–¿Cuándo lo decidiste?

–Cuando vi tu coche frente al hotel de Livorno. Lo curioso es que me lo hayas propuesto tan poco tiempo después. –Abrió los ojos y bajó la cabeza–. Me alegro.

Se miraron en silencio por un momento.

–Es una locura –dijo Mike–. Se supone que estamos sobre la pista de un verdadero hallazgo artístico y aquí estamos, mirándonos como embobados.

Dee rió como una niña pequeña.

–Bueno, vamos a preguntarle a ese viejo.

El hombre del sombrero de paja y el bastón se trasladaba junto con la sombra. De los escalones del bar había pasado a un umbral, a la vuelta de la esquina. Pero se lo veía tan absolutamente inmóvil que Dee se sorprendió preguntándose si no habría levitado de un lugar a otro, sin tensar un músculo. Cuando se acercaron, se dieron cuenta de que los ojos del hombre desmentían esa falta de vida: eran pequeños y se movían con vivacidad; el iris era de un extraño color verde.

–Buenos días, señor –saludó Dee–. ¿Podría informarme si en Poglio existe una familia llamada Danielli?

El viejo sacudió la cabeza. ¿Significaba eso que no existía esa familia o, simplemente, que él no lo sabía? Mike tocó a Dee en el codo y se alejó rápidamente hasta dar vuelta a la esquina, en dirección al bar.

Dee se acurrucó junto al viejo, en el vano de aquella puerta, y encendió una sonrisa.

–Usted ha de tener mucha memoria –dijo.

El hombre, algo ablandado, asintió con la cabeza.

–¿Vivía usted aquí en 1920?

Él soltó una breve carcajada.

–Antes también. Mucho antes.

En ese momento, Mike volvió apresuradamente. Traía un vaso en la mano.

–Dice el barman que bebe ajenjo –explicó en inglés.

Entregó el vaso al viejo, que lo vació de un solo trago. Dee habló también en inglés.

–Como forma de persuasión, me parece bastante ruda –dijo, con desagrado.

–No seas tonta. El barman dice que este tipo se ha pasado la mañana esperando que alguno de los turistas le pagara un trago. Sólo por eso está sentado aquí.

Dee pasó al italiano.

–¿Recuerda los tiempos de 1920?

–Sí –respondió el anciano con lentitud.

–¿Había por ese entonces una familia Danielli? –inquirió Mike, impaciente.

–No.

–¿No recuerda que algún desconocido se haya mudado a la aldea por aquella época?

–Unos cuantos. Estábamos en guerra, no lo olviden.

Mike miró a Dee, exasperado.

–¿Hay judíos en la aldea? –dijo. Su italiano básico estaba tocando fondo.

–Sí. Los del bar que hay a la salida del pueblo, por la ruta del Oeste. Allí vivía Danielli cuando vivía.

Los dos miraron atónitos al viejo. Mike se volvió hacia Dee y protestó, en inglés:

–¿Por qué diablos no lo ha dicho desde un principio?

–Porque no me lo habéis preguntado, ¡cojonudo! –replicó el viejo, en inglés.

Y carcajeó, alegre, satisfecho con su broma. Se puso trabajosamente de pie y se alejó renqueando calle abajo, siempre riendo. De vez en cuando, se detenía para golpear la acera con el bastón y reía con más ganas.

El rostro de Mike era tan cómico que también Dee estalló en una carcajada. Parecía algo contagioso: Mike terminó riéndose de sí mismo.

–¡Qué viejo maldito!

–Será mejor que busquemos el bar de la salida oeste –sugirió Dee.

–Hace calor. Tomemos una copa antes de ir.

Volvieron a la frescura del bar. El joven esperaba tras el mostrador y, al verlos, abrió la cara en una amplia sonrisa.

–¡Usted lo sabía! –lo acusó Dee.

–Confieso que sí. En realidad, no estuvo esperando que le pagaran una copa, sino para gastarles esa broma. Aquí sólo caen turistas una vez al año, si acaso, y ése es el mejor momento de los doce meses para él. Esta noche lo tendremos aquí, contando la historia a quien quiera escuchar.

–Dos «Camparis», por favor –pidió Mike.

3

El sacerdote se inclinó hacia los adoquines del sendero del cementerio para coger una envoltura de caramelo. La arrugó en la mano y se irguió poco a poco, para apaciguar el fastidioso reumatismo de su rodilla. Ese dolor le venía por dormir solo en una casa vieja, durante muchos de los húmedos inviernos italianos. Lo sabía; pero los sacerdotes tenían que ser pobres. ¿Cómo podía ser sacerdote uno si en la aldea quedaba, aunque sólo fuese un hombre más pobre que uno? Esa idea era una liturgia de su propia invención; cuando hubo terminado de repasarla mentalmente, el dolor ya había cesado.

Abandonó el sendero para caminar por la carretera hasta su casa. En medio de la calle, el reumatismo volvió a atacarle: una punzada maligna, furiosa, que le hizo tropezar. Llegó hasta la casa y se reclinó contra la pared, apoyando el peso del cuerpo sobre la pierna sana.

Al mirar por la calle hacia la aldea vio a la pareja con quien había hablado antes. Caminaban muy lentamente, abrazados, mirándose y sonriendo. Parecían muy enamorados, mucho más que media hora antes. Por los conocimientos adquiridos en tantos años de escuchar confesiones, el sacerdote pudo darse cuenta de que, en los últimos minutos, se había producido un cambio en la relación que los unía. Tal vez eso tenía algo que ver con la visita a la casa de Dios; quizá les había dado ayuda espiritual, después de todo.

Había sido un pecado, casi con certeza, mentirles con respecto a Danielli. Pero la mentira había surgido automáticamente, por la fuerza de la costumbre adquirida durante la guerra. Por aquel entonces, ante la imperativa necesidad de ocultar el origen judío de la familia Danielli, toda la aldea había mentido con su bendición. Decir la verdad hubiera sido pecado.

Y esa mañana, al aparecer una pareja de desconocidos, surgidos de la nada, preguntando por Danielli, el sacerdote se había sentido tocado en un nervio vivo y protegido otra vez a los judíos. Sin duda, la pregunta era inocente. Hacía treinta y cinco años que ya no existían los fascistas y no valía la pena pecar por eso. Sin embargo, no había tenido tiempo de pensar; ésa era, en verdad, la razón de casi todos los pecados y una pobre excusa.

Jugó con la idea de ir tras ellos, disculparse, darles explicaciones y decirles la verdad, para expiar un poco su culpa. Pero no tenía sentido; alguna otra persona de la aldea los enviaría al bar de las afueras de Poglio, donde los judíos se ganaban la vida a duras penas.

El dolor había desaparecido. Entró en la casita, pisando las lajas sueltas al pie de la escalera con el afecto que reservaba para los fastidiosos familiares, como el reumatismo y los inevitables pecados que le contaban, semana tras semana, las irredimibles ovejas negras de su pequeño rebaño. Él les hacía un melancólico gesto paternal de entendimiento y les daba la absolución.

En la cocina, sacó una hogaza de pan y la cortó con un cuchillo romo. Después, buscó el queso y raspó el moho. Ése era su almuerzo. El queso sabía bien, mejor aún merced al moho.

Después de comer, limpió el plato con un estropajo

y volvió a guardarlo en el armario de madera. Los golpecitos a la puerta lo cogieron por sorpresa.

En general, la gente no llamaba a su puerta: simplemente la abría y lo llamaba. Esos golpecitos indicaban una visita formal. Pero en Poglio, cualquier visita formal se conocía por anticipado. Fue a la puerta con una agradable sensación de curiosidad.

Al abrir se encontró con un hombre bajo, que andaba por los veinticinco años; el cabello, rubio y lacio, le cubría las orejas en parte. Vestía de modo peculiar, en opinión del sacerdote: traje de calle y corbata de moño.

–Buenos días, padre –dijo, en mal italiano.

«Un desconocido», pensó el sacerdote. Eso explicaba el porqué de los golpecitos. Era muy extraño tener a tantos extranjeros en la aldea.

–¿Puedo hablar un momento con usted? –agregó el desconocido.

–Por supuesto. –Hizo pasar al extranjero a su desprovista cocina y le ofreció un duro asiento de madera.

–¿Habla usted inglés?

El sacerdote sacudió la cabeza, con aire triste.

–Ah, bueno. Soy propietario de una galería de arte; vengo de Londres –continuó el hombre, con palabras entrecortadas–. Busco cuadros antiguos.

El sacerdote asintió, extrañado. Por lo visto, ese hombre y la pareja de la iglesia tenían la misma misión. El hecho de que tres personas hubieran ido a Poglio el mismo día, en busca de cuadros, era demasiada coincidencia.

–Bueno, yo no tengo ninguno –dijo, señalando con la mano las paredes desnudas de la habitación, como para indicar que, si tuviera dinero, compraría primero los elementos esenciales.

–¿En la iglesia, quizá?

–No. En la iglesia no hay cuadros.

El hombre pensó por un momento, buscando las palabras adecuadas.

–¿Hay museo en la aldea? ¿Tal vez alguien que tenga unos cuantos cuadros en su casa?

El sacerdote se echó a reír.

–Ésta es una aldea pobre, hijo mío. Nadie compra pinturas. En los buenos tiempos, cuando tienen algún dinero sobrante, comen carne o beben vino. Aquí no hay coleccionistas.

El desconocido parecía desilusionado. El sacerdote se preguntó si debía hablarle de sus rivales. Pero eso lo habría obligado a mencionar a Danielli; no quería dar a ese hombre una información que había negado a la pareja.

Eso le pareció injusto. Y tampoco estaba dispuesto a volver a mentir. Decidió revelar a ese hombre lo de Danielli sólo si se lo preguntaba; de otro modo, no le daría la información.

La siguiente pregunta le cogió de sorpresa:

–¿Existe aquí alguna familia llamada Modigliani?

El cura arqueó las cejas. El extranjero se apresuró a inquirir:

–¿Por qué le sorprende tanto esa pregunta?

–¿Cree usted de verdad que hay un Modigliani aquí, en Poglio, jovencito? Yo no me dedico a esas cosas, pero hasta yo sé que Modigliani fue el más grande de los pintores italianos de este siglo. Me parece muy difícil que una de sus obras haya quedado inadvertida en ninguna parte del mundo, mucho menos en Poglio.

–Y no hay ninguna familia Modigliani –insistió el hombre.

–No.

El visitante suspiró. Se demoró en su asiento durante un momento más, mirándose la puntera de los zapatos, con la frente arrugada. Por fin, se levantó.

–Gracias por su ayuda –dijo.

El sacerdote lo acompañó hasta la puerta.

–Siento mucho no haber podido darle las respuestas que usted deseaba –manifestó–. Que Dios lo bendiga.

Cuando la puerta se hubo cerrado tras él, Julian se detuvo un momento ante la casa del cura, parpadeando bajo el sol y aspirando el aire fresco. Dios, qué olor había en esa cocina. Por lo visto, ese pobre viejo nunca había aprendido a arreglarse solo. Los hombres italianos estaban habituados a que sus madres o sus esposas los atendieran como a reyes, según creía recordar.

Era asombroso que en Italia hubiera sacerdotes suficientes, entre ese detalle y el del celibato... Sonrió al pensar en el reciente y abrupto final de su propia abstinencia. Aún le acompañaba el júbilo surgido del descubrimiento de su propia potencia sexual. Estaba demostrado que Sarah era la culpable de todo. La muy zorra había tratado de fingir que no le gustaba, pero por poco tiempo. Entre eso, la venta del coche y el Modigliani..., tal vez estaba recuperando la suerte, después de todo.

Pero aún no tenía el cuadro. Ese último golpe de genio era esencial para coronar su renacimiento personal. La postal de la muchacha que firmaba *D*. era una base endeble sobre la cual edificar sus esperanzas, pero los grandes hallazgos se efectuaban siguiendo pistas dudosas.

La perspectiva de encontrar el Modigliani había retrocedido un largo trecho durante la entrevista con el sacerdote. Si existía ese cuadro en Poglio, sería difícil hallarlo. Cabía un consuelo: al menos, él parecía el primero en llegar; si se hubiera comprado una pintura en una aldea tan pequeña como ésa, todos los pobladores lo sabrían en cuestión de horas.

Se detuvo junto a su pequeño «Fiat» alquilado, preguntándose cuál era el paso siguiente a seguir. Había entrado en la aldea desde el Sur y la iglesia era uno de los primeros edificios a su paso. Podía buscar una institución pública: el Ayuntamiento, quizás, o la comisaría. El sacerdote había dicho que no existía ningún museo.

Decidió efectuar un rápido recorrido y subió al cochecito. Su motor ronroneó con ruido a lata en tanto él conducía lentamente hacia el centro de la aldea. En menos de cinco minutos lo había visto todo, sin hallar ningún edificio prometedor. El cupé «Mercedes» azul, estacionado junto al bar debía pertenecer a un hombre rico; lo más probable era que el dueño del vehículo no viviera allí.

Volvió a su primer estacionamiento y bajó del coche. Tendría que llamar a todas las puertas. Si visitaba todas las casas de la aldea, acabaría, sin duda, antes del anochecer.

Contempló las pequeñas casas encaladas; algunas, retiradas detrás de sus huertas; otras, sobre la calle, adosadas una contra otra. Se preguntó por dónde comenzar. Puesto que todas parecían igualmente improbables como paradero de un Modigliani, eligió la más próxima y caminó hasta la puerta.

Como no había llamador, golpeó con los nudillos contra la madera pintada de un color pardusco y esperó.

Una mujer acudió a abrir con un bebé en los brazos; el chiquillo tenía el puñito cerrado cogiendo un mechón de cabello de la madre, castaño y sucio. Los ojos de ella estaban muy juntos, casi pegados a la larga y estrecha nariz, lo cual le daba un aspecto ladino.

Julian dijo:

–Soy un inglés propietario de una galería de arte, y busco cuadros viejos. ¿Tiene alguno que pueda mostrarme, por favor?

Ella lo miró en silencio durante un largo momento, con expresión cautelosa de incredulidad. Después, sacudió la cabeza sin decir nada, y cerró la puerta.

Julian giró en redondo, descorazonado. Tenía muchísimas ganas de abandonar esa estrategia de puerta por puerta, que le hacía sentirse un vendedor cualquiera.

La casa siguiente lo enfrentó con aire severo. Tenía dos ventanas pequeñas a los lados de la puerta estrecha; se parecía a su vecina del bebé.

Julian obligó a sus piernas a transportarle. Esa puerta tenía un llamador ornamentado, en forma de cabeza de león. La pintura era nueva y las ventanas estaban limpias. Le abrió un hombre en mangas de camisa y chaleco abierto; fumaba en una pipa que tenía la boquilla muy mordida. Contaría unos cincuenta años. Julian repitió su pregunta.

El hombre frunció el entrecejo; pero su expresión se fue aclarando a medida que descifraba el mal italiano de Julian.

–Pase –sonrió.

Por dentro, la casa se veía pulcra y con un bonito mobiliario; los suelos y la pintura relucían de limpieza. El dueño invitó a Julian a sentarse.

–¿Quiere ver algunos cuadros? –Hablaba en voz bien alta y con lentitud, como si se dirigiera a una persona sorda y senil.

Julian, suponiendo que eso se debía a su propio acento, asintió con la cabeza sin decir palabra.

El hombre levantó un dedo, con un ademán que indicaba: «Espere», y salió de la habitación. Volvió un momento después, con una pila de fotografías enmarcadas, amarillentas de vejez y oscurecidas por el polvo. Julian sacudió la cabeza.

–Pinturas, quiero decir –explicó, fingiendo pasar un pincel dedo sobre una tela.

Por el rostro del hombre pasó una ráfaga de desconcierto, mezclado con cierta exasperación, y se acarició el bigote. Luego, descolgó una pequeña lámina de Cristo y se la ofreció. El visitante fingió examinarla. Por fin, sacudió la cabeza y se la devolvió, preguntando:

–¿Hay más?

–No.

Julian se levantó, tratando de poner gratitud en su sonrisa.

–Lo siento –dijo–. Ha sido usted muy amable.

El hombre se encogió de hombros y le abrió la puerta.

Julian tenía cada vez menos ganas de seguir adelante. Desconsolado, indeciso, se sentó en la calle, con el sol caliente sobre el cuello. Un pensamiento ilógico acudió a su mente: debía cuidarse de las quemaduras.

Estudió la posibilidad de tomar una copa. El bar estaba poco más allá, donde se veía el «Mercedes» azul, pero tomando una copa no avanzaría en su investigación.

Una muchacha salió del bar y abrió la portezuela del coche. Julian la observó, preguntándose si sería como Sarah. Cualquier muchacha que pudiera pagar un vehículo como ése tenía que ser una puta. Ella subió, echándose el cabello a la espalda. «La hija malcriada de algún ricachón», pensó Julian.

Del bar salió un hombre que subió por la otra portezuela. La chica le dijo algo. Su voz resonó por la calle desierta.

De pronto, la mente de Julian se puso en marcha.

Había supuesto que ella cogería el volante, pero al mirar con más atención, vio que éste se encontraba a la derecha. Sus palabras habían sonado a inglés.

El coche llevaba matrícula británica.

El «Mercedes» cobró vida con un carraspeo poderoso. Julian giró en redondo y caminó con pasos enérgicos hacia su «Fiat». El otro vehículo pasó por su lado mientras él hacía girar la llave de contacto. Maniobró para dar la vuelta.

Una rica muchacha inglesa en Poglio, con un automóvil británico: tenía que ser la que le había enviado la postal.

Julian no podía correr el riesgo de que no fuera así.

Salió a toda velocidad tras el «Mercedes» dejando que el diminuto motor del «Fiat» aullara en primera. El coche azul viró a la derecha, siguiendo la carretera del Oeste para salir de la aldea. Julian giró en la misma dirección.

El conductor del «Mercedes» iba a buena velocidad, conduciendo con destreza ese potente automóvil. Julian perdió de vista pronto las luces de freno en los recodos del camino. Estrujó a su coche hasta arrancarle la última posibilidad de velocidad.

Pasó como una bala junto al «Mercedes» y estuvo a punto de no darse cuenta. Frenó y regresó marcha atrás.

El otro coche había salido de la ruta y estaba detenido junto a un edificio que, en un primer momento, le pareció una granja; depués, vio la publicidad de cerveza en la entrada.

La joven pareja había bajado y estaba entrando en el bar. Julian detuvo el «Fiat» junto al «Mercedes».

Al otro lado del cupé había un tercer coche: otro «Fiat», sólo que más grande y prestigioso, pintado de un horroroso verde metalizado. Julian se preguntó a quién pertenecería.

Bajó del vehículo y siguió a los otros al interior del bar.

4

Peter Usher dejó su navaja de afeitar, hundió la esponja en agua caliente y se lavó los restos de la crema de afeitar. Después, se estudió en el espejo.

Recogió un peine y se echó el largo cabello hacia atrás, apartándolo del rostro, bien aplanado sobre las orejas y en la coronilla. Luego, lo peinó cuidadosamente contra la nuca y escondió las puntas bajo el cuello de la camisa.

Sin barba ni bigote, su rostro tenía un aspecto diferente. La nariz ganchuda y el mentón en punta le daban aspecto de tahúr, sobre todo con el cabello echado hacia atrás.

Dejó el peine y cogió su chaqueta. Bastaría con eso. De cualquier modo, se trataba de una simple precaución.

Fue a la cocina de la casita, donde estaban las diez telas, envueltas en periódicos y atadas con cordeles, apiladas contra la pared. Dio un rodeo al pasar junto a ellas y salió por la puerta trasera.

En el camino de entrada, al fondo del jardín, se hallaba la furgoneta de Mitch. Peter abrió las puertas traseras y las sujetó con un par de tablas. Luego, comenzó a cargar las pinturas.

La mañana todavía era fresca, aunque brillaba el sol

y el día prometía ser caluroso. Algunas de las precauciones que estaban tomando eran algo extremadas, según pensó mientras llevaba un pesado marco por el resquebrajado sendero del jardín. De cualquier forma, se trataba de un buen plan: habían previsto decenas de posibles inconvenientes y todo estaba controlado. Cada uno de ellos había cambiado un poco su aspecto. Claro que, si alguna vez se veían en una hilera de identificación, los disfraces no bastarían, pero si llegaban a esa situación, el asunto ya no tendría remedio.

Cargado el último cuadro, cerró las puertas de la furgoneta, echó la llave a la casa, y se instaló tras el volante. Avanzó pacientemente por entre el tráfico, resignado al tedioso viaje hasta West End.

Llegó hasta un gran recinto universitario de Bloomsbury, que él y Mitch habían elegido un par de días antes. La Universidad ocupaba una manzana de doscientos metros de ancho y ochocientos de longitud; los edificios eran, en su mayoría, mansiones victorianas reformadas. Había muchas entradas.

Peter estacionó sobre una de las pequeñas entradas que conducían a uno de los portones. Cualquier guardia curioso supondría que iba a entregar mercadería al edificio universitario situado tras el portón, pero como estaba en una ruta pública, ningún funcionario de la Universidad le preguntaría qué hacía allí. Cualquier otra persona vería, simplemente, a un joven, quizás un estudiante, que descargaba desechos de una vieja furgoneta.

Abrió las puertas traseras y sacó las pinturas, una a una, para apoyarlas contra las barandillas. Cuando el trabajo estuvo cumplido, cerró el vehículo.

Junto a los portones había un teléfono público; era uno de los motivos por los que habían elegido ese lugar. Peter entró en la cabina y marcó el número de una compañía de taxis. Dio su situación exacta y recibió la promesa de que el taxi estaría allí en cinco minutos.

Tardó menos. El taxista ayudó a Peter a cargar las telas en el coche. Ocupaban casi todo el asiento posterior. Luego, Peter indicó al conductor:

–Lleve eso al «Hilton Hotel», para entregar a Mr. Eric Clapton.

El nombre falso era una broma que había despertado el humor de Mitch. Peter entregó al taxista cincuenta peniques por ayudarle con las pinturas y le hizo un gesto de despedida.

En cuanto el taxi estuvo fuera de la vista, subió a la furgoneta y regresó a su casa. Ya no había manera de que las pinturas falsas pudieran ser vinculadas con la casita de Clapham.

Anne recorrió la *suite* del Hilton con la vista, como si estuviera en la cima del mundo. Se había hecho peinar por Sassoon; su vestido, el abrigo y los zapatos provenían de una *boutique* de la calle Sloane, que cobraba precios descabellados. En el aire, se olfateaba un leve aroma de su perfume francés.

Levantó los brazos y giró como un niño que exhibiera su traje de fiesta.

–Si voy a la cárcel por el resto de mi vida –dijo–, sólo por esto habrá valido la pena.

–Pues aprovéchalo cuanto puedas –respondió Mitch–. Mañana habrá que quemar esa ropa.

Se sentó en una silla de terciopelo, frente a ella. Sus manos inquietas y tensas revelaban el nerviosismo que sentía, a pesar de su sonrisa desenvuelta. Vestía vaqueros, un suéter y una gorra de punto, como si fuera un marica que se fingiera obrero, según su propia explicación. Había recogido el cabello bajo la gorra para ocultar su longitud y llevaba gafas simples con montura de plástico.

Se oyó un golpecito vacilante a la puerta. El camarero entró llevando café con tortas de crema.

–Su café, señora –dijo, y dejó la bandeja en una mesa ratona–. Fuera hay un taxi con varios paquetes para usted, Mr. Clapton –agregó, mirando a Mitch.

–Oh, Eric, han de ser las pinturas, ¿por qué no bajas a ver?

Anne imitaba a la perfección el acento afrancesado de la clase alta inglesa. Mitch tuvo que disimular su asombro al oírla.

Bajó en el ascensor y salió a la calle, donde el taxi esperaba.

–Mantenga el taxímetro en funcionamiento, jefe, que la señora bien puede pagar el gasto –aconsejó.

Se volvió hacia el portero y le puso dos billetes de una libra en la mano.

–Trate de conseguirme un carrito para equipaje o algo así, y envíe a alguien para que me ayude –pidió.

El hombre entró en el hotel y salió un par de minutos después, con un botones uniformado que empujaba un carrito. Mitch se preguntó si alguna parte de la propina habría llegado a los bolsillos del muchacho.

Entre los dos, pusieron cinco de los cuadros en el carrito y el botones desapareció con la carga. Mitch descargó el resto y despidió el taxi. Cuando el carrito vacío volvió, llevó el resto de los cuadros a la *suite*. Entregó otra libra al botones, pensando que bien podía expandir su magnanimidad.

Después de cerrar la puerta, se sentó a tomar el café. La primera etapa del plan había sido ejecutada con éxito, y, al darse cuenta, la tensión volvió, filtrándose por sus músculos, poniéndole los nervios tirantes. Ya no había modo de echarse atrás. Encendió un cigarrillo corto del paquete que llevaba en el bolsillo de la camisa, pensando que eso lo ayudaría a relajarse; nunca ocurría así, mas se obstinaba en pensar que tendría ese efecto. Probó el café y lo encontró demasiado caliente. No tuvo paciencia para esperar a que se enfriara.

–¿Qué es eso? –preguntó Anne.

Ella levantó la vista del bloc en el que estaba escribiendo.

–Nuestra lista. Nombre del cuadro, artista, galería para la cual es, número telefónico, nombre de quien está a cargo y asistente.

Escribió algo más; después hojeó la guía telefónica.

–Qué eficiencia. –Mitch tragó su café y se quemó la garganta. Con el cigarrillo entre los labios, comenzó a desenvolver los cuadros.

Amontonó los periódicos y el cordel en un rincón. Tenían dos carpetas de cuero, una grande y una pequeña, para llevar las obras a las galerías. No había querido comprar diez por miedo a llamar la atención.

Cuando hubo terminado, él y Anne se sentaron ante la mesa grande, en el centro de la habitación. Había dos teléfonos, tal como habían pedido. Anne puso la lista junto a Mitch y ambos comenzaron a telefonear.

Anne marcó un número y esperó. Una voz de muchacha dijo, en un solo respiro:

–«Claypole y Cía.», buenos días.

–Buenos días –respondió Anne–. Con Mr. Claypole, por favor.

Su acento afrancesado había desaparecido.

–Un momento. –Se oyó un zumbido y un ruido seco. Después, una segunda muchacha.

–Despacho de Mr. Claypole.

–Buenos días; póngame con Mr. Claypole, por favor –repitió Anne.

–Me temo que está en una reunión. ¿Quién lo llama?

–Tengo en la línea a *Monsieur* Renalle, de «Agence Arts Nancy». ¿Mr. de Lincourt no está libre?

–Voy a averiguarlo. Espere un momento, por favor.

Hubo una pausa. Por fin, se oyó una voz masculina.

–De Lincourt al habla.

–Buenos días, Mr. de Lincourt. Tengo aquí a *Mon-*

sieur Renalle de «Agence Arts Nancy», que quiere hablar con usted. –Anne hizo una señal a Mitch y cortó en cuanto él levantó el auricular.

–¿Mr. de Lincourt? –preguntó Mitch.

–Buenos días, *Monsieur* Renalle.

–Buenos días. Lamento no haberle podido escribir de antemano, Mr. de Lincourt, pero mi empresa ha sido encargada de vender una colección por cuenta de sus herederos y hay una cierta urgencia. –Mitch fingía un leve acento francés.

–¿Y en qué podemos ayudarlo? –preguntó el dueño de la galería, cortés.

–Tengo un cuadro que podría interesarles. Es un Van Gogh bastante primitivo, titulado *El sepulturero*, de setenta y cinco centímetros por noventa y seis. Muy buen cuadro.

–Estupendo. ¿Cuándo podemos echarle un vistazo?

–En este momento estoy en Londres, en el «Hilton». Quizá mi asistente pueda hacerle una visita esta tarde o mañana por la mañana.

–¿Esta tarde, a las dos y media, podría ser?

–*Bien*..., muy bien. Ya tengo su dirección.

–¿Ha pensado en un precio, *Monsieur* Renalle?

–Hemos valorado el cuadro en unas noventa mil libras, aproximadamente.

–Bueno, podemos discutirlo después.

–Por cierto. Mi asistente está autorizada a cerrar trato.

–La espero a las dos y media, entonces.

–Adiós, Mr. de Lincourt.

Mitch colgó y lanzó un fuerte suspiro.

–Por Dios, estás sudando –comentó Anne.

Él se secó la frente con la manga.

–No creí que pudiera llegar al final. Ese maldito acento..., cómo me arrepiento de no haber practicado más.

–¡Si lo has hecho de maravilla! ¿Qué estará pensando ahora ese odioso Mr. de Lincourt?

Mitch encendió un cigarrillo.

–Te lo puedo decir: está encantado por haber dado con un agente francés provinciano que no sabe cuánto vale un Van Gogh.

–Eso de que te han encargado vender la colección de un difunto estuvo estupendo. Así suena más verosímil que el propietario de una galería poco importante se halle al cargo de la venta.

–Y él estará apurado por cerrar el trato, por si algún competidor se entera y le gana de mano. –Mitch sonrió con aire lúgubre–. Bueno, pasemos al siguiente.

Anne cogió el teléfono y comenzó a marcar.

El taxi se detuvo junto a los escaparates de «Crowforth», en Piccadilly. Anne pagó mientras Mitch llevaba la tela, con su pesada carpeta de cuero, al interior del espléndido local.

Una ancha escalera abierta, de pino de Escandinavia, ascendía desde la sala de exposiciones hasta las oficinas en la planta superior. Anne subió delante y llamó a una puerta.

Ramsay Crowforth resultó ser un universitario fibroso, de cabello blanco, que andaba ya por los sesenta. Miró a sus visitantes por encima de sus gafas, mientras les estrechaba la mano, y ofreció asiento a Anne. Mitch permaneció de pie, con la carpeta en los brazos.

El cuarto estaba enmaderado con el mismo pino de la escalera; la alfombra era una mezcla de anaranjado y marrón. Ramsay Crowforth, de pie tras su escritorio, con el peso sobre una sola pierna, echó la chaqueta hacia atrás, dejando a la vista sus tirantes. Sería toda una autoridad sobre expresionismo alemán, pero tenía un gusto espantoso, decidió Anne.

–Conque usted es *Mademoiselle* Renalle –dijo él, con

191

agudo acento escocés–. Y el *Monsieur* Renalle con quien he hablado esta mañana era...

–Mi padre –completó Anne, sin mirar a Mitch.

–Bien. Veamos lo que me trae.

Anne hizo un gesto a su compañero, que sacó el cuadro de su carpeta y lo puso en una silla. Crowforth se cruzó de brazos para contemplarlo.

–Un trabajo de la primera etapa –dijo con suavidad, hablando tanto para sí mismo como para los otros–. Antes de que la psicosis terminara de apoderarse de Munch. Bastante típico... –Apartó la vista del cuadro–. ¿Gusta una copa de jerez?

Anne asintió.

–¿Y su..., ejem..., ayudante?

Mitch rehusó con un movimiento de cabeza.

Mientras escanciaba la bebida, el empresario continuó:

–Tengo entendido que ustedes han sido comisionados por los herederos de un coleccionista, ¿verdad?

–Sí. –Anne se dio cuenta de que el hombre estaba buscando temas baladíes, dándose tiempo para superar el impacto de la pintura antes de tomar una decisión–. Se llamaba Roger Dubois; era comerciante; su empresa fabricaba maquinaria industrial. Su colección, pequeña, estaba muy bien elegida.

–Ya lo veo. –Crowforth le entregó una copa y volvió a reclinarse contra el escritorio para estudiar de nuevo el cuadro–. Éste no es exactamente mi período, como usted sabrá. Me especializo en los expresionistas en general, antes que en Munch en particular, y sus primeras obras no son expresionistas, obviamente. –Señaló la tela con el vaso–. Ésta me gusta, pero me agradaría contar con otra opinión.

Anne sintió un espasmo de tensión entre los hombros y trató de dominar el rubor que comenzaba a iniciársele en el cuello.

192

–Me encantaría dejársela hasta mañana, si así lo desea –dijo–. Sin embargo, tenemos un certificado de autenticidad.

Abrió su portafolio y sacó una carpeta que contenía el documento falsificado en el estudio, con membrete y sello de Meunier. Lo entregó a Crowforth.

–¡Oh! –exclamó él, estudiando el certificado–, esto da otro cariz al asunto, por supuesto. Puedo hacerle un ofrecimiento inmediato. –Estudió el cuadro una vez más, y durante un buen rato–. ¿Cuál fue la cifra que mencionó usted esta mañana?

Anne dominó su regocijo.

–Treinta mil.

Crowforth sonrió. La muchacha se preguntó si también estaría él dominando su regocijo.

–Creo que podemos pagarla.

Para asombro de Anne, sacó un talonario del escritorio y comenzó a escribir. ¡Así, sin más!

–Por favor, extiéndalo a nombre de «Hollows y Cox», nuestros representantes en Londres –indicó la joven. Como Crowforth pareciera algo sorprendido, agregó–: Es una firma contable que se encarga de transferir los fondos a Francia.

Eso lo conformó. El hombre arrancó el cheque y se lo entregó.

–¿Se quedará mucho tiempo en Londres? –preguntó, cortésmente.

–Unos pocos días. –Anne ardía por retirarse cuanto antes, pero no quería despertar sospechas. Tenía que seguir con la conversación para salvar las apariencias.

–Entonces, espero verla la próxima vez que venga. –Crowforth le tendió la mano.

Bajaron las escaleras; Mitch llevaba la carpeta vacía.

–¡No me ha reconocido! –susurró Anne, excitada.

–¿De qué te sorprendes? Sólo te ha visto de lejos,

cuando eras la descolorida mujercita de un garboso pintor. Ahora, eres una vivaz rubia francesa.

Tomaron un taxi a la puerta para volver al «Hilton»... Anne, en el asiento trasero, estudiaba el cheque de Crowforth.

–Oh, Dios mío, lo conseguimos –murmuró en voz baja. Y se echó a llorar.

–Salgamos de aquí cuanto antes –dijo Mitch, enérgico.

Era la una en punto, un día después de aquel en que se instalaran en el «Hilton». La última obra maestra falsificada acababa de ser entregada a una galería de Chelsea. Había ya diez cheques en la cartera de Anne, de auténtica piel de cocodrilo.

Llenaron sus maletines y recogieron todos los bolígrafos, las plumas estilográficas, los papeles y los efectos personales que habían dejado allí. Mitch cogió una toalla del baño para limpiar los teléfonos y las superficies de los muebles.

–El resto no importa –dijo–. Si queda alguna huella perdida en una pared o en una ventana, de nada le servirá a la Policía. –Arrojó la toalla al lavabo.

–Además, para cuando se enteren, habrá tantas otras huellas que les llevaría toda la vida clasificarlas.

Cinco minutos después, se habían retirado. Mitch pagó la cuenta con un cheque contra el Banco donde había abierto la cuenta a nombre de «Hollows y Cox».

Tomaron un taxi para ir a «Harrods». Una vez dentro se separaron. Anne buscó el tocador de señoras y entró en un cubículo. Dejó su portafolios sobre el inodoro, lo abrió y sacó de él un impermeable y un sombrero de lluvia. Después de ponérselos, cerró el portafolios y salió de allí.

Se miró en el espejo. El impermeable cubría sus costosas ropas; y el sombrero, tan poco elegante, escondía sus cabellos teñidos de rubio. La invadió una oleada de alivio al comprender que ya no había peligro si alguien la reconocía.

Esa posibilidad la había mantenido sobre ascuas durante toda la operación. No conocía a ninguna de las personas que se movían a esos niveles del mundo artístico; Peter sí trataba con ellos, pero ella se había mantenido siempre fuera de sus relaciones con esa gente. Si de vez en cuando iba a alguna fiesta en una u otra galería, nadie se molestaba en dirigirle la palabra. Sin embargo, su rostro (el normal) hubiera podido resultar vagamente conocido.

Con un suspiro, comenzó a quitarse el maquillaje. Durante día y medio, había sido una encantadora mujer del gran mundo, que llamaba la atención por la calle. Los hombres maduros perdían un poco de dignidad en su presencia; la halagaban y le abrían las puertas. Las mujeres le miraban la ropa con envidia.

Ahora volvía a ser, como Mitch había dicho, «la descolorida mujercita de un garboso pintor».

Se dijo que jamás volvería a ser la misma. Hasta entonces, nunca se había interesado mucho por la ropa, el maquillaje y el perfume; convencida de no ser bonita, se había conformado con dedicarse a la labor de ser esposa y madre. Pero, ahora, sabía lo que era vivir a lo grande. Había sido una delincuente hermosa, triunfadora..., y algo oculto en el fondo de su personalidad respondía al papel. Los fantasmas, escapados de la prisión de su alma merced al trabajo realizado, se negaban a volver a entrar en ella.

Se preguntó cómo reaccionaría Peter ante eso.

Dejó caer el papel manchado de lápiz de labio en una papelera y abandonó el tocador. Salió de la gran tienda por una puerta lateral. Junto al bordillo esperaba la furgoneta, con Peter al volante. Mitch ya estaba en la parte trasera.

Anne subió al asiento vecino y besó a su marido.

–Hola, querida –le saludó él. Puso en marcha el motor y se apartó del bordillo.

Su rostro ya tenía la sombra de la barba. En el transcurso de una semana luciría de nuevo una barba respetable. El cabello le caía otra vez hasta los hombros, como a ella le gustaba.

Anne cerró los ojos y se despatarró en el asiento. La liberación de las tensiones era un placer físico.

Peter se detuvo ante una casa grande, apartada de las demás, en Balham. Fue a la puerta y llamó. Abrió una mujer que llevaba un bebé en sus brazos. Peter se hizo cargo de la criatura y volvió a la furgoneta, pasando junto al cartel que decía: GREENHILL, ATENCIÓN DE NIÑOS DURANTE EL DÍA. Después de subir al vehículo, plantó a Vibeke en el regazo de Anne. Ésta la abrazó con fuerza.

–Mi amor, ¿anoche, echaste de menos a mamá?

–Hola –dijo Vibeke.

–Lo pasamos bien –comentó Peter–, ¿verdad Vibeke? Tomamos cereales con leche a la hora del té y desayunamos con torta.

Anne, sintiendo la presión de las lágrimas, luchó por contenerse.

Cuando llegaron a la casa. Peter sacó una botella de champaña de la nevera y anunció que iban a celebrarlo. Se sentaron en el estudio a beber el burbujeante líquido, riendo al recordar los momentos difíciles de la aventura.

Mitch comenzó a llenar el impreso de depósito por el total de los cheques. Cuando hubo añadido el total dijo:

–Quinientas cuarenta y una mil libras, amigos míos.

Las palabras parecieron agotar el regocijo de Anne, que se sintió muy cansada. Se levantó.

–Voy a teñirme otra vez el pelo de color ratón –dijo–. Hasta luego.

Mitch también se levantó.

–Iré al Banco antes de que cierre. Cuanto antes deposite estos cheques, mejor.

–¿Y qué hacemos con las carpetas? –preguntó Peter–. ¿Nos deshacemos de ellas?

–Arrójalas esta noche al canal –respondió Mitch.

Bajó a cambiarse el guardapolvo por una camisa con corbata y chaqueta.

–¿Te llevas la furgoneta? –preguntó Peter, bajando tras él.

–No. Iré en el Metro, por si hubiera niñitos tomando los números de las matrículas. –Abrió la puerta de la calle–. Hasta luego.

Tardó cuarenta minutos en llegar al Banco, en el sector financiero de la ciudad. El total anotado en el impreso de depósito no pareció afectar al cajero en absoluto, el cual verificó las cifras, selló el talón y entregó la libreta a Mitch.

–Si es posible, quisiera hablar con el gerente –pidió éste.

El cajero salió por un par de minutos. Al volver, abrió la puerta, que estaba cerrada con llave, e indicó a Mitch que lo acompañara. «Qué fácil es atravesar la pantalla a prueba de balas», observó Mitch. Sonrió al notar que ya estaba razonando como delincuente. Una vez, había pasado tres horas discutiendo con un grupo de marxistas, convencido de que los ladrones eran el sector más militante de la clase trabajadora.

El gerente del Banco, un hombre bajo, de rostro redondo y simpático, tenía frente a él una página con un nombre y una serie de cifras.

–Me alegro de que haya decidido utilizar nuestros servicios, Mr. Hollows –dijo a Mitch–. Veo que ha depositado más de medio millón.

–Una operación comercial con muy buenos resultados –repuso Mitch–. En estos tiempos, se mueven grandes sumas en el mundo del arte.

–Si mal no recuerdo, usted y Mr. Cox son profesores universitarios.

–Sí. Decidimos aprovechar nuestros conocimientos en el mercado y, como usted puede observar, nos ha ido muy bien.

–Estupendo. Bien, ¿hay algo más que podamos hacer por usted?

–Sí. En cuanto los cheques hayan sido acreditados, le agradecería que los convirtiera en bonos negociables.

–Cómo no. Pero cobramos una comisión por este tipo de operación, claro está.

–Por supuesto. Invierta quinientas mil libras en los bonos y deje el resto en la cuenta, para cubrir la comisión y cualquier pequeño cheque que mi socio o yo libremos.

El gerente anotó algo en la hoja.

–Otra cosa –continuó Mitch–: Me gustaría alquilar una caja de seguridad.

–Cómo no. ¿Quiere ver nuestra bóveda?

«Caramba, cómo facilitan las cosas a los asaltantes», se dijo Mitch.

–No, no es necesario, pero me gustaría llevarme la llave ahora mismo.

El gerente cogió el teléfono y habló por él. Mitch, mientras tanto, miraba por la ventana.

–Ya la traen –dijo el hombre.

–Bien. Cuando haya completado la compra de los bonos, póngalos en la caja de seguridad.

Entró un joven para entregar la llave al gerente. Él la puso en manos de Mitch. El joven se levantó y le estrechó la mano.

–Muchas gracias por su ayuda.

–Ha sido un placer, Mr. Hollows

Una semana después, Mitch telefoneó al Banco para confirmar que los bonos estuvieran ya adquiridos y depositados en la caja de seguridad. Luego, fue al Banco en el Metro, con una maleta vacía.

Bajó a la bóveda, abrió su caja y metió todos los bonos en la maleta. De inmediato, se marchó.

Giró en la esquina y entró en otro Banco, donde alquiló otra caja de seguridad. Pagó por el privilegio con un cheque de su propia cuenta y puso la caja a su nombre. Luego, utilizó la nueva caja de seguridad para guardar todos los bonos.

En el trayecto hacia su casa se detuvo en una cabina telefónica y llamó a un periódico dominical.

5

Samantha entró en la «Galería Negra» y miró a su alrededor, maravillada. El local estaba transformado. En su última visita, lo había visto lleno de albañiles, escombros, latas de pintura y láminas de plástico. Ahora, se parecía más a un apartamento elegante: gruesas alfombras, decoración de buen gusto, interesante mobiliario futurista y una selva de focos que brotaba del cielo raso bajo.

Julian ocupaba un escritorio de cromo y vidrio, junto a la puerta. Al verla, se levantó a estrecharle la mano y saludó someramente a Tom con la cabeza.

–Me entusiasma que vayas a inaugurar mi galería –dijo a Sammy–. ¿Te muestro el local?

–Si puedes robarle el tiempo a tu trabajo... –respondió Samantha, cortés.

Él hizo un gesto despectivo con la mano.

–No hacía más que estudiar las facturas y tratar de que desaparecieran por medio de la telepatía. Vamos.

Samantha notó que el muchacho había cambiado. Mientras él le mostraba las pinturas y hablaba de los artistas, ella lo estudiaba. Su melena rubia de escuela privada había sido rebajada en un corte más natural y moderno. Hablaba con autoridad y confianza en sí mismo. Su paso parecía más seguro y agresivo. Samantha se preguntó si habría resuelto sus problemas conyugales o sus dificultades económicas; probablemente, ambas cosas.

Decidió que le gustaban sus preferencias artísticas. No había nada asombrosamente original a la vista, a menos que se tuviera en cuenta la retorcida masa de *fiberglas* que adornaba un nicho, presentada como escultura. Pero las obras eran modernas y estaban bien ejecutadas. «Es el tipo de cosas que yo podría colgar en mis paredes», pensó ella. Y se dijo que esa expresión se ajustaba a su modo de sentir.

Él los condujo con rapidez en su recorrido, como si temiera aburrirles. Samantha se sintió agradecida: todo eso era muy bonito, pero, últimamente, sólo quería dormir o excitarse. Tom había comenzado a negarle, de vez en cuando, las píldoras; por la mañana, por ejemplo. Sin ellas, Samantha notaba que su estado de humor cambiaba con mucha celeridad.

Por fin, llegaron otra vez a la puerta.

–Tengo que pedirte un favor, Julian –dijo ella.

–A tus órdenes, señora.

–¿Nos harías invitar a una cena en casa de tu suegro? Él arqueó las cejas.

–¿Para qué quieres conocer a ese viejo de mierda?

–Me fascina. ¿Quién puede reunir una colección de cuadros de un millón para venderla después? Además, parece que es mi tipo. –Y parpadeó, coqueta.

Julian se encogió de hombros.

–Si quieres, es fácil. Te llevaré. Sarah y yo vamos a cenar un par de veces por semana, para no cocinar. Te llamaré por teléfono.

–Gracias.

–Bueno, ya sabes el día de la inauguración. Te agradecería que pudieras estar aquí a eso de las seis y media.

–Mira, Julian, vendré con mucho gusto, pero ya sabes que debo ser la última en llegar.

Él se echó a reír.

—Claro, siempre olvido que eres una estrella. La apertura oficial está anunciada para las siete y media o las ocho. Tal vez sería mejor que llegaras a las ocho.

—De acuerdo. Pero antes, la cena con Lord Cardwell, ¿eh?

—Bueno.

Volvieron a estrecharse la mano. En cuanto la pareja hubo salido de la galería, Julian volvió a su escritorio y a sus facturas.

Tom se movía de costado por entre la apretada muchedumbre del mercado. Esa calle nunca parecía transitada a medias: si no estaba atestada de bote en bote, se la veía desierta. Las calles de mercado siempre debían estar atestadas. Eso gustaba tanto a la gente como a los feriantes, para no mencionar a los carteristas.

La familiaridad del mercado hizo que Tom se sintiera incómodo. El puesto de la vajilla, las ropas de segunda mano, el ruido, los acentos, todo esto representaba un mundo que él había dejado atrás, por suerte. En los círculos en donde ahora se movía, explotaba sus orígenes humildes, que estaban muy de moda, pero no guardaba recuerdos agradables de ellos. Contempló a las bellas mujeres asiáticas, vestidas de sari; a las madres gordas de las Indias Occidentales; a los jovencitos griegos, de suave piel olivácea; a los viejos de los barrios portuarios, con sus gorras de tela; y a las mujeres cargadas con bebés; y muchachos sin empleo, con los vaqueros de última onda... Resistió, nervioso, la sensación de estar en su ambiente.

Se abrió paso por entre el gentío, enfilando hacia la taberna que estaba en el extremo de la calle. Un hombre que vendía joyas sobre un cajón invertido cantaba su sonsonete:

—Joyas robadas, no digan nada...

202

Sonrió para sí. Algunas de las piezas exhibidas en la feria eran robadas, pero casi todas eran desechos de fábrica, de calidad demasiado baja para vender en las tiendas. La gente suponía que, si se trataba de mercadería robada, debía de ser de buena calidad.

Salió de entre la muchedumbre y entró en la «Cock». Era una taberna tradicional: penumbra, humo, cierto olor, suelo de cemento y bancos contra la pared. Se acercó al mostrador.

–Whisky con soda, por favor. ¿Está aquí Bill Wright?

–¿*Ojos* Wright? –dijo el barman. Señaló–. Por allí, tomando cerveza.

–Sírvale otra, entonces.

Pagó y llevó los vasos a una mesa de tres patas, en el rincón más alejado.

–Buen día, sargento.

Wright lo fulminó con la mirada por encima del borde de un vaso grande de cerveza.

–Qué muchacho tan descarado. Espero que me hayas traído una copa.

–Por supuesto. –Tom se sentó. El apodo de su compañero de mesa tenía la clásica complejidad de los barrios bajos. No sólo se refería a su antiguo trabajo de militar profesional, sino a sus ojos saltones, de un extraño color anaranjado.

Mientras sorbía su bebida, estudió al hombre. Tenía la cabeza afeitada; sólo se veía un crecimiento blanco, descontando un pequeño parche redondo de pelo castaño, bien aceitado, en la coronilla misma. El hombre estaba bien bronceado, pues pasaba en el Caribe seis semanas del verano y otras seis del invierno. Ganaba el dinero necesario para esas vacaciones violando cajas fuertes: era el oficio que había adoptado al abandonar el Ejército. Tenía reputación de hábil. Sólo lo habían pescado una vez, y por increíble mala suerte:

un ladrón había entrado en la casa que Wright estaba asaltando y había hecho funcionar la alarma.

–Lindo día para hacer el mal, Mr. Wright –dijo Tom.

El ex sargento terminó su copa y cogió la que Tom le había llevado.

–Ya sabes lo que dice la Biblia: «El Señor envía su sol y su lluvia tanto sobre el malvado como sobre el justo.» Ese versículo siempre me ha servido de gran consuelo. –Volvió a beber–. No puedes ser tan malo, hijo, si pagas una cerveza a este pobre viejo.

Tom se llevó su copa a los labios.

–Buena suerte. –Alargó una mano para tocar la solapa de su compañero–. Qué buen traje. De la mejor sastrería, ¿verdad?

–Sí, hijo. Como dice la Biblia: «Evita *la apariencia del mal.*» Es buen consejo. ¿Qué policía podría arrestar a un viejo sargento de pelo corto y traje de buena calidad?

–Por no mencionar su habilidad para citar la Biblia.

–Hummm. –Wright tomó varios tragos de cerveza–. Bueno, joven Thomas, es hora de que dejes de andarte por las ramas. ¿Qué buscas?

Tom bajó la voz.

–Tengo un trabajo para ti.

Wright entornó los ojos.

–¿De qué se trata?

–Cuadros.

–¿Pornografía? No vas a...

–No –interrumpió Tom–, obras de arte. Cosas raras, ya me entiendes.

Wright sacudió la cabeza.

–Ésa no es mi línea. No sabría dónde cambiarlas.

Tom hizo un gesto de impaciencia.

–Tengo quien me ayude. De cualquier modo, necesito financiación.

–¿Quién te ayuda?

—Bueno, también por eso he venido a verte. ¿Qué te parece Mandingo?

Wright asintió, pensativo.

—Ahora estás aclarando las cosas. ¿Cuánto vale el asunto?

—Un millón, en total.

Wright arqueó sus pálidas cejas.

—Bueno, mira: si Mandingo te respalda, participo.

—Magnífico. Vamos a verle.

Salieron de la taberna y cruzaron la calle hacia un «Citroën» nuevo, de color mostaza, que estaba estacionado sobre una línea doble. En cuanto Wright abrió la portezuela, se acercó un viejo de barba, de abrigo sucio. El ex sargento le dio un poco de dinero y subió al coche.

—Él me lo cuida —explicó Wright, mientras ponía el vehículo en marcha—. Como dice la Biblia: «No amordaces al buey que muele el trigo.» Los policías son bueyes.

Mientras Wright conducía hacia el Sur, Tom trató de resolver qué sentido tenía esa cita, pero renunció al llegar a una callejuela estrecha, cerca de Trafalgar Square.

—¿Vive aquí? —preguntó Tom, sorprendido.

—Se trata bien. ¡He aquí cómo se crían los perversos! Cómo no va a ser rico, con los porcentajes que cobra.

Wright descendió del coche. Bajaron por una callejuela hasta llegar a una entrada poco llamativa. Un ascensor los condujo al último piso del edificio. La puerta a la cual el ex sargento llamó tenía una mirilla.

La abrió un joven de piel oscura, con pantalones de torero, camisa chillona y sartas de cuentas.

—Buen día, Mandingo —saludó Wright.

—Eh, hola, pasa, hombre —dijo Mandingo, haciendo gestos con una mano esbelta de la que pendía un largo cigarrillo.

El apartamento estaba lujosamente decorado en rojo y negro y atestado de muebles caros. Por todas partes se veían los costosos juguetes electrónicos de quien no sabe en qué gastar lo que gana: una radio esférica a transistores, un gran televisor de color y otro portátil, un reloj digital, un montón de artefactos de alta fidelidad y un teléfono incongruentemente antiguo. En un gran sillón, descansaba una rubia platino, con gafas oscuras, una copa en una mano y el cigarrillo en la otra. Saludó a Wright y a Tom con la cabeza, mientras dejaba caer la ceniza en la densa alfombra, con aire negligente.

–Bueno, hombre, qué se cuenta –preguntó Mandingo, mientras todos tomaban asiento.

Wright dijo:

–El amigo Tom, aquí presente, quiere que financies cierta operación.

Tom observó la disparidad entre ambos personajes y se preguntó por qué trabajaban juntos. Mandingo lo miró.

–Tom Copper, ¿no? Así que ahora te las das de cerebro. La última noticia que tuve de ti era que trabajabas de *dibujante*.

–Se trata de un trabajo a lo grande, Mandingo –protestó Tom, resentido, pues no le gustaba que le recordaran sus tiempos de falsificador de cheques.

–Larga, larga.

–¿Leíste en los periódicos que se vende la colección de Lord Cardwell?

Mandingo asintió.

–Tengo acceso.

Mandingo lo apuntó con un dedo.

–Oh, me impresionas. Parece que has llegado lejos, Tom. ¿Dónde está?

–En su casa de Wimbledon.

–No sé si podré arreglar a la Policía tan lejos.

–No hace falta –dijo Tom–. Sólo son treinta cuadros. Lo prepararé todo de antemano. Bill trabaja conmigo. Se puede hacer en un cuarto de hora, o quizá menos.

Mandingo parecía pensativo.

–Un millón de libras en quince minutos. Eso sí que me gusta. –Acarició el muslo de la rubia con expresión distraída–. ¿Cuál es el trato? Quieres que yo te proporcione un camión y un par de obreros, que guarde la mercancía y que le busque comprador. –Hablaba para sí mismo, pensando en voz alta–. Tendrá que ir a Norteamérica. Si lo hago sin apuros, tal vez saque medio millón. Pero puede llevarme un par de años liquidarlo todo. –Levantó la vista–. Bueno, me quedo con el cincuenta por ciento; vosotros os dividís la otra mitad. Y no olvidéis que el dinero tardará en llegar.

–¿El cincuenta por ciento? –repitió Tom.

Wright le puso una mano en el brazo.

–Acepta, Tom. Mandingo es el que corre con el peor de los riesgos: guardar la mercancía.

Mandingo siguió hablando, como si no hubiera oído nada.

–Otra cosa. Me pides que arriesgue a mis hombres, que ponga dinero, que busque depósito... sólo por hablar con vosotros se me podría acusar de complicidad. Por eso: no os metáis en ello si no estáis absolutamente seguros. Si arruináis el asunto..., bueno, salid del país antes que yo os ponga la mano encima. Los fracasos perjudican mi reputación.

Wright se levantó y Tom hizo lo mismo. Mandingo los acompañó hasta la puerta.

–Oye, Tom –preguntó–, ¿cómo vas a entrar en esa casa?

–Invitado a cenar. Hasta luego.

Mandingo soltó una risa estruendosa y cerró la puerta.

Cuarta parte

EL BARNIZ

Creo que ya sé cómo es ser Dios.

PABLO PICASSO, pintor fallecido.

1

El periodista, sentado ante su escritorio en la sala de redacción, pensaba en su carrera. No tenía nada mejor que hacer porque era miércoles, y todas las decisiones tomadas el miércoles por los jefes se anulaban el jueves por la mañana. Por lo tanto, él había adoptado la política de no trabajar de verdad el miércoles. Además, su carrera le daba mucho en qué pensar.

Había sido corta y espectacular, pero tenía poca sustancia bajo la centelleante superficie. Al regresar de Oxford, se había incorporado a un pequeño semanario del sur de Londres; después, trabajó para una agencia de información; por fin, había conseguido ese trabajo, en un semanario dominical de prestigio. Y todo ello en menos de cinco años.

Eso era lo centelleante; la parte opaca, la inutilidad de todo. Siempre había querido ser crítico de arte. Por eso había soportado el semanario, a fin de aprender su oficio; y también la agencia, con el propósito de demostrar su competencia. Pero ahora, después de tres meses en el periódico dominical, se daba cuenta de que estaba al final de una lista muy larga que esperaba para ocupar la cómoda silla del crítico de arte. Al parecer, no había más atajos.

Esa semana debía escribir un artículo referido a la

contaminación de un embalse en el sur de Gales. Ese miércoles, si alguien le preguntaba, diría que estaba haciendo las averiguaciones preliminares. Al día siguiente, le ordenarían cambiar la contaminación a una playa de Sussex, o algo por el estilo. Pasara lo que pasare, su trabajo no tendría la menor vinculación con el arte.

Frente a él había una gruesa carpeta de recortes con el título: AGUA - CONTAMINACIÓN - EMBALSES. Iba a abrirla cuando el teléfono sonó. Desvió la mano hacia el aparato.

–Gerencia de noticias.

–¿Tiene un lápiz a mano?

Louis Broom arrugó el entrecejo. En sus cinco años de periodismo, había recibido muchas llamadas de chiflados, pero ese modo de empezar resultaba nuevo por completo. Abrió el cajón del escritorio para sacar un bolígrafo y un bloc.

–Sí. ¿En qué puedo servirle?

La respuesta fue otra pregunta.

–¿Usted entiende algo de arte?

Louis volvió a arrugar el entrecejo. El hombre no parecía chiflado. Su voz sonaba firme, nada histérica, sin la intensidad sofocada que normalmente caracterizaba a los hinchapelotas telefónicos.

–Por casualidad, sí.

–Me alegro. Escuche con atención, porque no voy a repetir nada. La semana pasada, se perpetró en Londres el fraude más grande de la historia del arte.

«Oh, caramba –suspiró Louis para sus adentros–, es un chiflado, después de todo.»

–¿Cómo se llama usted, señor? –preguntó, cortésmente.

–Cállese y tome nota. «Claypole y Compañía» compraron un Van Gogh llamado *El sepulturero* por ochenta y nueve mil libras. «Crowforth» compró un Munch titulado *La silla alta*, por treinta mil.

Louis escribía, frenético, mientras la voz, monótona, iba recitando una lista de diez cuadros y otras tantas galerías.

Por fin, la voz añadió:

—El total asciende a más de medio millón de libras. No le pido que me crea, pero tendrá que verificarlo. Después, cuando haya publicado el artículo, le diremos por qué lo hicimos.

—Un momento...

El teléfono emitió un chasquido y dejó oír el tono para marcar. Louis depositó el receptor.

Se reclinó en el asiento y encendió un cigarrillo, mientras se preguntaba cómo tomar esa llamada. No podía ignorarla, por supuesto. Aunque estuviera seguro en un noventa y nueve por ciento de que se trataba de un chiflado, la investigación del uno por ciento restante proporcionaba las grandes exclusivas.

Se preguntó si debía informar al encargado de noticias. Si lo hacía, era probable que le ordenara pasar el dato al crítico de arte. Sería mucho mejor que él iniciara la investigación, siquiera para poder establecer algún derecho sobre el asunto.

Buscó el número de «Claypole» en la guía telefónica, y llamó.

—¿Ustedes tienen a la venta un Van Gogh titulado *El sepulturero*?

—Un momento, señor. Voy a averiguarlo.

Louis usó la pausa para encender otro cigarrillo.

—¿Hola? Sí, tenemos esa obra.

—¿Me podría decir el precio?

—Ciento seis mil guineas.

—Gracias.

Louis llamó a «Crowforth & Cía.». Descubrió que, en efecto, tenían a la venta un Munch, titulado *La silla alta*, a treinta y nueve mil guineas.

Comenzó a pensar de veras. La historia iba tomando

forma, pero aún no era tiempo de hablar de historia.

Levantó el auricular y marcó otro número.

El profesor Peder Schmidt entró en el bar, cojeando con su muleta. Era un hombre corpulento y enérgico, de cabello rubio y tez rubicunda. A pesar de un leve impedimento en el habla y de su atroz acento alemán, había sido uno de los mejores catedráticos de arte en la Universidad de Oxford. Aunque, por entonces, Louis estudiaba literatura, también había asistido a todas las clases de Schmidt, por el placer que le daban sus amplios conocimientos de historia del arte y sus entusiastas teorías iconoclastas. Los dos acostumbraban reunirse fuera del aula para beber juntos y discutir ferozmente sobre el tema que tanto amaban.

Schmidt era, de todos los hombres del mundo, quien más sabía sobre Van Gogh. Al distinguir a Louis, le hizo señas y se acercó.

—Todavía cruje el resorte de tu maldita muleta —le dijo Louis.

—Acéitalo con whisky —sugirió Schmidt—. ¿Cómo estás, Louis? ¿Y a qué viene tanto secreto?

El periodista pidió un whisky doble para el profesor.

—He tenido suerte de encontrarte en Londres.

—Desde luego. La semana próxima me voy a Berlín. Todo es prisa y caos.

—Has sido muy amable al venir.

—Desde luego. Y ahora, dime, ¿a qué viene todo esto?

—Quiero que veas un cuadro.

Schmidt tragó su whisky.

—Espero que sea bueno.

—Eso es lo que quiero que me digas. Vamos.

Salieron del bar y caminaron hacia la galería de «Claypole». La gente que hacía compras por las aceras del West End miraba con atención a aquel extraño dúo:

un joven de traje oscuro a rayas y zapatos de tacones altos junto a un lisiado alto, de camisa deportiva y descolorida cazadora de lona. Entre una sombrerería de lujo y un restaurante francés estaban las ventanas de «Claypole».

Ambos entraron y recorrieron la pequeña galería en toda su longitud. En el extremo más alejado, bajo un reflector individual, encontraron *El sepulturero*.

Para Louis, aquél era un Van Gogh inconfundible. Los miembros pesados y el cansado rostro del campesino, el chato paisaje holandés y el cielo encapotado eran sus características distintivas. Y allí aparecía su firma.

–¡Profesor Schmidt! ¡No esperaba este placer!

El periodista, al volverse, vio a un hombre delgado y elegante, con barba gris a lo Van Dyke y traje negro.

–Hola, Claypole –dijo Schmidt.

Claypole se detuvo ante ellos para mirar el cuadro.

–Una especie de descubrimiento, ¿saben? –dijo–. Una obra estupenda, pero bastante nueva en el mercado.

–Dígame, Claypole, ¿dónde lo ha conseguido? –preguntó Schmidt.

–No estoy seguro de poder decírselo. Secretos profesionales, como usted comprenderá.

–Dígame cómo lo consiguió y yo le diré cuánto vale.

–Oh, bueno. En realidad, fue pura suerte. La semana pasada, estuvo aquí un fulano llamado Renalle, de una pequeña agencia de Nancy. Se hospedaba en el «Hilton» y disponía de una gran colección, herencia de no sé qué industrial. La cuestión es que me ofreció el cuadro en primer término.

–¿Y cuánto piden ustedes por eso?

–Ciento seis mil guineas. Me parece un precio justo.

Schmidt, gruñendo, se apoyó pesadamente en la muleta para estudiar el cuadro.

–¿Cuánto le parece que puede valer? –preguntó Claypole.

–Unas cien libras. ¡Es la mejor falsificación que he visto en mi vida...!

El director del periódico de Louis era un hombrecito bajo, de nariz aguileña, con acento del Norte, al que le gustaba emplear la palabra «piojoso». Se tironeó de la nariz y dijo:

–Bueno, ya sabemos que todas las pinturas fueron compradas por las galerías mencionadas por el informador anónimo. Parece probable que todos los precios mencionados fueran correctos. También sabemos algo que él no nos dijo: todas fueron compradas a un hombre que se hacía llamar Renalle y que se hospedaba en el «Hilton». Por fin, sabemos que uno de los cuadros, cuanto menos, es una falsificación.

Louis asintió, agregando:

–El que llamó dijo también algo así como: «Les explicaremos por qué lo hicimos.» Se diría que hablaba el mismo Renalle.

El editor frunció el entrecejo.

–Creo que es una maniobra para obtener publicidad.

–Eso no cambia el hecho de que la asociación de galerías de arte londinenses haya caído en una estafa gigantesca.

El director miró a Louis.

–No te preocupes, no voy a descartar el artículo –dijo. Pasó un momento pensando–. Bueno, ya sé lo que vamos a hacer. –Se volvió hacia Eddie Mackintosh, el crítico de arte del periódico–. Quiero que te pongas en contacto con Disley, el de la «National Gallery», o con alguien de igual peso. Tiene que ser una persona a quien podamos presentar como principal experto en arte de la Gran Bretaña. Haz que visite todas esas galerías contigo y que autentifique los cuadros o los declare falsos. Si te parece necesario, ofrécele aranceles como asesor.

»Y ten cuidado de no decir a los dueños que los cuadros son falsificaciones. Si lo descubren, llamarán a la Policía. Una vez que Scotland Yard se entere del asunto, la noticia saldrá en las secciones policiales de los diarios y no quedará nada para nosotros.

»Tú, Louis, lo enfocarás desde el otro extremo. No importa lo que Eddie descubra, una falsificación importante basta como noticia. Trata de rastrear a ese tal Renalle. Averigua en qué habitación del «Hilton» se alojó, con quién iba, etcétera. Bueno.

El tono indicaba una despedida. Los dos periodistas salieron del despacho.

Louis dio cinco libras al empleado de recepción para que le permitiera echar un vistazo al registro del hotel. No había ningún Renalle inscrito en la semana anterior. Hizo otra verificación. Lo único peculiar a observar era la presencia de un tal Eric Clapton. Señaló el nombre al empleado.

–Sí, lo recuerdo. Vino acompañado por una hermosa francesa. El nombre se parecía a Renault. Lo recuerdo porque llegó con un taxi lleno de cuadros, muy pesados para él. Y daba buenas propinas.

Louis tomó nota del número de la habitación.

–Cuando los huéspedes pagan con cheque, ¿se guarda registro del Banco contra el cual fue librado?

–Sí.

Louis le dio otros dos billetes de a cinco.

–¿Puede conseguirme la dirección del Banco de Clapton?

–Sí, pero ahora mismo no. ¿Puede volver dentro de media hora?

–Le llamaré a usted desde mi oficina.

Volvió caminando para matar esa media hora. Cuando llamó al hotel, el empleado tenía ya la respuesta.

–El cheque llevaba impresos los nombres de «Hollows y Cox». Lo firmó Mr. Hollows –agregó.

Louis tomó un taxi para ir al Banco.

–Lo lamento –dijo el gerente–, pero nunca damos las direcciones de nuestros clientes.

–Estos clientes están involucrados en un fraude importante –argumentó Louis–. Si usted no me da las direcciones ahora mismo, tendrá que darlas pronto a la Policía.

–En el caso de que la Policía las solicite, se las proporcionaremos, siempre que tengan orden de arresto contra ellos.

–¿No podríamos hallar un punto de acuerdo? Usted podría llamar a uno de ellos y pedirle autorización.

–¿Qué motivo tengo yo para hacer semejante cosa?

–Estoy dispuesto a recordar su colaboración cuando redacte mi artículo. No hay necesidad de que el Banco quede mal parado.

El gerente quedó pensativo. Al cabo de un minuto, levantó el auricular y marcó el número. Louis lo memorizó.

–No atiende nadie –dijo el gerente.

Louis se fue. Desde una cabina telefónica, hizo que el operador le diera la dirección del número marcado por el gerente del Banco. Luego, tomó un taxi.

En el camino de entrada, había una camioneta cargada de equipaje. Mr. Hollows acababa de llegar, después de pasar unas vacaciones con su familia acampando por Escocia, y estaba desatando las sogas del portaequipaje.

Lo preocupó enterarse de que alguien había abierto una cuenta bancaria a su nombre. No, no tenía idea de lo que eso podía significar. Sí, podía prestar a Louis una fotografía de sí mismo, y, por casualidad, tenía una instantánea en la que se lo veía con su amigo, Mr. Cox.

Louis llevó las fotografías al Banco.

–Ninguno de éstos es el hombre que abrió la cuenta –dijo el gerente.

Ahora, él estaba preocupado también. Llamó a Mr. Hollows y quedó más preocupado aún. Hasta llegó a decirle a Louis que por esa cuenta había pasado mucho dinero. El cual había sido convertido en valores negociables que estaban depositados en las bóvedas del Banco.

Llevó a Louis a la bóveda y abrió la caja de seguridad alquilada por Mr. Hollows. Estaba vacía.

Louis y el gerente se miraron entre sí.

–Aquí se corta el rastro –dijo el primero.

–Escucha esto: *Mr. Jonathan Rand, principal experto en pinturas de Gran Bretaña, opina que las pinturas son obra del mejor falsificador de este siglo.* ¿Se referirá a ti, Mitch, o a mí?

Peter y Mitch estaban sentados en el estudio de la casita de Clapham, bebiendo la segunda taza de café después del desayuno. Cada uno de ellos tenía un ejemplar del periódico dominical y estaba leyendo lo publicado sobre ellos, con una mezcla de regocijo y respeto reverencial.

–Estos periodistas se movieron como un rayo –dijo Mitch–, ¿te das cuenta? Descubrieron todo lo de la cuenta bancaria y la caja de seguridad, y hasta entrevistaron al pobre Hollows.

–Sí, pero qué te parece esto: *Por el modo perfecto en que ha cubierto sus huellas, la Policía piensa que el brillante falsificador debió contar con la ayuda de un delincuente profesional.* Deduzco que yo soy el brillante falsificador y tú el delincuente profesional.

Mitch dejó el periódico y sopló sobre el café para enfriarlo.

–Eso prueba lo fácil que resulta hacerlo. Y era lo que deseábamos demostrar.

–Aquí tienes algo bueno: *El golpe maestro del falsificador fue proporcionar un certificado de autenticidad a cada pintura, que equivale al pedigrí de un cuadro y, normalmente, asegura el origen de la obra. Esos certificados estaban escritos en papel con membrete de «Meunier», la agencia artística parisina, y llevaban el sello de la misma. Tanto el papel como el sello deben de haber sido robados.* Me gusta eso de «golpe maestro». –Peter plegó su periódico y lo arrojó a la otra punta de la habitación.

Mitch tomó la guitarra de Anne y comenzó a tocar un *blues* simple.

–Espero que Arnaz se esté riendo con ganas –comentó Peter–. Él pagó el chiste.

–No creo que nos haya creído capaces de conseguirlo.

–Yo tampoco –rió Peter.

De pronto, Mitch dejó la guitarra, haciendo resonar la caja.

–Todavía nos falta lo más importante. Pongamos manos a la obra.

Peter bebió el resto de su café y se levantó. Los dos se pusieron las chaquetas, se despidieron de Anne y salieron a la calle, para apretujarse en la cabina telefónica de la esquina.

–Hay algo que me preocupa –confesó Peter al coger el auricular.

–¿Eso de Scotland Yard?

–En efecto.

–A mí también –reconoció Mitch–. Tal vez lo tengan todo preparado para rastrear nuestra llamada al periódico. Podrían llegar hasta aquí, acordonar la zona e interrogar a todos hasta encontrar a alguien vinculado con el arte.

–¿Y qué hacemos?

–Llamemos a otro periódico. A estas alturas todos estarán enterados del caso.

–De acuerdo. –Peter sacó la guía y buscó la página de DIARIOS–. ¿A cuál?

Mitch cerró los ojos y clavó un dedo en la página. Peter marcó el número y pidió hablar con un periodista.

–¿Es usted taquígrafo? –preguntó cuando le pusieron la comunicación.

–Por supuesto –respondió la voz, con irritación.

–Anote, entonces. Soy Renalle, el maestro falsificador, y voy a decirle por qué lo hice. Quería demostrar que el mundo artístico londinense, tan concentrado en las obras maestras y en los pintores fallecidos, es una falsedad. Las diez mejores galerías de arte londinenses no saben distinguir una falsificación de una obra auténtica. No están impulsados por el amor al arte, sino por la codicia y el esnobismo. Por culpa de ellos, el dinero dedicado al arte no llega a las manos de los verdaderos artistas que son quienes lo necesitan realmente.

–Más despacio –protestó el periodista.

Peter no le prestó atención:

–Ahora ofrezco a las galerías devolverles el dinero, descontando mis gastos, que ascienden a unas mil libras. Eso será con la condición de que aparten una décima parte del efectivo, que equivaldrá a unas cincuenta mil libras, para proporcionar un edificio, en el centro de Londres, donde los artistas jóvenes y desconocidos puedan alquilar estudios a bajo precio. Las galerías deberán establecer, conjuntamente, un fondo fideicomiso para comprar y administrar el edificio. La otra condición es que todas las investigaciones policiales sean abandonadas. Buscaré la respuesta a mi ofrecimiento en las columnas de su periódico.

El periodista se apresuró a preguntar:

–¿Es usted un pintor joven?

Peter colgó.

–Te has olvidado del acento francés –observó Mitch.

–¡Oh, maldición! –juró Peter.

Salieron de la cabina telefónica. Mientras volvían a la casa, Mitch dijo:

–No creo que a esta altura importe, ¡qué coño! Ahora saben que no fue obra de un francés. Eso reduce las sospechas a todo el Reino Unido. ¿Y qué?

Peter se mordió el labio.

–Eso demuestra que nos estamos descuidando. Será mejor que nos andemos con cuidado para no contar los pollos antes de que los paguen.

–Antes de que nazcan.

–Qué me importan los refranes.

Anne se hallaba en el jardín delantero, jugando al sol con Vibeke.

–Hay sol. Salgamos a pasear –propuso.

Peter miró a Mitch.

–¿Por qué no?

Una grave voz norteamericana les llegó desde la acera:

–¿Cómo están los alegres falsificadores?

Peter se puso pálido y giró en redondo. Se relajó al ver la corpulenta silueta y los blancos dientes de Arnaz. El hombre llevaba un paquete bajo el brazo.

–Me has asustado –dijo Peter.

Aún sonriendo, Arnaz abrió el portón medio podrido y entró, mientras Peter invitaba:

–Pasa adentro.

Los tres se dirigieron al estudio. Cuando todos estuvieron sentados, Arnaz agitó una copia del periódico.

–Os felicito –dijo–. Yo mismo no habría podido hacerlo mejor. Esta mañana me moría de risa en la cama.

Mitch se levantó y fingió mirar a Arnaz por todas partes.

–¿Cómo hiciste para resucitar?

Peter rió:

–Vamos, Mitch, no te pongas maniático.

–Fue una operación brillante –prosiguió Arnaz–. Y

las falsificaciones eran muy buenas. La semana pasada tuve oportunidad de ver el Van Gogh en «Claypole». Estuve a punto de comprarlo.

–Supongo que no habrá problemas si alguien te ha visto venir aquí –observó Peter, pensativo.

–No creo. Además, era necesario para que yo pueda sacar mi tajada en la ganancia.

La voz de Mitch sonó hostil.

–¿No participabas sólo para divertirte?

–Para eso también. –Arnaz volvió a reír–. Pero, sobre todo, quería saber si vosotros dos erais realmente capaces de hacerlo.

–¿Adónde quieres ir a parar, Arnaz? –preguntó Peter, ya intranquilo.

–Como os decía, quiero obtener cierta ganancia de mi inversión. Por eso quiero que cada uno de vosotros haga una falsificación más. Para mí.

–No hay trato, Arnaz –protestó Peter–. Hicimos esto para demostrar algo, no para ganar dinero. Parece que vamos a zafarnos de ésta. Basta de falsificaciones.

–No creo que tengamos otra alternativa –dijo Mitch, en voz baja.

Arnaz le hizo un gesto de agradecimiento y mostró la palma de las manos, suplicante.

–Vamos, muchachos, en esto no habrá peligro. Nadie sabrá nada de estas otras dos falsificaciones. La gente que las compre no podrá denunciar el engaño porque la compra, en sí, será algo turbio. Y sólo yo sabré quiénes fueron sus autores.

–No me interesa –dijo Peter.

–Mitch sabe que os conviene hacerlo –replicó Arnaz–, ¿verdad Mitch?

–Sí, grandísimo hijo de puta.

–A ver, explícaselo al amigo Peter.

–Arnaz nos tiene cogidos por los cojones, Peter –apuntó Mitch–. Es el único en el mundo entero que nos puede señalar a la Policía. Bastará una llamada anónima. Y todavía no tenemos la respuesta de las galerías de arte.

–¿Y qué? Nosotros podemos denunciarlo a él también.

–No tenemos pruebas –repuso Mitch–. Él no tomó parte en la operación. Nadie lo vio. En cambio, a mí me vio mucha gente. Se nos puede poner en grupos de identificación, nos pueden pedir que rindamos cuenta de nuestros movimientos en las fechas en cuestión y Dios sabe qué más. Él se limitó a darnos dinero... y en efectivo, ¿comprendes? Lo puede negar todo.

Peter se volvió hacia Aznar.

–¿Cuándo quieres que te entreguemos tus falsificaciones?

–Así me gusta. Las quiero ahora. Voy a esperar.

Anne asomó por la puerta, con la pequeña en brazos.

–Bueno ¿vamos a la plaza o no?

–Lo siento, cariño –respondió Peter–, pero ya no es posible. Tenemos otra cosa que hacer.

La expresión de su mujer fue insondable. Salió.

–¿Qué clase de pintura quieres, Arnaz? –preguntó Mitch.

El hombre recogió el paquete que había llevado.

–Quiero dos copias de esto –dijo, entregándolo a Mitch.

El joven pintor desenvolvió una pintura enmarcada. La estudió con desconcierto hasta encontrar la firma. Entonces, soltó un silbido.

–Por Dios –exclamó, asombrado–. ¿De dónde has sacado esto?

2

Samantha jugaba con su pocillo de porcelana, observando a Lord Cardwell, que comía con gran delicadeza una galletita rellena de queso. Ese hombre le gustaba, a su pesar: era alto y de cabello blanco, de nariz larga y con arrugas producidas al sonreír en las comisuras de los ojos. Durante toda la cena, le había hecho preguntas inteligentes sobre el trabajo de actriz y hasta parecía auténticamente interesado (también escandalizado, en ocasiones) por las anécdotas que ella contaba.

Tom se hallaba sentado frente a ella. Julian, al otro extremo de la mesa. Estaban los cuatro solos, descontando al mayordomo, y Samantha se preguntó dónde pararía Sarah. Julian no la había mencionado. Estaba hablando con entusiasmo de un cuadro que había comprado. Le brillaban los ojos y hacía muchos ademanes. Tal vez el motivo de esa transformación fuese el mismo cuadro.

–¡Modigliani lo regaló! –estaba diciendo–. Lo entregó a un rabino de Livorno, quien se retiró a una aldea perdida y lo llevó consigo. Allí permaneció todos estos años, colgado en la pared de la casa de un campesino.

–¿Estás seguro de su autenticidad? –preguntó Samantha.

–Por completo. Tiene sus toques caraterísticos, está

firmado por él y conocemos su historia. No se puede pedir más. Además, lo voy a hacer estudiar por uno de los especialistas más avezados.

—Mejor que sea auténtico —dijo Lord Cardwell. Luego, se metió en la boca un último pedacito de galletita y se reclinó en la silla de respaldo alto. Samantha vio que el mayordomo se disponía a retirarle el plato—. Nos ha costado bastante dinero.

—¿A quiénes? —preguntó Samantha, curiosa.

—Mi suegro financió la operación —dijo Julian, apresuradamente.

—Qué curioso. Una amiga mía me estuvo hablando de un Modigliani perdido —comentó la actriz. Frunció el entrecejo, haciendo un esfuerzo por recordar, pero, últimamente, tenía muy mala memoria—. Creo que fue en una carta. Se llama Dee Sleign.

—Tal vez se trate de otro cuadro —replicó Julian.

Lord Cardwell sorbió su café.

—En realidad, Julian no habría efectuado ese hallazgo de no ser por cierto consejo mío. No te molesta que cuente el episodio, ¿verdad, Julian?

Samantha se dio cuenta de que sí le molestaba, pero Cardwell prosiguió:

—Vino a pedirme una cantidad de dinero para comprar cuadros. Yo le dije que soy comerciante; si quería dinero de mí, debía demostrarme la manera de ganar dinero con el trato. Le sugerí que buscara algo realmente bueno; entonces, yo le prestaría mi dinero. Y eso fue lo que hizo.

La sonrisa que Julian dedicó a Samantha daba a entender: «Dejemos que el viejo delire.»

—Y usted, ¿cómo llegó a ser comerciante? —preguntó Tom.

Cardwell sonrió.

—Eso se remonta a mi desaforada juventud. Cuando llegué a los veintiún años, lo había probado todo: dar la vuelta al mundo, hacerme expulsar de la Universidad, correr carreras de caballos, pilotar aviones..., por no mencionar lo tradicional: vino, mujeres y despilfarro.

Se detuvo por un momento, con la vista perdida en el café.

–A los veintiún años, recibí mi dinero. También me casé. Cuando quise darme cuenta, había un niño en camino. No era Sarah, por supuesto; ella llegó mucho después. De pronto, recapacité que hacer locuras era una ocupación bastante limitada. Y no quería administrar las tierras ni trabajar en una firma de mi padre. Por lo tanto, me llevé mi dinero a la Bolsa, y allí descubrí que nadie sabía mucho más que yo de asuntos financieros. Por entonces, la Bolsa se derrumbaba sobre la cabeza del mundo. Estaban todos aterrorizados. Yo compré algunas empresas que, a mi entender, no tenían por qué preocuparse de lo que pasara en el mercado de acciones. Y acerté. Cuando el mundo volvió a ponerse de pie, yo era cuatro veces más rico que al principio. Desde entonces, el avance ha sido mucho más lento.

Samantha asintió. Era más o menos como ella había supuesto.

–¿Y se alegra de haberse dedicado a los negocios? –preguntó.

–No estoy muy seguro. –Parecía haber una nota de pesadumbre en la voz del anciano–. En otros tiempos, quería cambiar el mundo, como todos ustedes, los jóvenes. Pensaba que podría utilizar mi fortuna para beneficiar a alguien. Sin embargo, cuando uno se dedica a sobrevivir, a mantener una empresa en pie y a satisfacer a los accionistas, se pierde interés en esos grandes proyectos.

Hubo una pausa.

–Además –agregó el caballero–, el mundo no puede estar tan mal si existen cigarros como éstos. –Y sonrió cansadamente.

—Amén de cuadros como los suyos —interpuso Samantha.

—¿No vas a mostrar a Samantha y a Tom tu galería? —preguntó Julian.

—Por supuesto. —El anciano se levantó—. Es mejor vanagloriarme de ellos ahora que aún los tengo aquí.

El mayordomo apartó la silla de Samantha. Ella siguió a Cardwell desde el comedor al vestíbulo. Después, por la doble escalinata hasta el piso superior. Una vez arriba, Cardwell levantó un gran jarrón chino y sacó una llave escondida debajo. Samantha miró a Tom de reojo y pudo observar que su compañero estaba tomando nota mental de todo; sus ojos volaban de un lado a otro. Cerca del umbral, algo pareció llamar su atención.

Cardwell abrió la sólida puerta y les hizo pasar. La galería ocupaba un cuarto en esquina. Probablemente, había sido, en su origen, una sala de recepción. Las ventanas estaban reforzadas.

Con obvio placer, Cardwell le mostró las hileras de cuadros, contándole algunas anécdotas de cómo los había adquirido.

—¿Siempre le gustaron los cuadros? —preguntó ella.

Él asintió.

—Es una de las cosas que se aprenden con la educación clásica. Sin embargo, quedan muchas cosas fuera, como el cine, por ejemplo.

Se detuvieron junto a un Modigliani. Representaba a una mujer desnuda arrodillada en el suelo. Una mujer auténtica, se dijo Samantha, de rostro casi feo, cabello sucio, huesos salientes y piel imperfecta. Le gustó.

Cardwell era un hombre tan agradable y encantador que empezaba a sentirse culpable por planear el asalto. Sin embargo, de un modo u otro, el hombre iba a perder los cuadros y el seguro lo pagaría todo. Además, el mismo alguacil de Nottingham debía de haber sido un tipo bastante simpático.

A veces se preguntaba si ella y Tom no estarían algo locos, si la locura de él no sería una infección que se le hubiera contagiado, como las enfermedades de transmisión sexual. Contuvo una sonrisa. Caramba, pero si hacía años que no se sentía tan viva.

Mientras salían de la galería, ella comentó:

–Me sorprende que venda estos cuadros. Parece tenerles mucho aprecio.

Cardwell sonrió con tristeza.

–La necesidad tiene cara de hereje.

–Comprendo –reconoció Samantha.

3

–¡Pero qué jodido enredo, Willow! –protestó Charles Lampeth. En su opinión, ese lenguaje estaba justificado. Al llegar a su despacho, el lunes por la mañana, después de pasar el fin de semana en una casa de campo, sin teléfono ni preocupaciones, encontraba su galería de arte en las garras de un escándalo.

Willow permanecía muy tieso frente a su escritorio. Sacó un sobre del bolsillo interior de la chaqueta y lo dejó caer sobre el escritorio.

–Mi renuncia –informó.

–No hay absolutamente ninguna necesidad de esto –aseguró Lampeth–. Todas las galerías importantes de Londres han sido engañadas por esa gente. Caramba, si yo mismo vi el cuadro y me dejé convencer.

–Sería mejor para la galería que yo renunciara –insistió Willow.

–No digas tonterías. Ya has cumplido con presentar tu renuncia y yo con rechazarla, así que olvidémonos del asunto. Siéntate como buen muchacho y cuéntame, con toda exactitud, lo que ocurrió.

–Está todo allí –respondió Willow, señalando los periódicos que Lampeth tenía en el escritorio–. La historia de la falsificación, en el de ayer; las condiciones que nos proponen, en el de hoy. –Tomó asiento y encendió un cigarrillo.

–Cuéntamelo, de cualquier modo.

–Fue mientras tú te encontrabas en Cornwall. Recibí una llamada telefónica de ese tal Renalle, quien me informó que se hospedaba en el «Hilton». Dijo tener un Pissarro que podría interesarnos. Como no teníamos ninguno de ese pintor, me interesé mucho. Esa misma tarde vino con el cuadro...

–¿No era una mujer la que llevaba los cuadros a las galerías? –le interrumpió Lampeth.

–En nuestro caso, no. Lo trajo el mismo hombre.

–Me gustaría saber por qué –musitó Lampeth–. Bueno, sigue.

–El cuadro parecía bueno. Parecía un Pissarro, estaba firmado y tenía un certificado de «Meunier». Calculé que valdría unas ochenta y cinco mil libras. Como él pidió sesenta y nueve mil, me lancé de cabeza. Dijo que era de una agencia de Nancy; por eso no me extrañó que hubiera fijado un precio tan bajo. Supuse que no estaba habituado a trabajar con obras de alto precio. Un par de días después, tú volviste y aprobaste la compra. Entonces, se puso la obra en exhibición.

–Menos mal que no la vendimos, gracias a Dios –dijo Lampeth, fervoroso–. Supongo que la has retirado, ¿no?

–Lo primero que he hecho esta mañana.

–¿Y cuál es la última novedad?

–¿Te refieres al rescate? Bueno, recuperaríamos la mayor parte de nuestro dinero. Resulta humillante, por supuesto, pero mucho peor es haber sido engañados, para empezar. Y esa idea de ofrecer en alquiler a bajo costo estudios para los artistas me parece bastante plausible en realidad.

–¿Qué sugieres?

–Creo que lo primero debe ser ponernos en contacto con las otras galerías para organizar una reunión.

–Bien.

–¿Se puede celebrar aquí?

–¿Por qué no? Pero trata de terminar con el asunto cuanto antes. Esta publicidad es horrorosa.

–Irá de mal en peor hasta que pase. Vendrá la Policía.

–Entonces, conviene poner manos a la obra antes de que eso ocurra. –Lampeth se estiró sobre el escritorio para levantar el auricular del teléfono–. Un poco de café, Mavis, por favor. –Se desabotonó la chaqueta y se puso un cigarro entre los dientes–. ¿Estamos listos para la exposición de Modigliani?

–Sí. Y creo que saldrá bien.

–¿Con qué contamos?

–Con los tres de Lord Cardwell, por supuesto.

–Sí. Hay que pasar a buscarlos en los próximos días.

–Además, los dibujos que compré al principio. Han llegado sanos y salvos.

–¿Conseguiste otros en préstamo?

–Nos fue bastante bien. Dixon nos presta dos retratos; la Magi tiene algunas esculturas y Deside nos enviará un par de desnudos en pastel y óleo. Tengo que confirmar algunos más.

–¿Qué comisión quiere Dixon?

–Pidió el veinticinco por ciento, pero lo bajé a veinte. Lampeth gruñó.

–No sé si valdrá la pena imponerse. Cualquiera diría que tenemos un puesto de feria y no una galería importante.

Willow sonrió.

–Con él siempre nos imponemos.

–Es cierto.

–Dijiste que tenías algo guardado en la manga.

–Ah, sí. –Lampeth miró su reloj–. Un cuadro no descubierto. Por la mañana tengo que ir a averiguar. Pero eso puede esperar a que me haya tomado el café

Mientras el taxi lo llevaba hacia el sector financiero de la ciudad, Lampeth pensaba en el falsificador. Ese hombre era un demente, por supuesto, pero un demente con motivos altruistas. Claro que, de hecho, resultaba fácil hacer filantropía con dinero ajeno.

Sin duda alguna, lo más sensato sería ceder a sus demandas. Aunque Lampeth detestaba la extorsión.

El taxi se detuvo en el patio delantero de la agencia y Lampeth entró en el edificio. Un asistente le ayudó a quitarse el abrigo que se había puesto para contrarrestar las brisas heladas de esos primeros días otoñales.

Lipsey lo esperaba en su oficina, con la inevitable copa de jerez lista sobre la mesa.

Lampeth acomodó su mole en una silla y sorbió el jerez para calentarse.

—Conque lo ha conseguido.

Lipsey asintió. Se volvió hacia la pared, hizo girar una sección de la biblioteca que dejó al descubierto una caja fuerte. Abrió la puerta con una llave que llevaba sujeta a la cintura, por medio de una cadena fina.

—Menos mal que mi caja fuerte es grande –comentó.

Hundió adentro las dos manos y sacó una tela enmarcada, de un metro veinte por noventa centímetros. La puso, transversal, sobre el escritorio, para que Lampeth pudiera verla, y permaneció detrás, sosteniéndola.

Lampeth la observó durante un minuto. Después, dejó su copa de jerez y se levantó para acercarse. Sacó del bolsillo una lupa y estudió la pincelada. Luego, retrocedió y volvió a observar.

—¿Cuánto tuvo que pagar por ella? –preguntó.

—Temo que desembolsé cincuenta mil libras.

—Vale el doble.

Lipsey dejó el cuadro en el suelo y volvió a sentarse.

—A mí me parece horrible –comentó.

—A mí también. Pero es absolutamente única. Y asombrosa. No cabe duda de que es un Modigliani..., pero no se sabía que hubiera pintado cosas así.

—Me alegra que esté satisfecho –dijo Lipsey. Su tono

expresaba el deseo de poner una nota más comercial a la conversación.

–Sin duda, encargó el caso a un buen agente –comentó Lampeth.

–Al mejor –Lipsey contuvo la sonrisa–. Estuvo en París, en Livorno, en Rímini...

–Y ganó a mi sobrina por la mano.

–No fue exactamente así. Lo que ocurrió fue...

–No quiero saber los detalles –le interrumpió Lampeth–. ¿Me tiene la factura? Me gustaría pagarle de inmediato.

–Por cierto.

Lipsey cerró la puerta de la oficina y habló con su secretaria. Volvió con una hoja de papel en la mano. Lampeth leyó la factura. Aparte de las cincuenta mil libras pagadas por la pintura, los cargos sumaban mil novecientas cuatro. Sacó su talonario personal y escribió la cantidad.

–¿La enviaría por camión blindado? –preguntó.

–Por supuesto –dijo Lipsey–. Esto está cubierto por la factura. ¿Todo lo demás le parece satisfactorio?

Lampeth arrancó el cheque para entregárselo al detective.

–Creo que he adquirido una ganga –dijo.

La «Sala Nueva» estaba cerrada al público. Allí se había instalado una larga mesa de conferencias. Alrededor, en las paredes, se veían oscuros paisajes victorianos, apropiados al humor sombrío de los asistentes.

Los representantes de otras nueve galerías se hallaban sentados a la mesa. Los abogados y ayudantes que les habían acompañado ocupaban algunas sillas a poca distancia. La lluvia tamborileaba, incansable, contra las altas y estrechas ventanas. El aire estaba denso de humo de cigarro.

—Caballeros —comenzó Willow—, todos hemos perdido una buena cantidad de dinero, además de haber pasado por tontos. No podemos recuperar nuestro orgullo, pero nos hemos reunido para discutir el modo de recobrar nuestro dinero.

—Siempre es peligroso pagar a quien te hace extorsión. —El agudo acento escocés pertenecía a Ramsey Crowforth, que hizo resonar sus tirantes y miró a Willow por encima de sus gafas—. Si cooperamos con esa gente, ellos, u otros, volverán a intentar la misma estafa.

Intervino la voz mansa y suave de John Dixon.

—No creo, Ramsey. En adelante, todos estaremos más advertidos, sobre todo con respecto a los certificados de autenticidad. Ese tipo de tretas no puede ser empleado dos veces.

—Estoy de acuerdo con Dixon —dijo un tercero.

Willow miró al otro lado de la mesa. Era Paul Roberts, el más anciano de la habitación; hablaba sin quitarse la pipa de la boca.

—Creo que el falsificador no tiene nada que perder. Por lo que he leído en los diarios, ha cubierto tan bien la pista que la Policía tiene pocas esperanzas de hallarlo, aunque nosotros reiteremos la denuncia. Si nos negamos a cooperar, el villano se embolsará nuestro medio millón de libras.

Willow asintió. Roberts era quizás el propietario de una galería más respetado de Londres, algo así como el patriarca del mundo artístico, y su palabra pesaba mucho.

—Señores —dijo, a su vez—, he elaborado planes para que, si decidimos aceptar esas exigencias, todo se pueda hacer con prontitud. —Sacó un fajo de papeles del portafolios que tenía en el suelo, a su lado—. He hecho que Mr. Jankers, nuestro abogado, redactara algunos documentos para establecer un fondo en fideicomiso.

Tomó la carpeta de la pila y la pasó a los demás.

—Tal vez les interese echar un vistazo a esto —continuó—. La cláusula importante está en la página tres. Dice que el fondo no hará nada mientras no reciba quinientas mil libras, aproximadamente, de un tal Monsieur Renalle. Entonces, pagará a cada uno de nosotros un noventa por ciento de la suma recibida, en proporción a las sumas que hayamos pagado por las falsificaciones. Creo que las cifras anotadas son las correctas.

—Alguien tendrá que administrar el fondo —dijo Crowforth.

—También sobre ese punto he hecho algunos arreglos que voy a proponerles —manifestó Willow—. Están sujetos a la aprobación de todos ustedes, por supuesto. Sin embargo, el director del colegio de Bellas Artes, Mr. Richard Pinkman, ha aceptado ser presidente del cuerpo fideicomisario, si así se lo pedimos. Creo que el vicepresidente debería de ser uno de nosotros, tal vez Mr. Roberts.

»Cada uno de nosotros tendrá que firmar un formulario cediendo cualquier derecho sobre el dinero, aparte del arreglo con el fondo en fideicomiso. También, tendremos que retirar nuestra denuncia a la Policía contra Monsieur Renalle y sus cómplices.

—Quiero que mi abogado estudie estos papeles antes de firmar nada —dijo Crowforth.

Willow asintió.

—Por supuesto.

—Estoy de acuerdo —dijo Roberts—. De cualquier modo, hay que terminar con esto cuanto antes. ¿No podríamos llegar a un acuerdo hoy mismo, en principio? El resto puede ser ejecutado por nuestros abogados entre mañana y pasado, a menos que surja algún inconveniente.

—Buena idea —aprobó Willow—. ¿Tal vez nuestro abogado, Mr. Jankers, quiera coordinar la actividad de sus colegas?

Jankers inclinó la cabeza en señal de aceptación.

Willow miró a los concurrentes.

–¿Estamos todos de acuerdo, caballeros? –preguntó. Nadie se opuso–. En ese caso, sólo falta la declaración a los periódicos. ¿Quieren ustedes dejarlo de mi cuenta? –Volvió a hacer una pausa por si alguien se oponía–. Muy bien. En ese caso, haré una declaración inmediatamente. Si me disculpan, los dejaré con Mr. Lampeth, que ha organizado el té.

Willow abandonó la sala para ir a su propio despacho. Se sentó junto al teléfono y levantó el auricular; luego, hizo una pausa, sonriendo para sus adentros.

–Creo que te has redimido, Willow –murmuró en voz baja.

Willow entró en el despacho de Lampeth con un periódico vespertino en la mano.

–Parece que todo ha terminado, Lampeth –dijo–. Jankers ha comunicado a los periodistas que todos los acuerdos ya están firmados.

Su socio echó un vistazo a su reloj.

–Es hora de una ginebra –dijo–. ¿Te sirvo a ti?

–Sí, por favor.

Lampeth abrió el bar y echó ginebra en dos vasos.

–En cuanto a que todo esté terminado, yo no aseguraría tanto. Todavía no nos han devuelto el dinero. –Abrió una botella de agua tónica y vertió la mitad en cada vaso.

–Oh, ya lo recibiremos. Los falsificadores no se hubieran molestado en organizar todo esto sólo para darnos molestias. Además, cuanto antes nos devuelvan el efectivo, antes retiraremos a la Policía del caso.

–No se trata sólo de la cuestión económica. –Lampeth se sentó pesadamente y bebió la mitad de su copa–. Pasarán años antes de que el mundo del arte se recobre de un golpe como éste. Ahora, el público piensa que somos unos farsantes, incapaces de distinguir una obra maestra de una tarjeta postal.

—Reconozco que..., ejem... —Willow vaciló.

—¿Qué?

—No puedo dejar de pensar que han demostrado algo. No sé con exactitud qué es, pero se trata de algo muy complejo.

—Por el contrario, es muy sencillo: han demostrado que los altos precios pagados por las grandes obras de arte reflejan, no la apreciación artística, sino el esnobismo. Nosotros eso ya lo sabíamos. Han demostrado que un verdadero Pissarro no vale más que una copia bien ejecutada. Bueno, es el público el que infla los precios, no las galerías de arte.

Willow, sonriente, perdió la vista por la ventana.

—Lo sé. Sin embargo, nosotros sacamos nuestro buen porcentaje de esa inflación.

—¿Y qué otra cosa vamos a hacer? No se puede vivir vendiendo telas de cincuenta libras.

—Woolworth vive de eso.

—Y mira la calidad de lo que vende. No, Willow. El falsificador puede tener buenas intenciones, pero las cosas no cambiarán. Perderemos prestigio por un tiempo, y supongo que será por un tiempo largo, mas, tarde o temprano, todo volverá a la normalidad, simplemente, porque así debe ser.

—Tienes razón, sin duda —dijo Willow, y vació su copa—. Bueno, abajo están cerrando. ¿Estás listo para irte?

—Sí. —Lampeth se levantó y Willow le ayudó a ponerse la chaqueta—. A propósito, ¿qué dijo la Policía a los periódicos?

—En vista de que la denuncia ha sido retirada, no tienen más alternativa que suspender la investigación. Pero dieron la impresión de que aún les gustaría echarle el guante a Renalle.

Lampeth franqueó la puerta, seguido por su socio.

–No creo que volvamos a tener noticias de él –comentó.

Los dos hombres bajaron en silencio y cruzaron la galería desierta. Lampeth miró por la ventana.

–Todavía no han traído mi coche. Mira cómo llueve.

–Tendré que correr.

–No, espera. Te llevaré. Tenemos que hablar de la exposición de Modigliani. En estos días, no hemos tenido tiempo.

En ese momento, el más joven señaló algo que parecía abandonado en el otro extremo de la galería.

–Parece que alguien olvidó sus compras –comentó.

Lampeth echó un vistazo. En un rincón, bajo un dibujo a carboncillo bastante malo, había dos grandes bolsas de papel duro, con membrete de Sainsbury. Por una de ellas, asomaba una caja de jabón en polvo. Willow se acercó para mirar con más atención.

–Supongo que es preciso tener cuidado –dijo por fin–, ahora que ponen paquetes con bombas por todas partes. ¿Te parece que el IRA puede considerarnos blancos adecuados?

Lampeth se echó a reír.

–No creo que hagan las bombas con jabón en polvo. –Cruzó el salón y levantó una de las bolsas.

El papel mojado se rompió, dejando caer al suelo el contenido de la bolsa. Willow se agachó, con un gruñido de asombro.

Bajo el jabón en polvo y la lechuga había un paquete envuelto en papel de diario. El envoltorio contenía un montón de cartones duros y hojas de papel pesado. Se inclinó para investigar algunas.

–Son bonos y acciones –murmuró, por fin–. Valores negociables. Nunca he visto tanto dinero en toda mi vida.

–El falsificador ha pagado –dijo–. El trato está cumplido. Supongo que deberíamos comunicárselo a los periódicos. –Por un momento, se quedó mirando los bonos.

–Medio millón de libras –comentó en voz baja–. ¿Te das cuenta, Willow? Si ahora cogieras esas bolsa y echaras a correr, podrías vivir a lo grande en América del Sur, durante el resto de tu vida.

Cuando Willow iba a contestar, la puerta de la galería se abrió.

–Disculpe, pero ya hemos cerrado –anunció Lampeth.

Un hombre entró.

–Está bien, Mr. Lampeth –dijo–. Me llamo Louis Broom. Nos conocimos el otro día, ¿recuerda? Hemos recibido una llamada telefónica diciendo que el medio millón ha sido devuelto. ¿Es cierto eso?

Lampeth echó una mirada a Willow y ambos sonrieron.

–Adiós, América del Sur –suspiró el anciano.

Willow meneó la cabeza, lleno de respeto.

–Tengo que reconocerlo: Renalle piensa en todo.

4

Julian transitaba lentamente por la tranquila aldea de Dorset, conduciendo con mucha cautela el «Cortina» alquilado por la angosta carretera. A manera de dirección sólo tenía unos cuantos nombres: Gaston Moore, ¡*Noandomás*, Cramford. *Noandomás!* Era un misterio que el experto en pinturas más exquisito del país hubiera podido dar un nombre tan banal a su casa de retiro. Tal vez se tratara de una broma.

Moore era un excéntrico, por cierto. Se negaba a viajar a Londres, no tenía teléfono y jamás contestaba a las cartas. Cuando los figurones del mundo artístico requerían sus servicios, tenían que viajar hasta su aldea y llamar a su puerta. Además, había que pagar sus aranceles en relucientes billetes de una libra, pues el experto no había abierto ninguna cuenta bancaria.

Al parecer, nunca había nadie en las aldeas, se dijo Julian. Viró en un recodo y frenó con fuerza: un hato estaba cruzando la ruta. Apagó el motor y descendió para pedir indicaciones al vaquero.

Esperaba encontrarse con un mozo con el cabello cortado en redondo, que masticara una brizna de pasto. El vaquero era joven, por cierto, pero lucía un corte de pelo moderno, un suéter rosado y pantalones color púrpura metidos dentro de las botas.

–¿Busca al pintor? –preguntó, con denso acento ronroneante.

–¿Cómo se ha dado cuenta? –se maravilló Julian.

–Porque a eso vienen casi todos los de fuera. –El vaquero señaló con la mano–. Vuelva por donde vino y tome el camino junto a la casa blanca. Es un *bungalow*.

–Gracias.

Julian volvió al coche y retrocedió hasta la casa blanca. Junto a ella, había una senda con profundas huellas. Las siguió hasta encontrarse con un amplio portón. Sobre la pintura blanca, ya medio descascarillada, se leía, en desteñidas letras góticas: NOANDOMÁS.

Julian se palpó los bolsillos para asegurarse de que el fajo de billetes estuviera aún allí. Luego, tomó el cuadro cuidadosamente envuelto que llevaba en el asiento trasero y lo sacó del coche con dificultad. Abrió el portón, y subió por el corto camino hasta la puerta de entrada a la casa de Moore.

Ésta se componía de un par de viejas cabañas de obrero, con techos de paja, que habían sido unidas en una sola. El techo era bajo: las ventanas, pequeñas; entre las piedras, se estaba desprendiendo la argamasa. Julian no se habría atrevido a llamar *bungalow* a eso.

Después de una larga espera, su llamada atrajo a un hombre encorvado, que caminaba con bastón. Tenía algunos mechones de cabello blanco, gafas de gruesas lentes y un gesto de pájaro al inclinar la cabeza.

–¿Mr. Moore? –preguntó Julian.

–¿Y si lo fuera? –respondió el hombre, con acento de Yorkshire.

–Me llamo Julian Black. Soy de la «Galería Negra». Me gustaría que usted viera un cuadro para que verificara su autenticidad.

–¿Trajo efectivo? –Moore aún sostenía la puerta como si estuviera dispuesto a cerrarla de golpe.

–Desde luego.

–Pase, entonces. –Al conducirlo al interior advirtió, innecesariamente–: Cuidado con la cabeza.

Julian era demasiado bajo para que las vigas le molestaran.

El *living* parecía ocupar la mayor parte de una de las cabañas. Estaba atestado de muebles viejos, entre los cuales resaltaba, de manera notoria, un gran televisor de color. El ambiente olía a gato y a barniz.

–Vamos a echarle un vistazo.

Julian comenzó a desenvolver la pintura, quitando las correas de cuero, y toda la envoltura protectora.

–Ha de ser otra falsificación, sin duda –dijo Moore–. Últimamente, sólo se ven falsificaciones. ¡Y cómo se ha puesto este asunto de moda! Por televisión he visto que algún pillo los tuvo a todos en jaque la semana pasada. No pude evitar el reírme.

Julian le entregó la tela.

–Creo que ésta es auténtica –manifestó–. Sólo quiero su sello de aprobación.

Moore cogió la pintura, pero no la miró.

–Mire, debe tener en cuenta una cosa –advirtió–: yo no puedo probar que una pintura es auténtica. El único modo de hacerlo es hallarse presente cuando el artista la pinta, de principio a fin, y, después, llevársela para encerrarla en una caja fuerte. Así, se podría estar seguro. Yo sólo puedo tratar de demostrar que es falsa. Hay muchas maneras de descubrir una falsificación y yo conozco casi todas las que existen. Pero incluso si no descubriera nada malo, el artista podría aparecer mañana mismo y decir que él no la pintó, y no habría nada que contestar. ¿Comprendido?

–Seguro –replicó Julian.

Moore continuaba mirándole, con la pintura invertida sobre las rodillas.

–Bueno, ¿no la va a inspeccionar?

–Todavía no me ha pagado.

–Disculpe. –Julian metió la mano en el bolsillo.

–Doscientas libras.

–Sí. –El joven le entregó dos fajos de billetes.

Moore comenzó a contarlos. Julian, mientras le observaba, se dijo que el anciano había elegido muy bien su vida de jubilado. Vivía solo, en paz y tranquilidad, consciente de haber dejado atrás toda una existencia de trabajo ejecutado con destreza. Se reía de las presiones y el esnobismo londinenses; otorgaba su gran experiencia con cuentagotas, obligando a los príncipes del mundo artístico a un largo peregrinaje para llegar a su casa antes de concederles audiencia. Era digno e independiente. Julian lo envidió.

Moore terminó de contar el dinero y lo arrojó tranquilamente a un cajón. Por fin, miró la pintura.

–Bueno, si es una falsificación está muy bien hecha –dijo de inmediato.

–¿Cómo se da cuenta tan pronto?

–Porque la firma está bien. No es demasiado perfecta. Es un error que casi todos los falsificadores cometen: reproducen la firma con tal exactitud que parece rebuscada. Ésta fluye libremente. –Paseó la mirada por la tela–. Es rara. Me gusta. Bueno, ¿quiere que haga una prueba química?

–¿Por qué no?

–Porque para esto tengo que retirar el marco. Necesito un trocito de pintura. Se puede hacer en un sitio donde el marco oculte el sitio raspado, pero siempre pido permiso.

–Adelante.

–Venga.

Condujo a Julian por un pasillo hacia la segunda cabaña. El olor a barniz era más fuerte allí.

–Éste es el laboratorio.

Era una habitación cuadrada, con una mesa de trabajo a lo largo de una pared. Las ventanas habían sido agrandadas y los muros estaban pintados de blanco. Un tubo fluorescente pendía del techo. En la mesa, había varias latas viejas de pintura, que contenían líquidos muy peculiares.

Moore se quitó los dientes postizos con un rápido movimiento y los dejó caer en una compotera de *Pyrex*.

—No puedo trabajar con esto en la boca —explicó.

Se sentó ante la mesa y puso el cuadro ante sí para desmantelar el marco. Mientras lo hacía, comentó:

—Tengo cierta sensación con respecto a usted, hijo. Creo que es como yo. A usted no lo aceptan en el ambiente, ¿verdad?

Julian arrugó el entrecejo, intrigado.

—Creo que no.

—Vea, yo siempre supe más de pintura que quienes me empleaban. Ellos se aprovechaban de mi experiencia, pero nunca me respetaron de verdad. Por eso, ahora los trato como si fueran basura. Yo soy como el mayordomo. Casi todos los mayordomos saben más de comida y de vinos que sus patrones, pero son mirados con desprecio. Eso se llama distinción de clase. Me pasé la vida tratando de ser uno de ellos. Pensaba que lo conseguiría si me volvía un experto en pintura, pero me equivoqué. ¡No había manera!

—¿Y mediante una boda? —sugirió Julian.

—¿Usted se metió en ésas? Entonces, está peor que yo, porque no puede abandonar la carrera. Lo siento por usted, hijo.

Un costado del marco había sido desprendido. Moore retiró el vidrio. Tomó un cuchillo afilado, parecido a un escalpelo. Después de mirar la tela con atención, pasó, con gran delicadeza, la hoja del cuchillo por un centímetro de pintura.

—Oh —gruñó.

—¿Qué pasa?

—¿Cuando murió Modigliani?

–En 1920.

–Oh...

–¿Por qué?

–La pintura está algo blanda, ¿sabe? Eso no quiere decir nada. Espere.

Tomó una botella de líquido transparente de un estante, vertió un poquito en un tubo de ensayo y hundió el cuchillo en él. Nada ocurrió durante un par de minutos. A Julian le pareció un siglo. Por fin, la pintura pegada al cuchillo comenzó a disolverse en el líquido.

Moore miró a Julian.

–Esto es definitivo.

–¿Qué ha descubierto?

–La pintura no tiene más de tres meses, joven. Le han vendido una falsificación. ¿Cuánto pagó por ella?

Julián contempló la pintura que se disolvía en el tubo de ensayo.

–Me costó casi todo –murmuró, en voz baja.

Volvió a Londres aturdido. No tenía idea de cómo había podido ocurrir eso ni de la forma de solucionarlo.

Había acudido a Moore simplemente para aumentar el valor de la pintura, no porque tuviera alguna duda sobre su autenticidad. Ahora, se arrepentía de haberse tomado el trabajo. Y la pregunta le daba vueltas en la mente como un dado entre las palmas del jugador: ¿Podía fingir que no había visitado a Moore?

Aún podía colgar el cuadro en la galería. Nadie sabría que no era auténtico. Moore no lo vería jamás ni sabría que estaba en circulación.

Había un problema: quizás el viejo lo mencionara por casualidad, años después. Y, entonces, se descubriría la verdad: que Julian Black había vendido un cuadro sabiéndolo falso. Sería el fin de su carrera.

Pero era difícil que ocurriera algo así. Por Dios,

Moore moriría en pocos años. Ya andaba por los setenta. Si al menos eso ocurriera pronto...

De pronto, se dio cuenta de que, por primera vez en su vida, estaba pensando en cometer un asesinato. Meneó la cabeza como para despejarla de su confusión. La idea era absurda. Pero con esa drástica ocurrencia disminuía el riesgo de exhibir el cuadro. ¿Qué podía perder? Sin el Modigliani, de cualquier modo, podía despedirse de su carrera. No recibiría más dinero de su suegro y la galería, con toda seguridad, resultaría un fracaso.

Por lo tanto, era cosa decidida. Se olvidaría de Moore. Exhibiría el cuadro.

Lo esencial era actuar como si nada hubiera pasado. Se le esperaba a cenar en la casa de Lord Cardwell. Allí estaría Sarah, que pensaba quedarse a pasar la noche. Julian pasaría la noche con su mujer, ¿había algo más normal? Se encaminó hacia Wimbledon.

Al llegar vio que había un «Daimler» azul oscuro junto al «Rolls» de su suegro. Le resultó conocido. Julian trasladó su Modigliani falso al maletero del «Cortina» antes de ir hacia la puerta.

–Buenas noches, Sims –dijo al mayordomo que le abrió la puerta–. Ese coche que está en el camino ¿es el de Mr. Lampeth?

–Sí, señor. Todos se encuentran en la galería.

Julian le entregó su abrigo y subió la escalera. Desde arriba, le llegaba la voz de Sarah.

Al entrar en la galería, se detuvo en seco: las paredes estaban desnudas.

–Pasa, Julian –llamó Cardwell–, y ven a lamentarte con nosotros. Charles se ha llevado todas mis pinturas para venderlas.

Julian se acercó para estrechar manos y dio un beso a su mujer.

–¡Que sorpresa! –exclamó–. Esto parece desierto.

–¿Verdad que sí? –concordó Cardwell, enfático–. En

fin, haremos una espléndida cena y nos olvidaremos del asunto, ¡que coño! Perdona, Sarah.

–Sabes que no tienes por qué cuidar tu lengua cuando estás conmigo –comentó su hija.

–Oh, Dios mío –exclamó Julian.

Tenía la vista clavada en el único cuadro que quedaba en la pared.

–¿Qué pasa? –preguntó Lampeth–. Se diría que has visto un fantasma. Eso es sólo una pequeña adquisición mía que he traído para mostraros a todos. No es posible dejar la galería sin nada.

Julian les volvió la espalda para acercarse a la ventana. Su mente era un torbellino. El cuadro que Lampeth había llevado era una copia exacta de su falso Modigliani.

Ese demonio tenía el cuadro auténtico; Julian, una reproducción. El odio estuvo a punto de sofocarlo.

De pronto, un plan descabellado y audaz nació en su mente. Se volvió de súbito. Los otros lo miraban, entre desconcertados y afligidos. Cardwell dijo:

–Estaba explicándole a Charles que también tú tienes un Modigliani nuevo, Julian.

El muchacho se obligó a sonreír.

–Por eso me he llevado tal sorpresa. Es como éste.

–¡Por Dios! –exclamó Lampeth–. ¿Y sabes si es auténtico de verdad?

–No –mintió Julian–. ¿Y usted?

–Tampoco. Caramba, pensé que sobre éste no habría dudas.

–Bueno –dijo Cardwell–, uno de los dos tiene una falsificación. Parece que últimamente hay más falsificaciones que obras auténticas en el mundo del arte. Personalmente, espero que el de Julian sea el verdadero, porque he apostado mi dinero a él. –Y rió de buena gana.

–Podrían ser auténticos los dos –dijo Sarah–. Muchos pintores se repetían a sí mismos.

–¿Dónde consiguió usted el suyo? –preguntó Julian a Lampeth.

–Lo compré a un hombre, jovencito.

Julian comprendió que había faltado a la ética profesional.

–Disculpe –murmuró.

El mayordomo tocó la campanilla anunciando la cena.

Samantha estaba volando ya. Tom le había dado esa curiosa cajita de lata y ella acababa de tomar seis cápsulas azules. Sentía la cabeza liviana, un cosquilleo en los nervios y un entusiasmo que le hacía estallar. Iba sentada en la camioneta, apretada entre Tom y *Ojos* Wright. Tom iba al volante. En la parte trasera había otros dos hombres. Tom dijo:

–Recuerden que, si entramos sin hacer ruido, podremos salir sin tener que dársela a nadie. Si alguien nos sorprende, le apuntamos con un revólver y lo atamos. Nada de violencia. Ahora, todo el mundo callado: ya llegamos.

Apagó el motor y dejó que el vehículo avanzara por inercia los últimos metros hasta que se detuvo justo ante el portón de Lord Cardwell. Él habló por encima del hombro, indicando a los hombres de atrás:

–Esperen la orden.

Ellos tres bajaron de la cabina. Llevaban medias puestas hasta la frente, listas para cubrirles los rostros si algún ocupante de la casa los veía. Caminaron con suma cautela por el sendero. Tom se detuvo ante una tapa de inspección y susurró a Wright:

–Alarma contra ladrones.

Su compañero se agachó para insertar una herramienta en la tapa de inspección. La levantó con facilidad e iluminó el interior con una linterna.

—Pan comido —dijo.

Samantha, fascinada, le vio aplicar las manos enguantadas a aquel enredo de cables. Separó dos blancos. De su cajita, sacó un cable con clips cocodrilo en cada extremo. Los cables blancos salían por un costado de la abertura y desaparecían por la otra. Wright sujetó su cable en los dos terminales, del lado más alejado de la casa. Luego, desconectó dos de los terminales opuestos y se levantó.

—Línea directa a la comisaría —susurró—. Ya está en cortocircuito.

Los tres se acercaron a la casa. Wright paseó el rayo de su linterna por el marco de la ventana.

—Es ésta —murmuró.

Volvió a hurgar en su maletín y sacó un cortavidrios. Cortó tres lados de un pequeño rectángulo en el panel, cerca de la falleba interior. De un rollo de cinta adhesiva arrancó un trozo con los dientes. Enroscó un extremo al pulgar y oprimió el otro contra el vidrio. Después cortó el cuarto lado del rectángulo y se llevó el vidrio pegado a la cinta. Dejó el fragmento en el suelo, con cuidado.

Tom metió la mano por la abertura y operó la falleba. Abrió la ventana de par en par y trepó. Mientras tanto, Wright cogió a Samantha del brazo y la llevó hasta la puerta principal, que se abrió, silenciosa, al cabo de un momento. Allí estaba Tom.

Los tres cruzaron el vestíbulo y subieron la escalera. Una vez ante la galería, Tom tomó a Wright del brazo y señaló el pie de la jamba de la puerta.

Wright dejó su maletín en el suelo y lo abrió para sacar una lámpara infrarroja. Después de encenderla, la apuntó hacia la pequeña célula fotoeléctrica empotrada en la madera. Con la mano libre sacó un trípode, lo puso bajo la lámpara y ajustó la altura. Por fin dejó la lámpara en el trípode y se levantó.

Tom sacó la llave que estaba escondida debajo del jarrón y abrió la puerta de la galería.

Julian, despierto, escuchaba la respiración de Sarah. Ambos habían decidido pasar la noche en casa de Lord Cardwell después de cenar. Hacía rato que su mujer dormía profundamente. Miró las manecillas luminosas de su reloj; marcaban las dos y media.

Era el momento justo. Apartó la sábana y se sentó con lentitud, sacando las piernas de la cama. Sentía el estómago como si alguien hubiera hecho un nudo con él.

El plan era simple. Bajaría a la galería en busca del Modigliani de Lampeth y lo cambiaría por el cuadro falso que él tenía en el maletero del «Cortina». Después, volvería a acostarse.

Lampeth jamás se enteraría de nada. Los cuadros eran casi idénticos. Lampeth, al descubrir que el suyo era falso, supondría que Julian había tenido el auténtico desde un principio.

Se puso la bata y las pantuflas provistas por Sims y abrió la puerta del dormitorio.

Eso de deslizarse por una casa en las horas muertas de la madrugada era muy fácil... en teoría; uno pensaba que, si otro lo hacía, sería imposible oírlo. En realidad, la operación estaba llena de peligros. ¿Y si alguno de los viejos se levantaba para ir al baño? ¿Y si uno tropezaba con algo?

Mientras avanzaba de puntillas hacia la escalera, pensó en una excusa para el caso de que lo atraparan. Diría que deseaba comparar el Modigliani de Lampeth con el suyo. Con eso bastaría.

Cuando llegó a la puerta de la galería, quedó petrificado: estaba abierta.

Frunció el entrecejo. Cardwell siempre cerraba con

llave. Esa noche, él mismo le había visto dar vueltas a la llave en la cerradura y ponerla bajo el jarrón.

Por lo tanto, alguna otra persona se había levantado en medio de la noche para visitar la galería.

Se oyó un susurro:

—¡Maldición!

Otra voz siseó:

—Han debido llevarse esas porquerías hoy mismo.

Julian entornó los ojos en la oscuridad. Si sonaban voces, pertenecían a unos ladrones. Pero habían sido engañados: los cuadros ya no estaban allí.

Se oyó un leve crujido. Julian se apretó contra la pared, tras el reloj de pie. Tres siluetas salieron de la galería. Una de ellas llevaba un cuadro.

Estaban robando el verdadero Modigliani.

Julian tomó aliento para gritar... y en ese momento una de las siluetas pasó a través de un rayo de luna que entraba por la ventana. Reconoció, de inmediato, el famoso rostro de Samantha Winacre. La estupefacción le impidió gritar.

¿Cómo era posible que fuera Sammy? ¿Acaso...? ¡Había pedido la invitación a cenar allí para estudiar el lugar! Pero, ¿cómo había llegado a enredarse con aquellos maleantes? Julian sacudió la cabeza. Importaba muy poco. Ahora, su propio plan caía hecho pedazos.

Pensó aprisa para comprender la nueva situación. Ya no había necesidad de impedir el robo: sabía adónde iba el Modigliani. Pero su plan ya no servía en absoluto. De pronto, sonrió en la oscuridad.

No, no todo estaba arruinado, claro que no.

Una leve ráfaga de aire frío le dijo que los ladrones habían abierto la puerta principal. Les dio un minuto para alejarse.

«Pobre Sammy», pensó.

Bajó suavemente la escalera y salió por la puerta abierta. Abrió en silencio el maletero del «Cortina» para sacar el Modigliani falso. Al volverse hacia la casa, vio un rectángulo cortado en el vidrio de una ventana; era la del comedor y permanecía abierta. Por ese lugar habían entrado.

Cerró el maletero del coche y volvió a la casa, dejando la puerta de la calle abierta, tal como los ladrones habían hecho. Subió a la galería y colgó el falso Modigliani donde había estado el auténtico.

Luego, volvió a la cama.

Despertó temprano por la mañana, aunque había dormido muy poco. Se bañó y vistió apresuradamente. Luego, bajó a la cocina, donde ya estaba Sims, dando cuenta de su propio desayuno, mientras el cocinero preparaba la comida para el dueño de casa y para sus invitados.

–No se moleste –pidió Julian al mayordomo, al ver que se levantaba–. Debo salir temprano. Simplemente, me gustaría compartir su café, si es posible. El cocinero puede encargarse.

Sims amontonó tocino, huevos y salchicha en su tenedor y terminó la comida de un solo bocado.

–He descubierto que, cuando uno se levanta temprano, los otros no tardan, Mr. Black –dijo–. Será mejor que prepare la mesa.

Julian se sentó a sorber su café mientras el mayordomo se retiraba. El grito de sorpresa que esperaba llegó un minuto después.

Sims volvió rápidamente a la cocina.

–Creo que nos han asaltado, señor –dijo.

Julian fingió sorpresa.

–¿Cómo? –exclamó, levantándose.

–Han cortado un vidrio en la ventana del comedor y la ventana está abierta. Esta mañana noté que la puerta principal no estaba cerrada, pero pensé que había sido el cocinero. La puerta de la galería ha aparecido entornada, pero el cuadro de Mr. Lampeth está aún allí.

–Vamos a echar un vistazo a esa ventana –dijo Julian.

Sims lo siguió a través del 'vestíbulo hasta el comedor. El joven estudió el agujero por un momento.

–Supongo que vinieron por los cuadros y se llevaron una desilusión. Debieron de pensar que el Modigliani no tenía ningún valor. Es una pintura rara: quizá no la reconocieron. Lo primero es telefonear a la Policía, Sims. Después, despierte a Lord Cardwell y revise toda la casa para ver si falta algo.

–Muy bien, señor.

–Yo debería quedarme, pero tengo una cita muy importante. Creo que me iré, ya que no falta nada, al parecer. Diga a Mrs. Black que la llamaré por teléfono más tarde.

Sims asintió y Julian salió de la casa.

Cruzó la ciudad a gran velocidad. A esa temprana hora de la mañana, aunque el clima era ventoso, las carreteras estaban secas. Era de suponer que Sammy y sus cómplices (entre los cuales, sin duda, se encontraba su nuevo amigo) tuvieran el cuadro aún.

Se detuvo ante la casa de Islington y bajó de un salto, dejando las llaves puestas. En ese plan había demasiados supuestos. Se sentía impaciente.

Golpeó con fuerza el llamador y esperó. Como no hubo respuesta por un par de minutos, volvió a llamar.

Al fin, Samantha apareció, con miedo mal disimulado en los ojos.

–Gracias a Dios –dijo Julian, y le empujó para entrar.

Tom estaba en el vestíbulo, con una toalla atada en la cintura.

–¿Qué significa esto de entrar como un...?

–Tú te callas –ordenó Julian, secamente–. Hablaremos abajo, ¿eh?

Tom y Samantha intercambiaron una mirada. La ac-

254

triz hizo una leve señal de asentimiento y Tom abrió la puerta de la escalera que descendía al sótano, Julian bajó y se instaló en el sofá.

–Quiero que me devolváis mi cuadro –dijo.

Samantha comenzó:

–No tengo la menor idea...

–No te molestes, Sammy –la interrumpió Julian–. Estoy enterado. Anoche penetrasteis en casa de Lord Cardwell para robarle los cuadros. Como habían desaparecido, robasteis el único que quedaba allí. Por desgracia, no era suyo, sino mío. Si me lo devolvéis, no os denunciaré a la Policía.

Samantha, en silencio, se acercó a un armario y sacó la pintura. Se la entregó a Julian.

El muchacho le estudió el rostro. Estaba ojerosa, despeinada, con las mejillas hundidas y los ojos dilatados por algo que no era ansiedad ni sorpresa. Él recibió su cuadro con una enorme sensación de alivio. Las piernas se le aflojaban.

Tom se negaba a hablar con Samantha. Llevaba tres o cuatro horas sentado en la silla, fumando, con la mirada perdida. Ella le había llevado la taza de café preparada por Anita, pero la bebida permanecía fría e intacta en la mesa ratona.

Lo intentó otra vez.

–¿Qué importa, Tom? No nos detendrán. Él prometió no presentar una denuncia. No hemos perdido nada. De cualquier modo, sólo fue una travesura.

No hubo respuesta.

Samantha apoyó la cabeza atrás y cerró los ojos. Se sentía exhausta, con una especie de cansancio nervioso que no la dejaba relajarse. Quería algunas píldoras, pero todas habían desaparecido. Tom podría salir a buscar más si ella lograba sacarlo del trance.

Se oyó un golpe en la puerta principal. Al fin, Tom se movió. Miró la puerta, cauteloso, como un animal atrapado. Samantha oyó los pasos de Anita por el vestíbulo y el rumor de una conversación en voz baja.

De pronto, varios pares de pies bajaron por la escalera. Tom se levantó.

Eran tres hombres. Ninguno miró a Samantha.

Dos de ellos eran de constitución robusta, pero se movían con la agilidad de los atletas. El tercero, un hombre bajo, con una chaqueta de cuello de terciopelo, fue quien habló.

–Le fallaste al patrón, Tom. No está nada contento. Quiere hablar contigo.

Tom se movió a gran velocidad mas los dos grandotes fueron más rápidos aún. En el momento que él se arrojaba hacia la puerta, uno de ellos estiró un pie y el otro empujó a Tom hacia él.

Lo levantaron, uno por cada brazo. La sonrisa del bajito resultaba extraña, casi sensual. Golpeó a Tom en el estómago con ambos puños, muchas veces, y siguió golpeándolo bastante tiempo después de que la víctima se hubo derrumbado, con los ojos cerrados, sujeto por los otros dos.

Samantha tenía la boca muy abierta; no podía gritar.

El bajito abofeteó a Tom hasta que le hizo abrir los ojos. Después, los tres visitantes salieron, llevándoselo con ellos.

Samantha oyó que la puerta principal se cerraba violentamente. En ese instante, el teléfono sonó. Ella levantó el auricular de forma automática y escuchó.

–Oh, Joe –dijo–. Joe, gracias a Dios que estás ahí.

Y se echó a llorar.

Por segunda vez en dos días Julian golpeó la puerta de *Noandomás*. Moore, al abrir, pareció sorprendido.

–Esta vez traigo el original –dijo Julian.

Moore sonrió.

–Ojalá –dijo–. Pase, hijo.

Esa vez, lo llevó al laboratorio sin más preámbulos.

–Déjelo aquí.

Julian le entregó la pintura.

–Tuve un golpe de suerte.

–Ya lo imagino. Será mejor que no me cuente los detalles. –Moore se quitó la dentadura y desmanteló el marco–. Parece exactamente igual al de ayer.

–El de ayer era una copia.

–Y ahora quiere el sello de aprobación de Gaston Moore.

El anciano tomó su cuchillo y raspó una minúscula cantidad de pintura por el borde de la tela. Puso el líquido en el tubo de ensayo y sumergió el cuchillo.

Ambos esperaron en silencio. Tras un par de minutos, Julian observó:

–Parece que esta vez va bien.

–No se apresure.

Siguieron observando.

–¡No! –gritó Julian.

La pintura se estaba disolviendo en el fluido, igual que el día anterior.

–Otra desilusión. Lo siento, hijo.

Julian descargó el puño contra la mesa, lleno de furia.

–¿Cómo? –siseó– ¡No me explico cómo!

Moore volvió a ponerse la dentadura.

–Vea, hijo: una falsificación es una falsificación. Pero nadie la copia. Alguien se tomó el trabajo de hacer dos copias. Es casi seguro que en alguna parte existe un original. Tal vez pueda hallarlo. ¿Por qué no lo busca?

Julian irguió la espalda. La emoción había desaparecido de su rostro, dejándole una expresión de derrota, aunque digna, como si la batalla ya no importara porque él había descubierto con toda exactitud cómo la había perdido.

–Sé dónde está –dijo–. Y no puedo hacer nada en absoluto.

5

Dee estaba tendida en una poltrona, desnuda. Mike entró en el apartamento de Regent's Park y se quitó la chaqueta.

–Me parece *sexy* –comentó ella.

–Es una simple chaqueta –respondió él.

–Mike Arnaz, eres insoportablemente narcicista. Me refería al cuadro.

Él dejó caer la chaqueta en la alfombra y fue a sentarse en el suelo, junto a ella. Ambos contemplaron el cuadro colgado en la pared.

Las mujeres eran, inconfundiblemente, mujeres de Modigliani: tenían rostros largos y estrechos, narices características, expresión inescrutable. Pero allí terminaba la similitud con el resto de su obra.

Formaban un enredo de miembros y torsos, distorsionados y confusos, mezclados con trozos de fondo: toallas, flores, mesas. Hasta prefiguraba la obra que estaba haciendo Picasso, aunque secretamente, en los últimos años de la vida de Modigliani. Lo que más lo diferenciaba era el color, psicodélico en este caso: rosados asombrosos, anaranjados, purpúreos y verdosos, pintados con dureza y claridad, muy fuera del período. El color no tenía relación alguna con el objeto coloreado: una pierna podía ser verde; una manzana, azul; el cabello de una mujer, turquesa.

–A mí no me excita –dijo Mike, por fin–. No tanto, al menos. –Apartó la vista del cuadro y posó la cabeza en el muslo de Dee–. Pero esto sí.

Ella le acarició el rizado cabello con la mano.

–¿Piensas mucho en eso, Mike?

–No.

–Yo sí. Me parece que tú y yo somos un par de bandidos terribles, odiosos y en extremo sagaces. Mira lo que hemos conseguido: esta bella pintura, prácticamente por nada, material para mi tesis y cincuenta mil libras cada uno.

Rió como una niñita. Mike cerró los ojos.

–Por supuesto, tesoro.

Dee cerró los ojos también. Ambos recordaban un bar de campesinos en una aldea italiana.

Dee fue la primera en entrar en el bar. De inmediato, vio, espantada, que el hombre moreno y elegante al que enviaran esa mañana en busca del château *estaba allí también.*

Mike pensó apresuradamente.

–Si yo salgo, –le susurró al oído– manténle entretenido.

Dee se apresuró a recobrar la compostura y se acercó a la mesa del hombre.

–Qué sorpresa verle todavía por aquí –dijo, en tono simpático.

–Lo mismo digo. ¿Me acompañan?

Los tres se sentaron alrededor de la mesa.

–¿Qué van a tomar? –preguntó el hombre.

–Creo que ahora me toca invitar a mí –dijo Mike, y se volvió hacia el mostrador–. Dos whiskies y una cerveza –pidió.

–Ya que estamos, me llamo Lipsey.

–Yo soy Michael Arnaz; la señorita, Dee Sleign.

–Mucho gusto. –En los ojos de Lipsey hubo una chispa de sorpresa ante el nombre de Arnaz.

Otro hombre había entrado en el bar y miraba hacia la mesa. Después de una leve vacilación, se acercó a ellos y levantó algo la voz.

–Vi que el coche tiene matrícula inglesa. ¿Puedo acompañarles?

Dijo que se llamaba Julian Black y todos se presentaron.

–Qué extraño encontrar a tantos ingleses en una aldea perdida como ésta –agregó el tercer hombre.

Lipsey sonrió.

–Ellos buscan una obra maestra perdida –dijo, con indulgencia.

–En ese caso, usted debe ser Dee Sleign –apuntó Black–. Yo estoy buscando el mismo cuadro.

Mike intervino apresuradamente:

–Mr. Lipsey también, aunque es el único que no habla con franqueza.

Lipsey abrió la boca para hablar, pero Mike se lo impidió:

–Los dos han llegado demasiado tarde. Ya he conseguido el cuadro. Está en el maletero de mi coche. ¿Quieren verlo?

Sin esperar respuesta, salió del bar. Dee disimuló su asombro y recordó las instrucciones recibidas.

–Bueno, bueno, bueno –comentó Lipsey.

–Dígame –preguntó Dee–, yo descubrí lo de ese cuadro sólo por casualidad. ¿Cómo se enteraron ustedes dos?

–Voy a serle franco –manifestó Black–. Usted envió una postal a una amiga común, Sammy Winacre, y yo la leí. Estoy instalando mi propia galería de arte y no pude resistir la tentación de inaugurarla con un hallazgo.

Se oyó un grito en la casa. El barman se retiró para ver qué deseaba su mujer. Mientras tanto, Dee se preguntaba qué se traería Mike entre manos. Trató de mantener la conversación en marcha.

–Pero el viejo me envió a Livorno –comentó.

–A mí también –reconoció Lipsey–. Aunque, por entonces, sólo tenía que seguir el rastro de usted y ganarle por la mano. Veo que he fallado.

–Por cierto

La puerta se abrió y Mike volvió a entrar. Dee, atónita, vio que llevaba una tela bajo el brazo.

–Aquí está, caballeros –dijo, apoyándola en la mesa–: la pintura por la que tanto han viajado.

Todos la miraron con atención.

–¿Qué piensa hacer con ella, Mr. Arnaz?

–Voy a venderla a uno de ustedes dos –respondió Mike–. Ya que ambos estuvieron a punto de ganarme la carrera, les ofreceré un trato especial.

–Adelante –propuso Black.

–El hecho es que será preciso sacar esto a escondidas del país. Las leyes italianas no permiten la exportación de obras artísticas sin autorización. Y si la pedimos, tratarán de quitárnosla. Me propongo contrabandear el cuadro a Londres. Esto significa faltar a las leyes de dos países, pues, además, tendré que meterla en secreto en Gran Bretaña. A fin de cubrirme, aquél de ustedes que me ofrezca la mayor suma tendrá que firmarme un documento diciendo que el dinero me fue pagado para cancelar una deuda de juego.

–¿Y por qué no la vende aquí? –preguntó Black.

–Porque valdrá más en Londres –respondió Mike, con una amplia sonrisa, mientras recogía su cuadro–. Figuro en la guía telefónica. Nos veremos en Londres.

Cuando el «Mercedes» azul se alejó del bar, rumbo a Rímini, Dee dijo:

–¿Cómo diablos te las has arreglado?

–Fui a la trastienda y hable con la mujer –explicó Mike–. Simplemente, le pregunté si era allí donde se hospe-

daba Danielli y ella dijo que sí. Le pregunté si no había dejado algunos cuadros y ella me mostró éste. Entonces, le pregunté: «¿Cuánto pide por él?» Fue cuando llamó a su marido. Pidió el equivalente a cien libras.

–¡Por Dios! –exclamó Dee.

–No te aflijas –rio Mike–. Regateé hasta que me lo dejó en ochenta.

Dee abrió los ojos.

–A partir de ese momento fue fácil –dijo–. No hubo dificultades en la Aduana. Los falsificadores prepararon rápidamente un par de copias del cuadro para nosotros y tanto Lipsey como Black pagaron cincuenta mil libras de deudas de juego. No tengo el menor remordimiento por haber defraudado a esos dos odiosos. Ellos habrían hecho otro tanto con nosotros, sobre todo Lipsey. Todavía estoy convencida de que lo envió tío Charles.

–Hum... –Mike la hociqueó–. ¿Ya tienes lista tu tesis?

–No. ¿Sabes una cosa? Creo que jamás la escribiré. Él levantó la cabeza para mirarla.

–¿Por qué?

–Después de esto, todo parece tan irreal.

–¿Y qué harás?

–Bueno, una vez me ofreciste empleo.

–Y lo rechazaste.

–Ahora es distinto. He demostrado que soy tan buena como tú. Y sé que formamos un buen equipo, tanto en los negocios como en la cama.

–¿Ha llegado el momento de proponerte matrimonio?

–No, pero podrías hacer otro tipo de cosas por mí. Mike sonrió.

–Ya sé. –Se puso de rodillas y le besó el vientre, acariciándole el ombligo con la lengua.

–Oye, hay algo que todavía no he podido entender.

–Oh, caramba, ¿no puedes concentrarte en el sexo por un rato?

–Aún no. Escucha. Tú financiaste a esos falsificadores, ¿verdad? A Usher y a Mitchell.

–Sí.

–¿Cuándo?

–Cuando hice ese viaje corto a Londres.

–La idea era ponerles en situación de que tuvieran que hacer las copias.

–En efecto. ¿Ya podemos hacer el amor?

–Un minuto. –Ella apartó la cabeza de sus pechos–. Sin embargo, cuando viniste a Londres, ni siquiera sabías que yo estaba sobre la pista del cuadro.

–Cierto.

–Entonces, ¿por qué arreglaste lo de los falsificadores?

–Porque tenía fe en ti, chiquita.

El cuarto quedó en silencio durante un rato. Fuera la noche caía.

ÍNDICE

El escándalo Modigliani de Ken Follett
se terminó de imprimir en mayo de 2018
en los talleres de
Impresora Tauro S.A. de C.V.
Av. Plutarco Elías Calles 396, col. Los Reyes,
Ciudad de México